海外小説 永遠の本棚

スウィム・トゥー・バーズにて

フラン・オブライエン

大澤正佳＝訳

白水uブックス

AT SWIM-TWO-BIRDS

by

Flann O'Brien

1939

スウィム・トゥー・バーズにて

語り手を含むすべての登場人物は純然たるフィクションであり、
生死を問わずいかなる人物とも関係がない。

すべての物事は、互いに場を譲り入れ替わっていく。

第一章

三分間の咀嚼《そしやく》に足る量のパンを口に押しこんでから、ぼくは感覚的知覚にかかわる諸機能の活動を停止させ、精神のひそやかな領域に引きこもった。思いにとらわれて顔に表情はなく、目はうつろ。目下の思考対象はぼくの余暇活動たる文学。一つの作品に発端が一つ、そして、結末が一つというのは承服いたしかねるところである。優れた作品に三通りの発端があってもおかしくはあるまい。共通点皆無の三通りであって、その相関関係は作者のみが洞察しうる。ついでのことに百通りの結末があってもよかろう。

発端の見本三種——その一。悪魔の族《やから》の一員プーカ・マクフィリミは、もみの木の林のまんなかにある小屋のなかで数字の本質に思いをこらし、奇数と偶数とを選り分けておりました。彼の前にあるのは二枚折り書冊《ディプティック》。二枚の薄板をとじ合わせた時代ものの書き板で、その内側には蠟《ろう》が引いてあります。爪の長い、ごつごつした指は完璧な球形の嗅ぎタバコ入れをもてあそんでいます。そして歯の隙間から洩れる口笛はみやびやかなカバティーナの調べを響かせているのです。彼の物腰は慇懃で、カーロー州コリガン族出身の妻を遇する雅量ある態度のゆえに人々から尊敬されておりました。

発端その二。一見したところミスタ・ジョン・ファリスキーはなんの変哲もない男だ。しかし実のところ彼にはめったにお目にかかれない特性がある――生れたときの彼の年齢は二十五歳であって、それなりの記憶はあるのだがそれに見合う個人的経験を持たないままこの世に出てきたのである。歯並びは良好。ただしすでにタバコのやにに染まっており、臼歯二本に詰め物、左犬歯は虫歯のおそれあり。物理学に関してひととおりの知識があり、ボイルの法則やベクトル合成の平行四辺形法則あたりまでは学習ずみである。

発端その三。フィン・マックールは古えのアイルランドにありて隠れもなき伝説的英雄。知力強健ならずといえども、並はずれて頑健なる体軀を誇る偉丈夫にして、その腿の太きこと馬の腹のごとく、形よく引きしまりしふくらはぎはその太さ仔馬の腹に似る。広やかな尻をハンドボール（ボールを壁打ちするゲーム）の壁に見立つれば百五十名の養い子たち一堂に会して競技を楽しむことを得、はたまたその尻を峠の路に据えるときは軍隊といえども行進するあたわず。

もぐもぐやっているとパンの皮が当って奥歯が痛んだ。それがきっかけになってぼくの知覚は周囲の状況に引き戻された。

なさけないこった、と伯父が言う。おまえももうちっと身を入れて勉強したらどうなんだ。親父のことを考えてみるんだな、おまえの教育費をひねり出そうってんで汗水たらして働いてるんだぞ。うかがいますがね、おまえ、それでも本の一冊くらいは開けてるのかね？

ぼくはむっつりした顔を伯父に向け、観察した。彼は固いパン皮といためたベーコンをまとめて串刺しにしたフォークをぱっくり開けた口の前で静止させている。これは訊問継続のしるしである。

わが伯父にかかわる描写的記述。赤ら顔、どんぐりまなこ、太鼓腹。肩のあたり肉づきよく、長い腕をぶらつかせて歩くさまあたかも猿の如し。大きな口髭。ギネス醸造会社第三級事務職を奉ず。

開けてる、とぼくは答えた。

彼はフォークの先端を口腔内に挿入し、再びそれを引き出すと粗野な音とともに咀嚼した。

当家において使用されるベーコンの品質。粗悪品。ポンドあたり一シリング二ペンス。

どうだかねえ、と彼は言う。ついぞ見かけたことがない。おまえが勉強してる姿なんぞお目にかかったためしがないからな。

勉強は寝室でやってる、とぼくは答えた。

在室、外出、いずれの場合もぼくは自分の寝室のドアに錠をおろしておく。こうしておけばなにがしかの行動の秘密が保たれる。天候不良の折など一日中ベッドにもぐっていてもいっこう差しつかえはない。伯父はぼくが大学で勉学にいそしんでいるものとばかり思っているのだから、そう思わせておけばよけいな波風も立たないわけだ。ぼくの気質にふさわしいのは瞑想的生活なのである。何時間もベッドで体を伸ばしているのが身についている。そのままの恰好で思索にふけりタバコをくゆらす。服を脱ぐことはめったにない。ベッドでの着用が原因となってぼくの安物の服は見栄えがしないが、外出に際して毛の硬いブラシで力まかせにこすればいささかの補いがつく。もっともわが身にしみついた寝室特有の異臭を消散させるまでには到らない。そのせいで友人知己の間ではしばしば笑い話その他の話の種としてとりあげられるのである。

寝室じゃなきゃだめってわけでもなかろう、と伯父は言葉を続けた。この居間で勉強したらどうだ。インクもあるし、おまえの本を入れる立派な本箱だってあるじゃないか。いやまったく、おまえときたら勉強についちゃひどい秘密主義なんだから。

ぼくの寝室は静かだし、使いやすいんだ。それに本も置いてあるし。あそこで勉強するのが気に入ってるんだ、とぼくは答えた。

ぼくの寝室は狭苦しくて薄暗い。しかしそこにはぼくの生存に不可欠と思われるものがおおよそ揃っている――ベッド、めったに使わない椅子一脚、それからテーブルと洗面器台。洗面器台の棚には何冊かの本が載せてある。現代文学の本質を理解しようと志す者にとって一般に必読の書と目されているものばかりである。乏しいながらぼくの蔵書に収められているのは、ジョイス氏の著作から著名なイギリス作家Ａ・ハクスリー氏の広く読まれている作品にまで及んでいる。寝室にはそのほか幾つかの磁器製品がある。それらは装飾よりもむしろ実用とのかかわりが深い。ぼくは一日置きに髭を剃るが、それに使う鏡はワトキンズ・ジェイムスン・アンド・ピム商会から無料進呈されたもので、当該商会専売銘柄のビールにかかわる短い文章が記されており、その字間スペースはぼくが技巧のかぎりを発揮して書きこんだ自画像でみごとに埋められている。マントルピースの上には革表紙四十巻からなる『人文ならびに自然科学概観』が並んでいる。世評の高いバース社刊行の一八五四年版で、定価は各巻一ギニー。これら四十巻は実り多い智慧の種子をありし日の姿のまま、朽ちはてさせることもなく、深く内に秘め、凛然として長い歳月に耐えてきたのである。

寝室で勉強ったって、いったい何をやってるものやら、と伯父が言った。寝室でやってるとかいう勉強なんぞ糞くらえだ。

ぼくは伯父の見解を否認した。

否認の性質。音声不明瞭。身振りによる意志表示。

伯父はお茶の残りを飲みほすと、食事完了のしるしとしてコップと受け皿をベーコン皿の中心にきちんと載せた。それから十字を切り、しばらくじっと坐ったまましゅっしゅっという音を立てながらさかんに空気を吸いこむ。入れ歯の隙間に詰まった食べかすの吸い出しに取りかかっているのである。そのあげく口をすぼめ、何かを呑みこんだ。

おまえはだな、と少し間を置いて彼は言った。おまえくらいの年頃でだな、怠惰の罪にのめりこんでるとなると——今からこんなざまじゃあ世間に出てからが思いやられるってもんだ。いやはや、このさき世の中どうなるんだろね、まったくの話。聞いとくがねおまえ、本の一冊でもいい、ほんとに開けてるのか？

毎日かかさず五、六冊は開けている、とぼくは答えた。

お遊戯よろしく開いて結んで、か。下にいるあたしにだっておまえが二階の寝室でどんなゲームに夢中になってるか見当がついてるんだぞ、おまえがどう思ってるにしろ、このあたしは間抜けなんかじゃない、それだけははっきり言っとく。

彼は席を立った。これで顔をつき合わせないですむ。でも彼の声はなおもうるさくぼくにまといつく。

聞いとくがねおまえ、あたしのよそ行きズボン、アイロンかけといてくれたか？

忘れた、とぼくは言った。

なんだって？

忘れたんだ。ぼくは怒鳴った。

そうかいそうかい、結構なこったな、と彼も声を張りあげた。まったく結構なこった。忘れるのはおまえのお手のものだよな。おお天なる神よ、昼も夜もわれらを見そなわし、われらを憐れみたまえ。おまえ、今日もまた忘れるつもりかな？

いや、とぼくは答えた。

廊下のドアに手をかけながら伯父は低い声で独りごとを言っていた——

主よ、われらを救いたまえ！

ドアが閉まった。その手荒い音がぼくの怒りを鎮めた。食事がすむとぼくは寝室にこもった。しばらくは窓際に立って朝の町並みを見おろしていた。雲の低くたれた空から雨が静かに降りそそいでいる。タバコに火をつけ、ポケットから手紙を取り出し、それを開け、そして読んだ。

サフォーク州ニューマーケット、ウァイイヴァンコテッジ。V・ライトよりの書簡。賭け手の友、V・ライトより親愛なる会員諸氏へ。常に変らぬ御信頼に謝意を表します。御贔屓《ひいき》筋の皆様方が逆運の時も挫けることを知らぬ真のスポーツマンでいらっしゃるのは当方といたしましてもまことに心強い次第であります。バウンティクィーンはまことに大いなる期待はずれに終りました。紙一重の惜敗とみるのが大方の意見でありますが、今はそれ以上のことを語る時ではありますまい。当方は一九二六年以来、郵送による情報提供事業に従事しており、住所が一貫して変らぬ点を御勘案下さるならば、ツキの悪さのゆえに今さらお見限りになるはずはございますまい。もしありとするならば、それはまことに理解いたしかねる仕打ちかと愚考する次第であります。たしかに前回は負け馬でありました。

ツキは変ります。心機一転、こんどこそ間違いなしの勝ち馬で札束をつかんでみてはいかがでしょうか。過去は過去として、問題は未来にあり、というわけであります。**あっと驚く特ダネ**――さる筋ではとっておきの馬でどでかい大当りを狙っています。**信頼すべき筋からの情報**によれば賭け金は少くとも五千ポンドにのぼるとのこと。問題の馬は然《しか》るべき好騎手騎乗のもと好機をとらえて出走の手筈になっております。**絶好の機会**はすみやかに行動を起すすべての人のもとに訪れ、その結果は賭け元を仰天させるでありましょう。返信用封筒に六ペンスを添えてお申込み下されば、わが友すべてに折り返し「大博打」誌をお送りいたします。かくて勝利はわれらのもの、すべての悪運は忘却の彼方に消え去るでありましょう。問題の馬が疾風の如く決勝標を駆け抜けて途方もない賞金をかせぎ出す――思うだに胸おどる光景ではありませんか。今週の必勝馬大予想は以上のとおりです。改めて申しあげるまでもなく当方の**臨時情報**は常時重宝なほんものであります。直ちに行動に移られんことを！競馬と好運においてあなたのしもべなる――V・ライト。注文用紙。サフォーク州ニューマーケット、ウァイヴァンコテッジ、競馬通信、V・ライト宛。ここに――ポンド――シリング――ペンスの郵便小為替を同封いたします。なお折返し会報「大博打」木曜版をお送り下さい。氏名。住所。未成年者あるいは学生との取引きは行っておりません。追記――以上のこと確かな話です。がっぽり儲けましょう。あなたの、ヴァーニー。

ぼくは手紙を右の尻ポケットに注意深くしまいこみ、きゃしゃな造りのベッドに歩み寄り、仰向けにぐったりと身を横たえた。眼を閉じた。右眼のものもらいがかすかに痛む。ぼくはわが精神の王国に引きこもった。しばらくは完全な闇。そして、脳機構の活動停止。明るい四辺形をなす窓の存在は上下の目蓋《まぶた》の接点においてほのかな立証をえている。一つの作品に一つの発端。ぼくとしては承服いたしかねる原則。やがて、古代アイルランドの英雄フィン・マックールが闇の奥から姿を現した。どでかい尻の、眼のどんよりしたフィン、収穫祭の朝ガードルつけた娘たちを相手として単純ならざるチェスに興ずるフィン。

フィン・マックールとその一族について叙述するぼくの原稿からの抜粋。古代神話への気まぐれな、あるいは、なかば気まぐれな侵入。これまで耳にされたさまざまな音楽のうち、とコノーンが問いかけた。最も美しいと思われたのは如何なる調べでしょうか?

いざ語らん、とフィンは応じた。わが勇士七つの隊伍を整えて平原に集《つど》いたるところにかの気ままなる清涼大声の風きたりて隊列を駆け抜けたる、その風声いと麗わし。宮殿の食卓にこだまする酒杯の響き、わが耳に快し。鷗《かもめ》の叫び、鷺《さぎ》の囀《さえず》り、ともに良し。さらにまた好もしきは、トラリーの岸に砕ける波の音、メアラが三人の息子の歌声、そして、マクルーイの笛。よきかな、別れに臨む勇士の雄叫び、五月に啼《な》く郭公《かっこう》の歌。ケアラの雄鹿の鳴声、はたまたデリニッシュの山羊の鼻声、いずれの声も憎からず。ロッホ・バラのほとりにこだまする梟《ふくろう》の深々としたる声はこの世のものとも思われず。心惹かるるは、暗き鐘楼に舞う蝙蝠《こうもり》の羽搏《はばた》き、妊《はら》み雌牛の唸《うな》り声、湖面を打つ虹鱒の音。黄昏《たそがれ》いらくさの巣にこもりて泣く川獺《かわうそ》の忍び音の哀れなる、土手のかげに集いてかまびすしき懸巣《かけす》の声のしわがれたる、ともに慰むわが心。わが意にかなう顔ぶれは、しろちどり、赤頸《あかくび》べにはしがらす、鳶《とび》色くいな、沼地に遊ぶおおばん、脚に斑のあるうみがらす、かつおどり、かもめ、耳立てしふくろう、ウィックローのにわとり、からす、水辺のしぎ、目蓋《まぶた》緑なるいんこ、沼地のいわつばめ、海辺のみそさざい、鳩の尾を持つくいな、鈴なりの小がらす、そしてゴールウェイのちゃぼ。海に流れ入る河の哀切なる号泣はわが意を満たす。荒涼たる冬の日に赤く火照《ほて》りたる胸もあらわに語り合う男たちの賑やかなる声を聞き、遥か彼方にて獲物嗅ぎつけし猟犬の静寂を破る吠え声を耳にする楽しさ。傷つきて暗き穴に身をひそめし川獺の嘆き、そは竪琴よりも妙なる調べ。闇の洞窟に幽閉され、食料はなく快き調べもなく、吟唱詩人に黄金を授けるすべもなしとすれば、これにまさる責苦のあろうとは思われず。チェスの駒すら持たず暗き穴に繋がれて独り夜を過すことあらば凶運これにすぐるはなし。身をひそめしつぐみの叫び、怯えし雌馬の悲鳴、雪に囲まれし猪の泣き言、それすらもわが耳を歓ばす。

お続け下さい、その先を、とコノーンが言った。

いな、まっことこれにて語りおさめん、とフィンは言った。

言うなり彼は立ちあがる。その身の丈は樹木の頂きを凌駕し、ひだを取ったコールテンの上着とズボンを縁取る黒い腸線は彼の動きに合わせてからからと鳴り響く。佇立《ちょりつ》せる彼の偉軀を見あげれば、その首の太さは樫の大木の幹に似て、盛りあがる筋肉と絡み合う腱によって節くれだち、祝宴に列するときはその声なみいる吟唱詩人を圧倒する。ゆったりと波打つその胸は戦車のながえよりも幅広く、顎から臍《へそ》にかけて密生する黒々とした毛は牧草地を思わせ、その骨格は幾層ものみごとな肉に覆われている。野獣の首さながらの両の腕は筋肉隆々、血管怒張して、球の如くにはりつめ、狩猟にすぐれた働きを示し、竪琴を弾ずるわざは楽人にもひけをとらない。馬の腹に似たその太腿は青筋立てたふくらはぎに到って仔馬の腹の如くにひきしまる。広やかな尻をハンドボールの壁に見立つれば百五十人の養い子たち一堂に会して競技を楽しむことを得、はたまたその尻を峠の路に据えるときは軍隊といえども行進するあたわず。

われは荒海を行く船、とフィンは言った。
われは足つよき猟犬。
われは敏捷なる雌鹿。
われは嵐に耐える樹。
われは風車。
われは土手の穴。

エリン（アイルランドの古名）のただなかなる山並みの緑なす韮《にら》の汁が彼のズボンの尻を染めている。そのあたりで彼は一族とともに年の幾月か狩猟の日々を送る——黒豚の尻に槍を突き立て、鳥の巣を捜し、巣穴から狐を狩り出し、小峡谷の霧にまぎれ、ファーガスとともに小高い緑の丘の頂きに坐しては球遊びに興ずる少年たちを眺める。

エリンの束なる幾筋もの流れのほとりに実るすもも、いちご、すぐりなどさまざまな果実の暗い色が彼の上着の背を染めている。そのあたりで彼は一族とともに年の幾月かを過す――高貴な女性を探してはその愛を求め、ガリアン山の雄鹿にすばやく槍を突き刺し、茂みの豚を餌でおびき出し、眼の下の皮膚のたるんだ裁判官相手に分別顔で論理を操る。
ヒースや藁《わら》、それにトモンドの蔦《つた》で編んだ縄を巻きつけた膝とふくらはぎは、ありとある色の糞と汚物にまみれ、蜂蜜酒の汚れ染みやら飲みこぼしやらでごわごわになっている。夜毎、フィンは一族郎党と酒くみかわすのである。

われは若き女王の乳房、とフィンは言った。
われは雨をしのぐ草ぶき屋根。
われは蝙蝠の群のごとき混乱を鎮める暗き城。
われはコナハトの民の耳。
われは竪琴の弦。
われは蚋《ぶよ》。

乳漿のように白い彼の顔に盛りあがる鼻は白い大海に突き出す岬であった。その高きこと十人の戦士の背丈を合わせても及ばず、その横幅はエリンのそれに匹敵する。大洞窟を思わせる鼻の孔はまことに広大であって、その闇の奥は部族の雄羊を引き鳩籠を手にした武装戦士二十名が勢揃いするを得、さらには律法の書と韻文の巻き物、薬草壜と油薬軟膏入りの雪花石膏壺を携えてそのあとに続くあまたの賢人楽人を収めうる広さであった。

お続け下さい、その先を、とジァルムィッド・ドンが言った。是非ともお願い致します。

何者なるか？　とフィンは言った。

これはジァルムィッド・ドンと名乗る者、とコノーンが言った。すなわち、エリンの西なるウィ・ヴォルゲならびにクルアハナ・コナラハあたりより出でしジァルムィッド・オディヴニィ、つまりはゴールウェイに住まうブラウン・ダーモット。

いな、まっことこれにて語りおさめん、とフィンは言った。

乳漿のように白い彼の顔に陣取るその口は大いなることアルスター地方に匹敵し、赤い城壁の如き唇に縁どられたその領域内には干し草の山ほどの黄色い歯が隊列をなして油断なく身をひそめている。それぞれの歯の暗いうろ穴は棘《とげ》に刺された犬が憩《いこ》い、槍に突かれた穴熊が身を横たえるに足る広さである。両の眼を縁どる睫《まつげ》毛は若々しい林さながら、そして、大きな眼玉の色はまさに雪中で行われた大量殺人の現場を思わせる。目蓋は黄昏の港に停泊する船の褐色の帆布のように力なく垂れているが、その大きさはエリン全土を覆うに足る。

あなたの声の妙なる美しさ、とケールクローア・マクモルナが言った。この男はスリァヴ・リアヴァハの言葉巧みなゴルとプロスナハ・ブラーマの弟である。ではフィン一族の一員たるの資格についてお語り下さい。

何者なるか？　とフィンは言った。

これはスリァヴ・リアヴァハより来たりしケールクローア・マクモルナなる者、とコノーンが言った。

さらば語らん、とフィンは言った。詩歌の書十二巻に精通するに至らざるかぎり、その者は詩心に欠けるがゆえを以てわが一族の一員として認めらるることなく追放の憂き目にあう定めなり。わが一族に受け入れられんがためには腋《わき》の下の深さに掘りたる穴にその身を埋めねばならぬ。手にするは盾と一本のはしばみの枝のみ。その者めがけて九人の戦士つぎつぎに槍を投げかく。槍に盾を貫かれ、あるいは生命を奪われるならば、その者は武芸未熟のゆえを以てわが一族の一員と認めらるることなし。わが一族の一員たらんためにはエリンの森において戦士たちの追跡を受けねばならぬ。その髪を束ねることなく、入り組んだ枝、絡み合う茨のなかを走るのである。その髪が枝に絡みて、さんざしの茂みに迷いこみし緬羊《めんよう》の如くになりたるとき、その者はわが一族の一員と認められず、捕えられ深手を負わさる。武器とる手の震えたる者、疾走に際して不注意にも枯枝踏みしだきて足音立つる者、そのいずれもわれらが仲間ならず。わが一員は首の高さに横たえたる棒を飛び越え、膝の低さに支えられたる棒の下をくぐり抜くるわざを求めらる。目蓋を縫いとじられしまま悪臭放つ剛毛の猪二頭引き連れて、駆り立つるフィン一族の目をかすみ、エリンの沼地、湿地を這いずりまわらねばならぬ。その者が泥炭沼に沈み、あるいは猪の一頭だに失うことあらば、フィン一族に迎え入れがたし。

フィン一族たらんと志す者は荒涼たる山の端に坐して五日の時を過さねばならぬ。先端鋭き十二本の雄鹿の角を椅子として、食事、音楽はもとよりチェスの楽しみすら禁じらる。ひとたび泣き言を洩らし、あるいは草の茎を口にするならば、さらにまた麗わしきアイルランド語の詩歌をたえず吟唱すべきなるにそれを怠ることあらば、われらの一員として受け入れがたし。多勢の敵に追いつめられし時は槍を大地に突き立て、その背後に隠れ、細き槍の柄を利して姿をかき消さねばならぬ。さもなくば魔法のわざに欠くるがゆえを以てわが一族の一員たるを得ず。同様にして、エリンの勇士たちの意にかなうよう、疾駆する道筋を変えず速度も落とさず、一本の小枝、一葉の枯葉のかげ、あるいは赤き石の下に身を隠し、瞬時に消え去らねばならぬ。幼き養い子二人を腋の下にかかえ、六人の武装せる戦士を腰にしがみつかせたるままエリン全土を踏破せねばならぬ。その一人たりとも失うことあらばわが一族の一員と看做《みな》すことあたわず。巧智をつくして牛百頭を担い、エリン全土を経巡らねばならぬ。腋の下に五十頭、ズボンのあたりに五十頭、しかもその間いっときたりとも麗わしき詩歌の吟唱を怠ることは許されぬ。エリンの国人の意を損なうことなく一千頭の雄羊をズボンの内にひそますことあたわざれば、フィンとは無縁の者と知るべし。その者は肥えたる牛の乳を素早く搾《しぼ》り、牛乳桶と乳牛をズボンの尻におさめしまま二十年の歳月を閲《けみ》するの要あり。戦車を駆るその者がエリンの戦士たちに追跡さるることあらば、彼はまず戦車を降り、ズボンの尻のたるみに馬と戦車をおさめ、エリンの大地に突き立てたる槍の背後に身を隠すすべを知らねばならぬ。以上述べたる目覚ましきわざを成し遂げえざるかぎり、フィンにとって無用の者なり。これらのわざすべてに巧みなる者にしてはじめてフィン一族たりうることわりと知るべし。

フィン一族の特技の数々をお挙げ下さい、とルアヘール・ジアウェーの息子リアガン・ライムニアハが言った。

何者なるか？　とフィンは言った。

これはルアヘール・ジアウェーの息子リアガン・ライムニアハなる者、とコノーンが言った。エルフィン・ベッグ出身のクノック・スニアハタとラーガン・ルムリー・オラウヘルディ一族の三人の従兄弟のうち三番目の男です。

さらば語らん、三つのことを、とフィンは言う。三つにかぎって物語らん。われ親指をねぶるとき、叡智おのずから湧き出づる。指の間より覗き見るのみにて敵軍を敗走せしめうる者もあり。またある者は病める戦士の家より立ちのぼる煙を吟味してその病を癒やす。

すばらしきお話、とコノーンが言った。感銘いたしました。では次にブリクリューの祝宴についてお語り下さい。

語るあたわず、とフィンは言った。

ではクーリーの雄牛の物語を。

わが手に負えぬ、とフィンは言う。語るあたわず。

ではギーラ・ジアカールと彼の老馬の物語を、とギアル・マック・エィンヒアルダが言った。

何者なるか？　とフィンは言った。

これはギアル・マック・エィンヒアルダなる者、とコノーンが言った。フィリップスタウン出身のクルアハ・コニーチャとガル・マック・エンカルティ・オハッセイ一族の三兄弟のうちまんなかの男です。

語るあたわず、とフィンは言った。

では、せめてお語り下さい、とコノーンが言う。サリートリーの魔法の砦にまつわる物語を。あるいはアレンのいさかいの経緯を。

そのいずれも全くわが手に負えぬ、とフィンは言う。まことにわれ語るあたわず。

ああ、それでは、とコノーンが言う。茶色大外套の下司《げす》野郎をめぐる事の成行きを。

まがまがしい話よ、あれは、とフィンは言った。語れぬわけではないのだが、いな、いな、語るまい、語るまい。まことにおぞましくもいまわしき話なのだ。このフィンが異国の客人に優しき言葉をかけたるところ、厚かましくもこの王国を支配せんとの下心をもつその男はこうほざきおった――望みのかなえられぬときは一日にしてこの国の住民に死と短命の悲しみを与えるであろう、と。エリンを訪れし者にしてかくも高慢なる振舞いに及びし例のあるとは思われず。まことに無類の無礼者なり。異邦人にしてフィンの優しき言葉に恐懼《きょうく》せぬ者ありとは。疾《はや》きこと風の如きフィン、神にもまさるフィンなるに恭順の意を表わさぬうつけ者めが。フィンの如き者、あるいはいささかなりともフィンに似たる者、この世にありとは思われぬ。球投げ、格闘技、獣狩り、そのいずれにても神を打ち負かすフィン。弁舌巧みに麗わしきアイルランド語を語り、吟唱詩人たちには惜しみなく金銀宝石を与え、夕べには暗き洞窟にこもりて遥かなる竪琴に耳澄ますフィン。味よきチーズを作り、槍もて雁を刺し、親指をねぶりて魔力を発揮し、猪の毛を刈り、狩猟に臨みては金色の革ひもに繋ぎし猟犬の一群を操る——これらの力量においてフィンにまさる者いずくにかある？　指は優しく、髪小麦色なるフィン。フィンこそは武装せる軍勢を寛やかなズボンのうちにおさめてアルヴァよりルアハラ山に至る道のりを踏破することも出来るのだ。

ほればれとするお話です、とコノーンが言った。

何者なるか？　とフィンは言った。

わたしです、とコノーンが言った。

さもありなん、とフィンは言った。

お続け下さい、その先を。

われはアルスターの男、コナハトの男、

ギリシアの男、とフィンは言った。

われはクフーリン、われはパトリック。

われはカーバリ・キャットヘッド、われはゴル。

われはわれみずからの父にしてわが息子。

われは時のはじめよりこのかた世に出できしありとある英雄。

あなたの声こそまさに美しい音楽、とコノーンが言った。

ものの本に描かれたるフィンは栄光あるまことのわが姿とは趣きを異にしておる、とフィンは言った。それもまたゆえなきにあらず。語り手が織りなす話の糸にからめとられしフィンは歪められ踏みにじられ捩《ね》じ曲げられておる。話の運びのためとは申せ神の如く大いなるフィンの面目は丸つぶれなのだ。聖カラハにまつわる話とても物語作家のほかいったい誰が思いつくというのか？　その話によれば、四旬節の断食のため痩せさらばえし聖人は四人の侍者に運ばれて古びた船の船材の間に横たえられ、その夜は樫の木のうろに隠され、夜明けとともに情容赦なく殺害されたあげくそのしなびた体は狼と鴉と鳶に食いちぎられたという。それにまた、白鳥に化身させられし王の子供たちの話にしても、ほかのいったい誰が思いつくというのか？　彼らは雪降りしきり氷雨《ひさめ》叩きつけるエリンの二つの海を泳ぎまわる。慰めとなる詩人の連れはなくチェス盤も与えられず、麗わしきアイルランドの歌を口ずさむ声すら奪われ、王女のふくよかな白き脚は羽毛に変えられたあげくその体は辱められて卵を抱く。さらにまた、スウィーニーを恐るべき狂気に追いやりしはほかのいったい誰だというのか？　四旬節の断食でやつれた聖人を殺害せし狂気の彼は木の頂きに居を構え、巨木イチイの幹をねぐらとし、草の屋根すらなきために狂いし頭は冬の雨に打たれ、緑の枝をかじりつつ、話し合う女も竪琴の調べもなきままに骨の髄まで朽ち果てる。かかる話をでっちあげしは物語作家のほかいったい誰がおろう？　まことに世界の物書きどもはエリンの国人を不当に扱い、フィンの名誉失墜を旨としておる。

屈辱の何たるかを知らず死の悲しみを思わぬ彼らに操られ、われらは白鳥と化して泳ぎポニーとなって歩み雄鹿として吠え蛙の如くに鳴き、あげくのはては人の背の傷のように膿《う》み爛《ただ》れる。

まことお説のとおり、とコノーンが言った。

以上の記述、以上の如し。

伝記的回想――その一。ぼくがアルコール性飲料をはじめて口にし、それが内臓器官に及ぼす奇怪な作用を経験したのは右記の断章執筆のほんの二、三か月前のことだった。ある夏の夕方、ぼくはケリーという学生と話しながらスティーヴン公園を散歩していた。農家出身のこの男は今ではイギリス軍の一兵卒である。彼には日常の会話においても卑猥な表現を頻発する癖があって、のべつまくなしに唾をとばし、公園を歩けばかならず花壇を踏みにじり、低い唸り声とともに喉の奥から痰《たん》を吐き出す。幾つかの点でたしかに粗野な男だが、底意地の悪さはない。かつては医学生を志していたこの男は医学部入学試験委員たちの同意を得ることにこれまで少くとも一回は失敗している。グローガンのパブで軽くやろうじゃないか、と彼は切り出した。提案のさりげなさが大いに気に入ったので、ぼくは衷心からの同意を表現するにふさわしい修辞的技法にのっとって、それもまあ悪くはないな、と応じた。

修辞法の種類。曲言法（あるいは緩叙法）。

振り向いてぼくを見た彼はひょうきんに顔をしかめると、ごつい手を差し出した。その手のひらには一ペニー銅貨と六ペンス硬貨がそれぞれ一枚ずつのっている。

おれの喉はひりついている、と彼は言った。ここにおれの七ペンスがある。したがっておれは一パイント飲む。

ということはつまりこちらは身銭を切って飲まなきゃならないってことか、とぼくは即座に読みとった。

その三段論法の帰結は自分免許の前提に基いているがゆえに誤謬である、とぼくはさらりと言ってのけた。

酒分免許の酒亭まことに結構、と応じた彼は盛大に唾を吐いてから言葉を続けた。どうやらせっかくの洒落《しゃれ》も通じないようだから、この警句はわが精神のうちなる宝庫にそっとしまいこんでおくとするか。

ぼくたちはグローガンの店の窓際の居心地のよい隅の坐り心地のよい椅子に色褪せた外套の裾を優雅にひろげて坐った。ぼくは店の者に一シリングと二ペンスを与えた。うやうやしく受け取った男は黒ビール法定一パイント入りグラスを二つ運んできた。ぼくはお互いのグラスをそれぞれの前にきちんと据え直し、この場面の厳粛性について思いをこらした。ぼくと黒ビールとの最初の出会い。ぼくが話を交した数えきれないほどの人たちは異口同音に語ってくれたものだ——アルコール性飲料をはじめとする酩酊性食品一般は五感ならびに肉体に対して悪影響を及ぼし、若くしてこの種の刺戟に惑溺する者は不幸な生涯を送り、泥酔のあげく転落死を遂げるに到る。血と嘔吐物にまみれて階段下で息絶えるという芳しからざる定めが待っているのである。喉の渇きを鎮める特効薬として何とかという強壮剤を勧めてくれた中年の修道士もいた。とにかくぼくは十二歳のときに読んだ教科書の記述によってこの問題の重要性を深く心に刻みつけられていたのである。

アイリッシュ・クリスチャン・ブラザーズ編上級文学読本からの抜粋。しこうして泡立つ大杯を飾る花輪のうちに、残忍なる蝮《まむし》その頭をもたげ猛毒の蛇とぐろを巻く――マシュー・プライア。アルコールとは何か？　医学界の泰斗の見解に従えば、それは二重の意味において毒物である。すなわち、刺戟性毒物であるとともに麻酔性毒物でもあるのである。刺戟剤として、それは脳髄を興奮させ、心臓の活動を促進し、酩酊状態を惹起し、ついには組織を変質させるに到る。麻酔剤として、それは主として神経組織に影響を与える。すなわち、脳髄、脊髄、および神経組織の反応を鈍麻し、大量の摂取が行われた場合には死をもたらす。アルコールが体内に摂取されると各種器官、とりわけて肺臓は過労を強いられる。酷使の結果として肺臓は変質する。大酒家の多くがアルコール性肺癆《はいろう》と呼ばれる特異な結核症を患うのはこのゆえである。まことに嘆かわしいことながら、わが国の病院はこの種の患者で充満しており、これら不幸な犠牲者たちは天寿を全うすることなく、ゆるやかながら着実な死の行進を出迎えるのである。アルコールは活力を強めるどころかむしろそれを弱める。これは確固たる事実である。アルコールの摂取は筋肉を弛緩させ、その結果として筋力は減退する。この筋肉機能の低下はしばしば全身的な麻痺状態をもたらす。すなわち、飲酒は神経組織全体の緊張をゆるめるが、それが過度に及ぶ場合には、帆と帆綱を失った船の如く、肉体の運動ならびに制御は不可能となるのである。医療的見地からすればアルコールにも幾つかの利点なしとはしないが、それにもかかわらず人がひとたびその犠牲者になってしまうとアルコールは冷酷無比な支配者に変貌する。その圧制に呻《しん》吟《ぎん》する犠牲者はすべての意志力を失った恐るべき状態に陥り、救いようのない愚者となって、悔恨と絶望の日々を送るのである。以上の記述、以上の如し。

とはいうものの、ぼくの友人のなかにはアルコールの影響力のもとに自発的に身をさらすのを常とする連中がいて、そんなときの彼らは奇怪な経験を物語ったりしてしばしばぼくを驚かせる。たしかにアルコールは精神を損ないはするだろう、とぼくは考えた。それにしても愉快な損なわれ方と言えるのではあるまいか。この種の疑問に関しては身を以て経験するほかに満足すべき解決策はないように思える。これが初体験かという思いをかみしめながら、ぼくはグラスをあげるに先立ってその底をそっと撫で、ひそかに幾つかの質問を自分自身に問いかけた。

質問の内容。いつの日にか付き合うことになる友はどんな人たちだろう？　どのような盛大な酒宴に連なることになるのか？　饗応の席では選りすぐりのアテネ料理を並べて酒をくみかわす。宴たけなわに聞こえてくるは名手の奏でるリュートの妙なる楽の音。そして小鳥の囀りに似た美声は不滅の調べ、イタリアの歌曲を唱う。なんたる悦楽。耳に快いあの音は笛かティンバルか？　これが恍惚の極みというものか？


乾杯、とケリーが言った。

どうも、とぼくは言った。

黒ビールが口蓋に触れた。苦い。ねっとりとしたこくのある味覚。ケリーは胸腔内の空気をすべて放出するかのようにながながしい音をたてた。

ぼくは横目に彼を見て、言った。

さすがのきみも一気に一パイントやっつけるわけにはいくまい。

彼は身を乗り出し、くそまじめな顔をぼくに突きつけた。

あのな、これだけは言っとくがね、と彼は口をゆがめた。やっつけるなんてとんでもない、黒ビール一パイントにまさる友はなし、さ。

彼の讃辞もさることながら、ぼくはまもなく黒ビール摂取量はそれがもたらす中毒症状と好ましからざる関係を有するという事実を身にしみて知った。やがてぼくは壜詰め黒ビールに耽溺するようになっていた。複数の壜をあけると誘発されるあのめくるめく苦痛にみちた嘔吐の発作にもかかわらず、それはぼくにとって最も好ましい飲料なのである。

十月のある晩、パーネル・ストリートのパブの床に一ガロンの未消化黒ビールをぶちまけてから家路についたぼくは、かろうじてベッドにもぐりこみ、それから三日間というもの風邪と称して引きこもっていた。服はマットレスの下に隠さねばならなかった。というのは五感のうち少くとも二つに対してそれは不快感を与えていたし、体調不全の根拠として右に述べた理由とは完全に齟齬《そご》する立証物件ともなっていたからである。

右に言及されたる二つの感覚。視覚、嗅覚。

三日目の晩、ブリンズリーがぼくの部屋に入ってきた。何冊もの本やら書類やらを抱えている。健康状態について愚痴をこぼすぼくに対して、彼は現今の気象状況は病弱者の安寧に有害である旨の同情的見解を以て応じてくれた……この部屋は妙な臭いがする、と彼は言葉を添えた。

わが友にかかわる描写的記述。痩せぎす、髪は黒、ためらいがち。ミーズ出身のインテリ。理路整然たる語り口に警句をちりばめる癖あり。胸薄く、血色悪し。

ぼくは喉を精一杯ひろげ、がさつな音を発した。紳士らしからざる振舞いではある。

調子がひどく悪くて、とぼくは言った。

まったく妙な男だよ、きみは、と彼は言った。

パーネル・ストリートに出かけてったんだ、とぼくは言った。シェイダー・ウォードと一緒でね、二人して飲んだってわけさ。ところが何がどうしたものやら、吐いちまってね。目の玉が顔から飛び出すんじゃないかってほどの勢いで吐いたんだ。服なんかめちゃくちゃさ。吐いて吐いて、とどのつまりはげっぷが出るばかり。

ひどいもんだ、とブリンズリーが言う。

そういうこと、とぼくが言う。

ぼくは体の向きを変え、肘枕をした。

それまでは神やら何やらについてシェイダーと話しこんでいたんだがね、とぼくは言った。ぼくの内部の何ものかが胃から脱出をはかっている――だしぬけにそんな気がしたんだ。次の瞬間ぼくの頭はシェイダーの手に押さえこまれていた。ぼくは吐いていた、それもまことに盛大に吐いていたんだ。ぶったまげたねえ、あれには。

ここでブリンズリーは笑いの合の手を入れた。

胃袋を床に吐き出しちまった、そう思ったね、とぼくは言った。力を抜いて、楽にして、とシェイダーが言ってたっけ。すっかり吐いちまえば楽になる。ちっとはすっきりしたか？　あんときどうやって家に辿りついたものやら。実のところまるっきり記憶にないというお粗末なのさ。

でもとにかくきみは家に戻った、とブリンズリーが言った。

ぼくは肘をひっこめ、精も根も尽きはてたという思い入れよろしくまた仰向けになった。不自然を承知で、あえて下層労働者の口調をまじえて喋っていたので、実際に疲れてもいた。毛布をかぶったままぼくはぼんやり鉛筆で臍《へそ》をつついていた。窓際のブリンズリーはくつくつと笑った。

くつくつ笑いの特質。ひっそり、ひそやか、ひややか。

何がおかしいんだ？　とぼくは言った。

きみ、きみの作品、そして、きみの黒ビール、と彼は答えた。

読んだのか、きみに貸した例のやつを？　とぼくは言った。フィンについて書いたぼくの文章を？

ああ読んだとも、と彼は言った。あいつはまさに豚の頬髯ってところだな。けっこう面白かった。

これは心あたたまる讃辞だ、とぼくは思った。神の如く大いなるフィン。窓際を離れたブリンズリーはタバコを一本くれと言った。ぼくは吸いさしを一本、すなわち、半分吸った吸殻をまるまる一本とりだし、手のひらに載せて差し出した。

これでおしまい。声に哀調をこめてぼくは言った。

まったく妙なやつだぜ、きみは、と彼は言った。

それから彼は自分のポケットから二十本入りの箱をとりだし、その一本に火をつけた。

金儲けには二つの方法がある、と彼は言った。本の書き屋になるか馬の賭け屋になるか、この二つだ。

それがきっかけとなってぼくたちの話は文学談義に移行した――現存の、そして、物故した偉大な作家たち、現代詩の特質、出版者たちの偏向、余暇の気晴らしにせよ常に文学的営為にいそしむことの重要性。薄暗いぼくの部屋を寸鉄人を刺す警句が飛びかい、ロシアの巨匠たちの名前は荘重な調べを響かせた。中世フランス語の蘊蓄《うんちく》を傾けた洒落が連発され、精神分析への言及がさりげなくなされた。それについでぼくは要請も懇願もされぬままに自作に関する解説を申し出た。そのことによってわが作品の美学、そこに宿る魔力、その主題の要旨、その悲しみと喜び、その闇と陽光きらめく清澄さ、これら一切にかかわる洞察を提示しようと思ったのである。

提示された解説の論点。小説と戯曲はともに楽しき知的実践である。小説は幻想の外的投影物に欠ける点において戯曲に劣るが、しばしば姑息な手段で読者をペテンにかけては架空の作中人物の運命に人ごとならぬ関心を抱かしめる。戯曲は公共建造物において多数観客の健全なる鑑賞に供せられ、小説は密室における個人のひそやかな楽しみの具である。節度に欠ける作者の手にかかるとき、小説は独裁専制的なものになりうる。あえて言うならば、申し分なき小説は紛《まご》うかたなき紛《まが》い物でなければならず、読者は随意にほどほどの信頼をそれに寄せればよいのである。作中人物たちを画一的に善人、悪人、貧乏人、金持などと規定してしまうのは非民主的措置である。作中人物はそれぞれ固有の個人生活、自己決定、および然るべき生活水準を許容さるべきである。それによって各自の自尊心と満足感は強められ、それぞれの貢献度は増進されるであろう。その結果として混沌が招来されるだろうとする見解は正鵠《せいこく》を得ていない。作中人物たちは別個の作品間において交換可能たるべきものである。既存の全作品体系は一種の煉獄と看做さるべきであって、慧眼の作家はその領域から必要な人物を選び出すことを得るし、そこに適当な傀儡《かいらい》を見出しえぬ場合にのみ新たな創出をはかるのである。現代小説はもっぱら引照をこととすべきである。おおむねのところ作家なるものはかつてなんびとかが述べたことの再述に時を費しているのであり、その述べ方はかつてのそれに比べて格段に劣悪なるを常とする。既存の諸作品との頻繁な照応は読者をして即座に当該作中人物の性格を察知せしめ、冗漫な説明を不要のものとし、現代文学を理解しようなどと思う香具師《やし》、成上り者、手品師、それに無教養な輩《やから》を効果的に締め出すことになろう。解説、以上の如し。

くそおもしろくもない珍説だな、とブリンズリーが言った。

しかしぼくは枕許の本の下からタイプライターで打った原稿を取り出し、ぼくの文学的意図についてのかなり詳細な説明にとりかかった——原稿を読みあげたり、原稿ぬきで一席ぶったり、オラーチオ・レクタ（直接話法）とオラーチオ・オブリーカ（間接話法）を併用して。

レッド・スワン・ホテルに関する原稿からの抜粋、オラーチオ・レクタ。ロウア・リーソン・ストリート所在のレッド・スワン・ホテルには永代借地権が設定されており、その使用主は敷地東側の境界を画す十七ヤード、すなわち、ピーター・プレイス交差点に到る間の路地に関してその自由な通行を保証するよう義務づけられている。ここで改行。十七世紀にはコーネルスコート駅伝乗合馬車の終着駅であったが、一七一二年に改築され、後に郷士たちによって火を放たれた。如何なる理由によって焼打ちされたか詳《つまび》らかではないが、クロッピーズ・エイカー沿い三パーチ（約十五メートル）に及ぶその廃園は今もひっそりと静まりかえっている。現在の建物は四階建てで、玄関ドアの扇形明り取りはレッド・スワンという白い文字で縁取られ、扇形の中心にはバーミンガムの鋳物工場特製のみごとなレッド・スワン像がはめこまれている。以上の記述、以上の如し。

抜粋の続き。レッド・スワン・ホテルの下宿人ダーモット・トレリスに関する叙述、オラーチオ・レクタ。ダーモット・トレリスは中背の男だが、この二十年間というものベッドを離れたためしがないので、その体つきは締《しま》りがなく魅力に欠ける。寝たきりなのはあくまでも彼の自発的行為であって、内臓器官その他の疾患は認められない。夕方になると時折り非常に短期間ではあるがベッドから身を起し、フェルトのスリッパをひっかけてよたよた歩きまわり、食事あるいは寝具の件について調理場の下働きと言葉を交すことがある。彼は天候の良し悪しに対するすべての肉体的反応を失っており、季節の移り変りはもっぱらニキビの盛衰を以て確かめるのを常としている。両足は膨れあがり刺すような熱っぽさに悩まされている。これはウールの下着を着用したままベッドに入っているためである。彼は決して外出せず、窓際に近づくこともほとんどない。

ブリンズリーの力作。フィン伝説の規範に則る口頭による挿入句。トレリスの首たるや屋《や》形《かた》の如くに太やかにして逞しく、積年にわたりてその付け根に陣取る赤く脹《ふく》れたる根太《ねぶと》は夜も昼も一刻の油断もなく敵の来襲に備えたり。その尻は海の如く青き三本マストの帆船の船尾さながら、その胃袋は満帆に風をはらむ主帆にほかならぬ。顔は太古の山並みに降りつもる雪、その足は平原。

そうだ、ここで話が中断したのだ。伯父がドアから頭を突き出し、いかめしい目付きでぼくを睨みつけたのだった。帰宅したばかりのところなのか、その顔は紅潮し、手には夕刊が一部。ぼくに向って口を開こうとした瞬間、彼は窓際に立つブリンズリーの黒い影を認めた。

これはこれは、と彼は言った。陽気な物音を立てながら部屋に入ってくると、勢いよくドアを閉め、ブリンズリーの姿に目をこらした。ブリンズリーはポケットから手を抜き出し、薄暗がりのなかに理由もない微笑を浮かびあがらせた。

今晩は、諸君、と伯父は言った。

こんばんは、とブリンズリーが言った。

こちらミスタ・ブリンズリー、ぼくの友だち。ベッドから弱々しく首をもたげて、ぼくは言った。ついでに疲労困憊《こんぱい》の思い入れよろしく低い呻《うめ》き声を洩らす。

伯父は手を差し出し衷心からの友情をこめて握りしめた。

ああ、ミスタ・ブリンズリー、はじめまして、と彼は言った。どうぞよろしく。大学に行ってらっしゃるわけで、ミスタ・ブリンズリー？

ええ、まあ。

ああ、まことに結構、と伯父は言った。すばらしいことですな、それは――なにかと役に立つでしょうからねえ。いえ、まったく。学位があればたいそう箔《はく》がつくってもんですからな。教授連というのはひどく気むずかしいんでしょうね、ミスタ・ブリンズリー？

いいえ、べつに。どっちみち超然とした人たちですから。

そういうもんですかねえ。以前とはどうも様子が違うようですな。昔の学校の先生ってのは鞭打ちの効用を信じていたもんですよ。こっぴどくやられたもんですぜ、あんた。

と言って彼は笑い声をあげた。ぼくたちも気のない笑いでそれに和した。

鞭はペンよりも強し、ってね、と言い添えて彼はさらに高らかな笑い声を立てた。それは次第に勢いがなくなり、ひっそりとしたくすくす笑いになった。やがて彼はしばらく沈黙した。記憶の内部をのぞきこみ、これまで見落としていた何かを吟味しているかのようだった。

ところでわれらが友の調子は如何かな？　彼はぼくのベッドの方向に質問を発した。

ぼくの回答の調子。丁重、お座なり、情報量皆無。

伯父はブリンズリーのほうに身を乗り出し、秘密でも打ち明けるかのように声をひそめて言った。御存知でしょうが、ひどくうつりやすい風邪がはやっています。誰にもせよ二人に一人は風邪にかかっていると思えばいい。神よわれらを守り給え。この冬はインフルエンザの大流行となりましょう。

こいつは請け合ってもいい。この際、十分な要心が肝心でしょうな。

実のところ、とブリンズリーは世慣れた調子で応じた。わたし自身風邪が治ったばかりなんです。どっちみち十分な要心が肝心、と伯父が言う。備えあれば病なしですよ、まったくの話。

ここで話が途切れた。三人はそれぞれに沈黙を破る言葉を捜していた。

うかがいますが、ミスタ・ブリンズリー、と伯父が切り出した。将来は医者になるおつもりで？

いいえ、とブリンズリーが言った。

では学校の先生に？

ここでぼくはベッドから強引に割り込んだ。

彼は文学士の称号を取得したら教育熱心を以て鳴るクリスチャン・ブラザーズに奉職したいと思っているんだ。

まことに結構、と伯父は言った。ブラザーズといえば生徒を受け入れるについてひどくやかましいという定評がある。あそこでの勤務を志望されるくらいだから、あなたの成績はさぞかし立派なものなんでしょう。履歴にも汚点一つないってわけでしょうな。

まあそんなところで、とブリンズリーが言った。

さすがですな、と伯父は言った。医師と教師という二つの途《みち》につくためには大いなる勤勉と神の愛とを要する。神の愛とは隣人を愛する心にほかならないのだから。そうでしょう？

彼は同意を求めてぼくたち二人をこもごも見つめ、そのあげくブリンズリーの顔に問いただすような視線をとめた。

若い人たちを教化し、病める人たちを癒して神の授け給うた健全なる姿に立ち戻らせる――これぞまことに偉大かつ高貴な務めと言うべきでしょうな、いや、まったくの話。この仕事に献身する人たちには並はずれた栄冠が与えられて然るべきでしょう。

とはいえきつい仕事です、とブリンズリーが言った。

きつい仕事？　と伯父が言った。さもありなん、ですな。でも、うかがいますがね、それだけの値打ちがあるんでは？

ブリンズリーはうなずいた。

値打ちはある、たっぷりある、と伯父は言った。並はずれた栄冠なんてものは並のことでは与えられるもんじゃない。ああ、まことにすばらしい仕事、まことに偉大な務め。医師と教師、これこそ並はずれた恩寵と祝福に値する選り抜き別格の二つなのだ。

口にくわえたタバコのけむりをじっと見つめながら彼はしばらく瞑想にふけっていた。やがて顔をあげると、洗面器台をぴしゃりと叩き、声をあげて笑いだした。

それにしても仏頂面ってのは、と彼は言った。仏頂面をしていたってどうなるもんでもない。そうでしょう、ミスタ・ブリンズリー？　あたしはねえ、大事なのは微笑と気のきいた台詞だって信じこんでるんですよ。

霊験あらたか万病に効く特効薬、とブリンズリーが言った。

万病に効く特効薬か、と伯父は言った。まことに気のきいた台詞だ。さてと……

彼は告別の手を差し出した。

御身御大切に、と彼は言った。まずは心して上着のボタンを掛け忘れることのなきよう。さすればインフルエンザのやつにむざむざ忍びこまれることもありますまい。

彼は丁重な挨拶とともに送り出された。満ち足りた微笑を浮かべて部屋を出た彼は三秒もしないうちに舞い戻ってきた。ぼくたちがほっと一息いれた瞬間、だしぬけに気むずかしい顔がドアから突っこんできたのである。

あの、さっきのブラザーズの件だけれど、と彼はブリンズリーに低い声で話しかけた。あなたのためにちょっと口をきいてあげてもいいのだが。

御親切にどうも、とブリンズリーは言った。でも——

いや、なんの雑作もないことです、と伯父は言った。リッチモンド・ストリートのブラザー・ハンリーね、あの人とは格別に昵懇《じっこん》の仲なんですよ。かげで糸を引くなんて御大層なことじゃないんだけれど、ひとこと耳打ちすりゃ済むことさ。なにしろ大の親友なんだから。

でもなんだか申しわけなくって、とブリンズリーが言った。

いやいや、ちっとも気にすることはない、と伯父は言った。何をするにしたって筋ってものがあるんですよ。その筋に知合いがいるってのは結構なもんなんだ。それにしてもブラザー・ハンリーって人はだな、まあ内々の話だけれど、あれは大した男だ——いやまったく、とびっきり最高の人物なんだ。ブラザー・ハンリーみたいな大物と一緒に仕事が出来るなんて願ってもない話ですよ。明日にでも彼に声をかけてみるとするか。

でも、問題が一つ、とブリンズリーが言った。卒業証書を手にするにはまだちょっと間があるんですけれど。

いいから、いいから、と伯父は言った。何事も早目が肝心。早い者勝ちって言うじゃないか。

ここで彼は顔を引き締め、ひどく秘密めいた重々しい表情を浮かべた。

言うまでもなく教団側としては人物のしっかりした、教育ある若者を常に求めている。聞いておきたいのだが、ミスタ・ブリンズリー、あなたはこれまでに……

これまで考えたこともありません、そんなこと、とブリンズリーは愕然として言った。

宗教生活に惹きつけられる、そんなふうに考えたことは?

それについては大して考えたことがない、そう思います。

ブリンズリーの口調にはある種の感情のたかぶりを抑えこもうとしているかのようなこわばりがあった。

あれは健全で健康的な生活だし、その末には格別の栄冠が待ちうけている、と伯父は言った。すべての若者は世俗にとどまる決心をする前に、まずはこの件について慎重に考慮し、神のお召しを心して祈るべきでしょう。

すべての若者に声がかかるってもんじゃないですよね、とぼくはベッドから思い切って口をさしはさんだ。

みんながみんなってわけじゃない、と伯父は同意した。まったくそのとおり。ほんのひとにぎりの選ばれた人たちだけなのだ。

と言ってから、口をさしはさんだのはぼくだと気づいた伯父は、ぼくが真顔で言ったのかどうかを確かめるかのように、鋭い目付きでこちらを見た。それからまたブリンズリーのほうに顔を向けた。

約束して頂きたい、ミスタ・ブリンズリー、と彼は言った。この件についてお考えおきくださると約束して頂けますすな？

ええ、たしかに、とブリンズリーが言った。

伯父はにっこりすると握手の手を差し出した。

けっこう、と彼は言った。あなたに神の祝福を。


わが伯父にかかわる叙述。小心、狡猾、他人の目への意識過剰。口実ならびに欺瞞過度。ギネス事務職第三級。

一瞬のうちに彼は姿を消した。こんどは戻ってこなかった。窓際に佇《たたず》むブリンズリーの黒い影はさりげなく黙劇の仕草を演じながら敬虔な感歎詞を洩らした。


黙劇ならびに感歎詞の種類。額の汗の除去。おお　神さま。

望むらくは、とブリンズリーは言った。トレリスが伯父貴の複製ならざらんことを。

それは黙殺して、ぼくはマントルピースに手をのばし、『人文ならびに自然科学概観』の第二十一巻を抜き出した。巻を開き、ある一節を読みあげた。ぼくの目的にふさわしいものとして自作原稿のなかに組み込んだ断章である。実のところそれはドクター・ビーティ（今は神とともにあり）への言及なのだが、ぼくは委細かまわずわがものとしたのである。

『人文ならびに自然科学概観』よりの抜粋。トレリスの体軀を描写し、その生活の破綻に言い及ぶ。その体軀において彼は中背であるが、肩幅が広いため一見したところ実際よりも逞しい筋骨の持主のように思えた。その歩きぶりにおいてはなにがしか緩慢の趣きを呈している。晩年の彼は肥満度の増した体を持てあまし気味であった。容貌は端整、血色は鮮やかであって、きらめく黒い眼の表情は優しい憂愁を湛え、友人との会話に際しては異様なほどの活気を帯びる。かくも偉大な人物について巷間伝えられるところの生活破綻の状況に言及せざるをえないのはまことに遺憾な次第である。生涯の終りに臨んで彼は大量の飲酒に耽溺したとの説がもっぱらである。ミスタ・アバスノット宛書簡において彼は次の如く述べている——現在わが精神に加えられつつある重圧のゆえに、鎮静剤として酒を用いることなくば眠るあたわず。アヘンにくらぶれば害少きも、有効性においてははるかに劣る。ミスタ・アバスノット宛書簡よりの抜粋、以上の如し。おそらく彼は暫くの間にせよ悲しみの記憶を消さんとの思いに駆られ、かくも口当りよき内服剤にひたすら頼ることになったのであろう。いずれにせよ、些細ながらも糾弾さるべき罪と看做されるこの種の所業も、妻と別れた夫、子を亡くした父たるの境地にとどまるをいさぎよしとしなかった男の場合、許さるべきことかもしれない。息子の死後数年を経て、彼は物故者たちがものした文章を一巻にまとめるという物悲しくも心慰む作業に専念した。無理からぬことながら愛する息子の文章への偏愛、ならびに、古典的学識に関する彼自身の正確とは言いかねる素養が原因となって、彼が編んだ選集には英語およびラテン語による水準以下の大凡作が数篇採り入れられている。この選集は私家版として数部印刷され、編者が特に懇意にしていた友人たちに献呈された。抜粋、以上の如し。

自作原稿からの抜粋。記述体。オラーチオ・レクタ。トレリスは物音ひとつしない二階の自室で弱々しく身じろぎした。薄暗がりのなかでひっそりと眉をひそめ、厚ぼったい目蓋をしばたたかせ、額に皺《しわ》を寄せてニキビの点在する波状紋を浮かびあがらせ、ずんぐりした指でベッドの上掛けをつまんだ。

木製のベッドはたいへんな時代物で、そのなかで数多くの先祖たちがかつては死にかつては生れたのである。その造りは精巧で、優雅な彫刻に飾られている。それはイタリア製であって、かの偉大な天才ストラディヴァリが若年の折、手なぐさみに造ったとされている。ベッドの片側には書物とタイプで打った書類とをのせた小さなテーブルがあり、もう一方の側には用箪笥が備えつけられている。さらに樅材《もみ》の衣裳箪笥および椅子二脚が置いてある。窓際には小型のベークライト製時計があって、ピーター・パレスの陳列窓からこの部屋に移されてからこのかた、時々刻々、新しい日を相手に奮闘し、一日を二十四の時刻に少しの狂いもなく配分しつづけている。物静かで奴隷のように働くこの時計は去勢されており、その二つの目覚し用ベルはマントルピースに並ぶほこりまみれの書物のうしろあたりにころがっているはずである。

トレリスは三種類のパジャマを持っており、常日頃その洗濯法に関しては極度の気むずかしさを発揮する。週に一回、火曜日が洗濯日と定められているが、それは彼の監督のもと下女によって実施されるのである。

レッド・スワン・ホテルにおける火曜日の夜、その一例。日が沈み闇が迫ってくる頃、ベッドから身を起したトレリスはぶかぶかのパジャマのうえにズボンを引きずりあげ、頼りない白い足をふんばってゆらゆらと立つ。

ズボンの種類。細身、旧式、大戦前の流行。

彼は手探りでスリッパを探し、片手を前方に突き出して暗い階段に向い、手すりにつかまる。玄関ホールに達した彼は不安げに前方をすかし見ながら、地下室に通ずる暗い石の階段をおりて行く。地下室の強烈な臭いが彼の鼻孔を襲う。洗濯女が祝日の幔幕《まんまく》よろしく垂れ下げた下着から湯気とともに立ちのぼる異臭。彼はあたりを見まわす。天井はさまざまの旗で飾り立てられている。長方形の旗じるしは彼の長シャツ、大軍艦旗はシーツ、小旗のたぐいは彼がベッドで着用するよだれ掛け、淡黄色の三角旗は彼のパンツ。

ストーヴの前にテリーザの姿が見える。肉づきのいい太腿が赤々とした火に照らされている。血色のいいずんぐりした娘で、服は灰色、デザインのよくない胴衣を着けている。

ブリンズリー不意の発言。 扇形窓のレッド・スワン像の周辺を飾る銅細工と右に言及された胴衣との類似性について彼はしばらく論評を加えた。両者とも大量生産のまぎれもない表象である、と彼は主張する。彼の見解に従えば、下女は人類のフォード車であって、いずれも大量生産による規格品である。しかしながら下女は結構な娘たちであり、これにまさるすてきなもんなんかありゃしない、というのが彼の最終的結論であった。

二項目遡上、叙述継承。 トレリスは鑑定家のような手つきで愛用の毛織衣服を吟味し、やさしく裏返しにする。

毛織物の特質。 やわらかく、肌ざわりよし。

彼は下女に感謝の微笑を投げかける。そして顔のニキビをそっと撫で、思いに沈みながら、再び寝室めざして苦しい途を辿る。ベッドが冷えるのを案じつつ、彼はがらんとした玄関ホールを急ぎ足に通り抜ける。一糸まとわぬ美少女が青い流れのほとりに佇んでいる。向い合ったホール壁面の暗がりからナポレオンがみだらな目付きで彼女をみつめる。


伝記的回想——その二。数日後。朝食のときぼくは伯父に言った。

本代なんだけど、五シリングくれない？

五シリング？　五シリングねえ。五シリングもするなんて大した本なんだろうな。で、何という本？

ハイネの『ディー・ハルツライゼ』とぼくは答えた。

ディー……？

『ディー・ハルツライゼ（ハルツ紀行）』ドイツ語の本なんだ。

なるほど、と彼は言った。

伯父は頭を垂れた。その両の眼は鱈《たら》のフライを切り分けているナイフとフォークの動きにぴたり焦点を合わされている。だしぬけに仕事から解放された右手はチョッキに突っこまれ、テーブルクロスの上に半クラウン銀貨二枚（計五シリング）を引きずり出してきた。

暫く間を置いてから彼は言った。

その本が役に立つのなら、まことに結構。それが読まれ研究されるかぎり、まことに結構。貨幣をつまみ出す指の赤らみ、栄養摂取への集中ぶり——この二点は彼の人間性に同等に備わる二つの様相を瞬時のうちに啓示している。ぼくは灰色の外套を引っかけ、彼をその場に残してさっと通りに出た。上半身を前に倒し、冷たい雨をついて大学に向う。

大学にかかわる描写的記述。大学は長方形の簡素な建造物で、夏になるとその正面に位置するポーチには真昼の太陽がドニブルックの方角から陽光を降りそそぎ、階段を温めて学生たちを喜ばせる。なかに入るとチェス盤と同じ趣向の大きな白黒模様で床を敷きつめたホールがある。すっきりとクリーム色にまとめられた壁面の三か所に目ざわりなしみがついている。学生たちの踵、尻、肩が汚した跡である。

ホールは学生たちで込み合っていたが、なかには妙に物静かでおつにすました連中もいる。つつましやかに本を抱えた女子学生たちはひとかたまりの列をつくって、男たちの間をすり抜けて行く。雑多な話し声、ざわめきと活気、それらが入りまじって低い唸り声となる。制服姿の用務員が小さな事務室から姿を現し、鋭いベルの音を鳴り響かせる。それを合図に学生の群れは散りはじめる。男子学生の多くは器用な手つきでタバコの火をもみ消し、毅然たる足取りで講義室に通ずる螺旋《らせん》階段を登る。なかには階段の途中で足をとめ、まだ下でぐずついている仲間に向っておどけた、あるいは猥雑な声を掛ける者もいる。

ホールの壁に貼り出された告示の数々に注意深く目を通してから、ぼくは何の感慨も浮かばぬままに大学の裏手へ廻った。そこには廃墟のように古びた別棟があって、その一室は喫煙室と呼びならわされている。ふだんここにたむろしているのは優等生とは程遠い賭事好きの荒っぽい連中と相場がきまっていた。かつてこの連中は山と積みあげた肘掛け椅子と籐《とう》のスツールに火をつけてこの建物を焼き払おうと試みたことがある。しかし結局のところ企ては失敗に終った。なにしろ時期が悪かった――十月は雨の多い季節なのである。それに守衛たちが騒ぎ立てもしたし。

ぼくはひんやりした片隅にひっそりと坐った。わが肉体の弱々しい城郭を灰色の外套でしっかり包みこみ、二つの開口部たる両の眼から敵意にみちた視線を外部に向ける。粗野、頑健な連中がカードとコインをテーブルに叩きつけながら、声を張りあげて互いに畜生呼ばわりをしていた。読み捨てられた新聞で部屋は足の踏み場もない。壁に貼られたビラはところどころ引きちぎられている。わずかに残っているビラもうまい具合に文字を消されて、みだらな、あるいは、おどけた文章に変っている。

友人ブリンズリーがドアから顔をのぞかせてきょろきょろ見廻している。ぼくが合図すると寄ってきてタバコを一本くれと言う。ぼくは吸殻を一本、手のひらに載せて差し出した。

これでおしまい。声に哀調をこめてぼくは言った。

まったく妙なやつだぜ、きみは、と彼は言った。新聞紙だらけのところで何やってるんだ?

べつに、とぼくは言った。マッチを擦って自分の吸殻に火をつけ、ブリンズリーが取り出したタバコにもついでに火をつけてやった。二人はしばらくタバコをふかしていた。床は靴跡で濡れ、高い窓には霧がべったり貼りついていた。ブリンズリーはやたらに不浄な表現を口にし、いやな天気だと言い添え、さらにはそれを売春婦にたとえた。

昨日の夜われらが友と話しこんでね、とぼくはさりげなく言った。つまり、ミスタ・トレリスとね。罫線入りの大判用紙を山ほど買いこんだあの男は創作にとりかかったところなんだ。彼は作中人物の全員を否《いや》も応もなくレッド・スワン・ホテルに同居させるつもりだ。そうすればいつでも彼らを監視していられるし、彼らが酒をくらって羽目をはずすなんておそれもなくなるってわけさ。

なるほど、とブリンズリーが言った。

彼らのうち大部分は他人の作品の登場人物でね。おもにトレイシーという大作家のものに出てくる連中なんだ。十三号室にはカウボーイが一人、それから古代アイルランドの英雄ミスタ・マックールはその上の階にいる。地下室は妖精たちで満員だ。

みんなでいったい何しようというのだ？　とブリンズリーが言った。

彼の発言の調子。うわのそら、うんざり、うわすべり。

トレリスはね、とぼくは委細かまわず話を進めた。トレリスは罪とその報いについて書こうとしている。彼は哲学者であり、そしてモラリストなのだ。最近の新聞各紙に報道されているような性犯罪をはじめとする各種犯罪の頻発に彼は衝撃を受けている——とりわけて土曜日の夜に発行されるたぐいの新聞には衝撃的な記事が多いからね。

　モラリストのものなんか誰も読まないだろうな、とブリンズリーが言った。

　いや、そんなことはない、とぼくは応じた。トレリスは有益なる自作が万人の愛読書となることを望んでいる。教訓一点張りでは大衆受けしないことくらいは彼も心得ている。したがって猥雑なネタもたっぷり仕込んである。年頃の女を犯す話が七回も出てくるはずだし、卑猥な言葉なんぞも応接にいとまなしというあんばいだ。お好みとあればウィスキーに黒ビールまで取りそろえようって心意気なのさ。

　さっきの話だと酒盛り厳禁のはずだが、とブリンズリーが言った。

　許可ずみの酒宴はそのかぎりにあらずでしてね、とぼくは言った。配下たちに対するトレリスの支配権は絶対的なんだ。ただし彼が眠っている間は支配権放棄ということになる。したがって彼は連中が全員就寝しているのを確かめてから戸締りをして眠りにつくって運びになるわけさ。さあ、これではっきりしたろ？

　なにもそんなにわめくことはない、とブリンズリーが言った。

　彼の作品ときたらひどいもんでね。ヒーローなんか一人もいない。いるのは悪党ばっかりなんだ。その筆頭は古今未曾有のわるでね。これほどの悪役となるとお手本なしに始めの始めから《アブ・オーヴォ・エト・イニチオ》創り出されたに相違ない。陰気な小男で、その名はファリスキー。

ぼくは一息いれて話の段取りを吟味し、ひっそりと満足の笑みを洩らし、タイプで打った原稿をポケットからさっと取り出し、その一節を早口に読みあげた。

原稿からの抜粋。腹案の要旨を明らかにするトレリス。……つらつらおもんみるに、敢然として理非を糺《ただ》す偉大なる書物――青表紙本――の刊行は刻下の急務である。すなわち、罪という恐るべき癌《がん》を白日の下にさらし、引き裂かれた人間性を高らかなラッパの響きとともに奮い立たせる書物が要請されているのである。さらに言うならば、生れ出づる子供たちは本来すべて清浄無垢な存在なのである（彼が原罪説およびその論理的展開たる深遠な神学的考察への言及を避けたのは偶然ではない）。子供たちは長ずるに従ってけがらわしい環境に汚染され、変質して――もっと強烈な言葉を使いたいところだが――そのあげくはぽん引き、犯罪者、たかり常習者になる。悪こそはすべての疾病に比べても抜群の伝染力を発揮するもののように思える。たとえば正直な人たちのただなかに盗人を一人置いてみるがよい。とどのつまりその盗人は正直者たちに時計をふんだくられるのがおちである。構想中の作品において人間性の二類型が提示される――邪悪の権化たる一人の男と類いまれな美徳をそなえた一人の女がそれである。二人は出会う。女の品性は汚され、ついにはその身体も汚されて、裏通りでの死に追いやられる。醜悪と美、黒と金色、罪と恩寵との永遠の相克を生々しい状況のもとに描くこの物語は、感動的にして有益な作品となるであろう。健全なる身体に健全なる精神を《メンス・サーナ・イン・コルポーレ・サーノ》（ユウェナーリス『諷刺詩集』）。かの人の洞察力の鋭さよ！　掃きだめにはごきぶり、花には蝶！　抜粋、以上の如し。

ぼくは意気揚々として顔をあげた。直立したブリンズリーは頭を垂れ、目を床に落としている。彼の足もとには水気を吸った汚ならしい新聞紙が一枚。彼は鋭い目付きでその活字を追っている。

おい、ピーコックのあの馬、今日出るぞ、と彼は言った。

ぼくは黙って原稿を折りたたみ、それをポケットに戻した。

いいか、おい、と言って彼は目をあげた。これを黙って見過すやつがいたら、そいつはとんでもねえ薄のろだぜ。

彼は床からその新聞をはぎとり、熱心に読みはじめた。

何て馬なんだ、それは？　とぼくは尋ねた。

馬の名前？　グランドチャイルド。ピーコックの持馬さ。

ここでぼくは感嘆の声をあげた。

感嘆の種類。 発音不明瞭、驚愕、回想。

おい、きみに見せたいものがある。ぼくはポケットを探りながら言った。

まあこれを読んでみろよ。昨日受けとったんだ。

ぼくは手紙を手渡した。

サフォーク州ニューマーケット、ウァイヴァンコテッジ。V・ライトよりの書簡。賭け手の友、V・ライトより親愛なる会員諸氏へ。常に変らぬ御信頼に謝意を表します。お約束どおりここに**特ダネ**をお届けします。すなわち、ギャトウィック競馬場、金曜日出走、「グランドチャイルド」であります。ためらうことはありません。どんと張る、この一手です。なお、調査に要した莫大なる経費への特別手当として一シリングなりを当方宛御送金下さい。問題の馬はこの二か月というもの他のレースへの出走を控え、**この勝負一本**に備えてきました。はずれっこなしの大穴ですから、新聞予想など無視して**大当りめざしてまっしぐら**といきましょう。これぞ「大博打」誌今週号極め付き必勝馬予想——対抗なしの大本命——万全の情報蒐集活動に立脚してここに太鼓判を押すものであります。古くからの御贔屓筋であれば皆様すでに御存知の如く、当方はあてずっぽうとは無縁でありまして、お送りする**常時重宝臨時情報**はすでにして決勝標を駆け抜けたも同然の出走馬についての特ダネなのであります。申すまでもなく情報蒐集には莫大なる経費を要します。したがって勝馬に当りをつけるに際し当方は相当額の出費を強いられる次第でありまして、かかる事情を御勘案のうえ上記一シリングなりを即刻御送金下さるようお願い申しあげます。御送金頂きました方々の御芳名は当方備えつけの会員名簿に記載され、次号「大博打」誌がお手許に届く手筈となっております。来たる火曜日までに所定の手続きをおとりにならない場合には、当方が来週に予定しておりますところの**精選競馬情報**をお見逃しになるおそれありと御承知下さい。御転居の際は当方の特ダネが間違いなく御新居に届くよう必ず新住所を御一報下さい。ではグランドチャイルドでがっぽり儲けましょう。競馬と幸運においてあなたのしもべなる――V・ライト。

この男のことはよく知ってるのか？　とブリンズリーが尋ねた。

いや、とぼくは言った。

で、この馬に賭けるつもり？

文無しだ、とぼくは答えた。

まったくの一文無しか？

ポケットに突っこまれたぼくの指先は本代に当てる銀貨のなめらかな感触を楽しんでいた。

この賭け率でいけばだな、とブリンズリーは新聞をにらみながら呟《つぶや》いた。こいつにつぎこめば本代どころかだいぶ小遣いが浮く勘定になる。

肉体の意識的操作によるというよりはむしろ偶然の成行きで、ぼくは彼の提案に対する疑惑の念をある種の音声の行使によって表現した。

その日の午後、酩酊状態のぼくはグローガンの店の椅子に坐っていた。隣接する椅子には、わが真実の友ブリンズリーとケリーの姿があった。それぞれの体内に黒ビールを注入してはそれがもたらす肉体的ならびに精神的至福状態をみやびやかな言説によって表現することにわれら三人は専念していたのである。ぼくのズボンのポケットはさまざまな種類の小額硬貨でずっしりと重い。しめて一シリング七ペンス。目の前の棚に並ぶ壜、ひょろ長いのやらずんぐりしたのやら、ずらり整列した酒壜はそれぞれにガス灯の焰をぼんやり映しだしている。一軒のパブにはどれくらいの酒が貯えられているのだろうか？　酒壜の多くはみてくれだけのまやかしものにちがいない。別して客の手の届くところにあるやつはそうにきまってる。それにしてもこの黒ビールはいけるじゃないか。口当りはソフトだが、のどごしはぴりっときまってる。そして、不可思議な力が体内の無数の導管をふんわりと経巡っていく。なかば独り言のようにぼくは呟いた――

『ディー・ハルツライゼ』、あれ買わなくっちゃ、買っとかなくっちゃ、忘れちゃ困るんだよな。ハルツライゼ、か。ブリンズリーが口をはさんだ。たしかドーキーに心うきうきハートライズって店があったっけ。

ブリンズリーはカウンターに肘をつき、顎を手のひらにのせて思いに沈みこんだ。その目はグラスを通り抜け、世界の果てを突き抜けたあたりを凝視している。

もう一杯どうだ？　とケリーが言った。

ああ、レスビア、とブリンズリーは言った。こいつはおれの最高傑作。ああ、レスビアよ、いくそたびこの口づけを重ぬれば飢え渇くわが愛の思いの鎮まるや――そは松に縁取られしキレーネの渚の砂粒の数ほども、灼熱の陽光降りそそぐかのリビアなる浜の真砂《まさご》の数ほども。かしこには燃えさかるジュピター神殿の廃墟ありて、傍らなるは古えの聖王が墳墓の地。

とりあえずおかわり三杯、とケリーが叫んだ。

あらましきはその数の限りなからんことを。水辺なる恋人たちを照らす満天の星の数ほども――恋に狂いしカトゥルス（ローマの抒情詩人。レスビアと呼ぶ歳上の人妻への愛をうたった一連の詩がある）は、汝の熱き唇をむさぼりて飽くことを知らず。激しき口づけの雨足よりも繁《しげ》きがゆえに、覗き見る者もその口づけのいくたびなるや数うることあたわざりき。

おかわり三杯、急いでくれよ、とケリーがまた叫んだ。早いとこおしめりがないとおれたちも枯れちまう。まったくな、とこんどはぼくに向って言う。まったく砂漠のどまんなかにいる気分だぜ。

いい調子じゃないか、とぼくはブリンズリーに向って言った。

わが心に浮かび出づるは垣根のかげに寄り添う二人、あわき星影のもと黙して語らず、火と燃える男の口は女のそれに埋ずもれて。

うまい、さすがだ、とぼくは言った。

左わきでケリーがぴちゃっと舌を鳴らした。

こんなうまいの飲んだこたない、と彼は言った。

ぼくとブリンズリーは目配せを交した。するとそのとき妙な男が間に割り込んできて、ぜいぜい息を切らしながら言った——

ビールなりなんなり、一献ふるまっては下さらぬか。

男がどうしてそんなことをする気になったのか、ぼくには見当もつかなかった。まもなく店を出てラッド・レインの警察署の近くまで来ると、黒服の小柄な男がぼくたちにまとわりついてきた。ぼくの胸のあたりをとんとん叩いてはフランス民族の一員たるルソーについて熱弁をふるいはじめたのである。勢い込んだ男の顔は星の光を受けて青白く輝き、せきこんで話すその声は甲高く跳ねあがるかと思うと低くすごみを利かせたりする。何を言いたいのかさっぱり分らないし、個人的な知己というわけでもない。しかしケリーはまともに相手をしているようだった。話を聞き洩らすまいというつもりなのだろう、彼はその小男の頭の上に顔を寄せている。やがてケリーは低い唸り声を洩らし、口を開いた。そして、小男は気色の悪い淡黄色のへどによって、肩から膝まで余すところなく覆いつくされていた。今となっては記憶も定かではないが、あれはまことに多事多端な一夜であった。へど騒ぎのあと、ぼくたちから少し離れたところで小男は体からはぎ取った外套を振りまわしたり、塀にこすりつけたりしていたものだった。ルソーとあの小男とは分ちがたく結びついたままぼくの心のなかに生き続けるであろう。回想、以上の如し。

自作原稿からの抜粋の続き。作品に着手するミスタ・トレリスに関する叙述。きらめく石油ランプの白光のもと、ベッドの上に身を起し枕に背をもたせかけたダーモット・トレリスは、額に並ぶニキビの列を波打たせ、深遠かつ創造的な渋面をつくった。手にした鉛筆は罫線紙上をゆっくりと移動し、そのあとには大小不揃いの文字が残る。彼は悪党ジョン・ファリスキーの創造にとりかかっているのである。

ファリスキー誕生を報ずる新聞記事からの抜粋。レッド・スワン・ホテルにおいて記念すべき慶事があった。当該ホテル所有主ミスタ・ダーモット・トレリスはファリスキーなる男をみごと出生せしめたのである。新たに生れ出たこの人物の健康状態は良好と伝えられており、その身長はおよそ五フィート八インチ、体つきは頑健、色浅黒く、髭はきれいに剃ってある。眼は青で、歯並びはきれいだが、煙草のやにでかなり汚れている。上顎部左臼歯には充塡治療の跡が認められ、左犬歯は虫歯のおそれあり。黒く濃い髪は左側頭部にまっすぐな分け目を入れてぴったりと撫でつけてある。胸部は筋肉たくましくみごとに発達しているが、脚はまっすぐながらどちらかといえば短足の部類に属する。知的資質は非常に優秀と認定され、ラテン語に関して稀にみる理解力を示し、物理学の知識はボイルの法則からルクランシェ電池ならびにグリーススポット光度計にまで及んでいる。とりわけて数学には特異な適性を備えているように思われる。記者が行った簡単なテストにおいて、彼はホールおよびナイト共著『幾何学』高等編より出題された難問を難なく解き、微積分を含む複雑な演算を容易にこなしたのである。明るく屈託のなさそうな声の持主で、その指を見れば大の愛煙家であることは明白である。すでに異性を知っているのは疑問をさしはさむ余地なしと思われるが、男性に関し確信を以てこの種の断定を下しうるか否かについては疑問の余地なきにしもあらずとしなければならない。

わが社の医学欄担当記者は次の如く述べている――

レッド・スワン・ホテルにおける男子出生によってミスタ・ダーモット・トレリスの驚くべき熱意と不屈の努力はみごとな実を結んだ。感覚的自家生殖理論に関する同氏の研究はつとに国際的名声をかちえており、今回の出来事はこの賢人のライフワークが栄光のうちに完成したことを示している。すなわち、受精あるいは懐妊によることなく生命ある哺乳動物を産み出すという彼の夢が遂に実現したのである。

男性側における一つの未知数的要因を除けば感覚的自家生殖は奇とするに足りぬ現象であると主張するミスタ・トレリスは記者とのインタヴューで次のように語った。この五世紀のあいだ世界各地で癲癇《てんかん》病みの下女たちは身に覚えなき妊娠に関して情状酌量を求める根拠としてこの事実を申し立ててきた。文学においてもこれはごくありふれた現象なのである。しかしながら、受胎ならびに懐妊過程の消去、つまりこれらの過程を神秘的抽象性（覚えなくして母となるというありふれた事例にみられる父性要因の抽象性と同質のもの）へと昇華せしめることは、全世界の心理優生学者すべての夢であった。一世紀に及ぶ絶えざる実験と努力とを幸運にも輝かしき結論に導きえたのはわたしの大いなる喜びとするところである。ミスタ・ファリスキーをこの惑星上に存在せしめえた功績の大半は、わが友にして同僚たる故ウィリアム・トレイシーに帰せらるべきものなのである。彼が行った先駆的研究は貴重なデータを残し、わたしの実験の方向づけに資するところ多大であった。未知数的要因を含むとはいえ生殖行為を成功裡に成就しえたこの栄誉をわたしは彼とともに分ち合いたいと思う。

ミスタ・トレリスが今は亡きミスタ・ウィリアム・トレイシーの果敢な努力に言及したのはまことに奥ゆかしい振舞いである。アメリカ西部ものの著名な作家――その『平原の花』は今もなお読みつがれている――でもあった故トレイシーは、すべての子供が例外なく年端も行かぬうちにこの世に生を享《う》けるというあの想像力に訴えるところのない千篇一律の過程を変革しようと一念発起したのであった。

一九〇九年に彼は書いた――生れ出づる者たちが十分なる成熟段階にあり、その歯は生え揃い、すでに然るべき躾《しつ》けと教育を受けており、職を求める今日の若者たちが競って目ざす公務員および銀行員といった要職を志すに足る能力を備えているならば、現今の社会的諸問題の多くはたちどころに解決するであろう。子供を育てあげる旧来の方法は文明開化の現代的見地からすれば退屈きわまる時代遅れの因襲と看做さるべきである。夫婦たる者の合法的気散じの結果がただちに一人前の稼ぎ手あるいは結婚適齢期の娘という形をとってあらわれるのであれば、産児制限なる名称で一括される例の禁欲的対策はただの昔語りになるであろう。

彼が思い描く来るべき世界においては、恩給受領者をはじめとして老齢あるいは病弱による年金受給有資格者たちを安全に分娩することが可能となるため、婚姻は世間一般にみられるあさましい内輪もめ状態から脱却して無限の可能性を秘めた投機的企業に変貌するにいたるであろう。

注目すべきことに、ミスタ・トレイシーは六度に及ぶ流産の失意を味わったあげく、彼の妻をしてスペイン系中年男を分娩せしめえたのである。この中年男の生存期間はわずか六週間にすぎなかったのではあるが、道化芝居を地で行くほどに嫉妬深いかの小説家は妻とこの新生の男とはベッドを別にすべきであり浴室をともにしてはならぬと断乎《だんこ》主張した。父親と言ってもおかしくない年輩の息子を出産して途方に暮れた女性は文壇の一部で物笑いの種となったが、ミスタ・トレイシーはこれをいささかも意に介することなく科学的真理を冷徹に追求しつづけたのである。明敏にして不屈の精神に支えられた彼は、実のところ、心理優生学会では伝説的人物と看做されているのである。以上の記述、以上の如し。

後日、法廷に立つミスタ・トレリスへの反対訊問速記録。訊問の争点はファリスキーの誕生。


彼はどのようにして生れたか？

あたかも眠りからさめるように目覚めました。

彼の五感は？

当惑、困惑。

その両語は同義語であり、論理的帰結としてのその一方は冗語ではないのか？

しかり。しかし訊問の用語より判断するに、非単称の情報を要請されたのではありませんか？

（この反問を聞いた判事のうち十名はそれぞれ黒ビールのグラスの底をカウンターに打ちつけて憤激の音響を発した。シャナハン判事はドアから顔を突き出して証人に厳重な警告を発した。すなわち、証人は振舞いに心するよう勧告し、このうえ不謹慎な言動に及ぶならばきびしく処罰される旨を述べて証人の注意を喚起したのである。）

彼の感覚は？　もう少し正確な陳述は不可能であるか？

可能です。彼はみずからの身元についての疑惑、肉体および容貌のありようについての疑惑に悩まされました。

彼はどのようにしてこれらの疑惑を解消したか？

十指の感覚的知覚によって。

つまり、さわって？

しかり。

証人は次の文章を書いたか？　フランシス・サム・ドレイク卿は、コンマ、物問いたげな少尉候補生三名および船長室付き給仕一名を伴い、コンマ、おんぼろメイフラワー号にて急遽出帆し大海原を目ざした。

書きました。

これはミスタ・トレイシーの文章であり、証人がそれを盗用したのは紛れもない事実ではないか？

ではありません。

証人は虚偽の申し立てをしておる。

おりません。

問題の男がみずからの容貌を吟味したのちになした行為について語れ。

彼はベッドから起きあがり、胸部、腹部、および脚部を検分しました。

彼が検討しなかったのは肉体の如何なる部分か？

背部、頸部、ならびに頭部。

調査がかくも不完全なるものにとどまった理由について何か思い当るふしはないか？

あります。彼の視野は頸部の動きによって必然的規制を受けたのです。

（このとき服装を整えながら入廷してきたシャナハン判事が言葉をはさんだ——みごとにつぼを押さえた手際のいい質疑だ。審議続行されたし。）

胸部、腹部、および脚部を検分しおえてから彼は何を為したか？

服を着ました。

服を？　ぴったりきまった最新流行の服か？

いな。戦前流行の濃紺の服。

上着のうしろに切開きがある？

しかり。

証人の衣裳箪笥からお払い箱になった？

しかり。

証人がことさらに彼の男を下げさせようとたくらんだのは紛れもない事実である。

いな。ぜったいに、いな。

で、おかしな衣裳を着用しおえてから彼は……？

しばらくは鏡か何かを探していました。顔の造作を自分の目で確かめたいと思ったのでしょう。

証人は先手を打って鏡を隠しておいたのだな。

いな。そこに出しておくのを失念したのです。

おのれの風体にかかわる疑惑のゆえに彼は少からぬ精神的苦痛を味わっていた、そうだな？

おそらくは。

証人は――必要とあれば魔力を用いてでも――彼の前に姿を現し、彼の身元ならびに職務を明らかにしてやることも出来たのではないか。かくも明白な慈悲の行為を果さなかったのはなにゆえか?

わかりません。

質問に答えたまえ。

(このときスウィーニー判事は黒ビールのグラスをカウンターに叩きつけるように置くと、気むずかしい顔でそそくさと退廷した。)

わたしは眠りこんでしまった、のだと思います。

なるほど。眠りこんでしまった、のか。

以上の記述、以上の如し。

伝記的回想――その三。ぼくがこれらの事どもにかかりあっていたのは、かつてないほどに厳しい初冬の頃であった。卓越風(この気象用語はブリンズリーから聞いたのであるが)は東の方位から吹きつけ、ほとんど例外なく肌を刺す氷雨を運んでくるのであった。ベッドのなかで丸くなりながらぼくは市街電車の凍てついた窓のかげで身を縮めているセールスマンたちの濡れ鼠のような姿を思い描いていた。朝はおもむろにやってくる。そして昼をまわったかと思うと、せっかちな暮色がすみやかに迫ってくるのだ。

数ある消耗性疾患のうちでも最も一般的な疾病にかかりやすい生来の素質——ぼくの従兄弟はダヴォスで死んだ——のゆえに、ぼくは肺機能の状態におそらくは均衡を失していると思われるほどの関心を向けるようになっていた。ともあれ、思い出してみれば、あの年の冬の最初の三か月というものぼくはほとんど自室を出なかった——ただし、時には灰色の外套をはおってさりげなく伯父の前に顔を出す必要はあったのだけれども。彼との仲はこれ以上ない険悪な状態であった。『ディー・ハルツライゼ』なる書物を彼の検分に供しえないでいるのが不仲の原因なのだ。いずれにせよ、この建物の外に足を踏み出すことはしなかったのである。ぼくと同じ授業取得計画を立てているアレキサンダーという男がいて、教室での出席調べに当ってはぼくの声色を使ってくれた。

年がかわり、あれはたしか二月だったと思うが、ぼくは全身がむずむずするのに気づいた。肉体各部におけるこのむずむずが日を追って耐えがたさの度合を増してきたので、遂にぼくは寝具の調査にとりかかった。調査の結果、無数の虱《シラミ》が発見された。ぼくは驚きと恥辱の思いを味わった。かくしてぼくはわが自堕落な習癖に決着をつけようと決意し、屈身運動を含む身体刷新計画を心ひそかに立案した。

右の決意のあらわれの一つとして、ぼくは毎日ともかく大学へ出かけ、公園を通り抜け、町を行きつ戻りつし、友人知己と会話を行い、時には見知らぬ人とも何くれとなく話を交えるようになったのである。

判で押したようにぼくは大学本館正面入口から入り、蒸気暖房装置に背を向けて立ち、色褪せた外套のボタンをはずし、前を通り過ぎる人たちの顔に敵意にみちた冷たい視線を投げかける。とくに目につくのは下級生たちの姿である。まだ青くさくて、身のこなしにもぴしりときまったところがない。年かさの連中は挙動も確信ありげだし、見ばえのするものを着こなしている。ここかしこに語り合う人の輪が出来ては消える。そして、到るところで気ぜわしげな足音、おしゃべりやら何やらが入りまじる漠とした物音。一時間の講義の束縛から解放された学生たちは何はさておきまずタバコを取り出す。友人から一本の喜捨を受ける者もいる。ブラックロックやラスファーナムから通学している黒服黒帽の神学生たちが粛然と列をなして通り過ぎ、奥の戸口から退出する。建物の裏手は彼らの鉄製自転車の置場になっているのである。若い修道女たちも通り過ぎる。目は床に落とし、みずみずしい顔は頭巾におおわれてかげりを帯びている。彼女たちは専用の控室に入り、授業の合い間を瞑想と勤行のうちに過す。時折り、突拍子もない馬鹿騒ぎをする連中もいて、足でも踏まれたのかはじけるような甲高い叫び声があがったりする。雨でも降ろうものなら、しめっぽい異臭が漂うことになる。濡れた外套が体温で乾く、そして、立ちのぼる奇妙な臭い。目につきやすいところに掛時計があるにはあるのだが、時を告げるのは制服の用務員の役割である。彼は競売人や行商人が使うのとそっくりなベルを鳴らす。響き渡るその甲高い音は、繊細な思考の蜘蛛の巣のなかに心を遊ばせている教授連に瞑想の時の終りを告げる。

ある日の午後ぼくは金髪の小男と話しこんでいるブリンズリーの姿を見かけた。相手はレンスター・スクウェア界隈で詩人としての名声を急速に獲得しつつある男で、その詩の美しさもさることながらアメリカ紳士ミスタ・パウンドの高度な作品との類似性のゆえにもてはやされているのである。その小男の態度はいかにも無造作で、語り口には意表をつく奔放さがある。ぼくはためらうことなく歩み寄った。彼の名はドナヒー。ぼくたちの会話は洗練されたものだった。フランス語を頻繁に援用しながら、現代文学におけるアメリカおよびアイルランド文学の卓越性を論じ、イギリス国籍の作家たちがものする劣悪な作品に寸評を加えたのである。聖なる御名がさかんに口をついて出た（キリストの御名は「こん畜生」の意の間投詞としても用いられる）。どういう脈絡でそれが口にされたか、今は思いおこせない。ブリンズリーの学費と生活費は生れ故郷の州当局によってまかなわれている——困窮家庭の子弟で知力にすぐれ将来有望なる者に大学教育を受けさせようとの趣旨で地方税から捻出された奨学金が支給されているのだ。あれを貰ったばかりなんでね、とブリンズリーは言った。これから諸君に黒ビールを一パイントずつ振舞うとしよう。きみの財政状態がそのように気前のよい行為を保証するというのであれば、当方としてはその提案に何の異論もない、と応じてから、ぼくはさらに言葉を添えた——なにしろぼくはロックフェラーじゃないんでね。この修辞法の使用によってこちらの貧窮度を前以て伝えておいたのである。

修辞法の種類。提喩法（あるいは代喩法）。

ぼくたち三人はゆったりとした足取りで、グローガンの店に向った。交錯する三通りの声は学問的論議を展開し、優雅にはためく色褪せた外套は冬の日差しを受けてきらめく。

この男、妙な臭いをさせてると思わないか？　いぶかしげな顔をドナヒーのほうに向けてブリンズリーは言った。

事の真偽を確かめるようにぼくは自分の体をくんくん嗅いでみせた。

きみは異彩、いや、異臭を放っている、とドナヒーが言った。

酒の臭いでないことは確かだ、とぼくは答えた。では如何なる種類の臭いなのか？

朝はやく部屋に入っていったとする、とブリンズリーが言った。前の晩に乱痴気騒ぎがあった部屋だ。シガー、ウィスキー、食いもの、クラッカーの火薬くさい臭いに女の匂いが入りまじったりして。まさにあの臭いだ。よどんで、すえて、すっぱい臭い。

そのての臭いならきみだってまんざら縁がないわけじゃあるまい、とぼくは言った。

ぼくたちはお目当ての店に入り、おなじみの黒い飲料を注文した。

黒ビールを水に変える手順は単純きわまるものだ、とぼくは言った。それくらいは子供にだって出来る。もっとも子供に黒ビールをあてがうのは感心できないがね。さて、人類の英知を以てしても水を黒ビールに変える秘法を見出しえない現状は歎かわしいと思わないか？

ドナヒーは笑い声をあげた。ブリンズリーはグラスを持つぼくの手を押しとどめ、あるビールの銘柄を口にした。

あれを飲んだことあるか？　と彼は尋ねた。

ないね、とぼくは言った。

あの連中はきみの言う秘法を心得てるらしいぞ、と彼は言った。いやまったく、あんなの飲んだためしがない。きみはどうだい、あれやってみたことあるか？

ない、とドナヒーは言った。

命が惜しかったらあれには近づかないこった。

話が途切れ、ぼくたちはそれぞれにどろっとした液体を味わった。

こないだの晩だけれど、とドナヒーが切り出した。法学院の食堂でワインをたっぷり御馳走になってね。こたえられなかったぜ、あれは。黒ビールなんかくらべものにならない。もたれるんだな、黒ビールは。そこへいくとワインは胃腸やら肝臓やらへの当りもさわやかだしね。黒ビールはもったりしていて、胃袋に澱《おり》が残る。それでだね――

グラスをもそもそ顔の前にあげ、ぼくは言った――

きみは天下御免の前提《ライセンスト・プレミス》と酒類販売免許店《ライセンスト・プレミス》とを同一視している。両義的前提から三段論法によって導き出される帰結は、しかるがゆえに誤謬である。

声を合わせた二種類の笑いにぼくは満足した。ぼくは顔をしかめ、グラスをさりげなく口に運び、口蓋のあたりを去りかねている黒ビールのねっとりした後口を味わっていた。オート麦の風味が口腔内にひろがる。ブリンズリーがぼくの腹をぴしりと叩く。

やだね、腹がせり出しかけてるじゃないか、と彼は言った。

余計なお世話だ、と応じたぼくは腹に手を当てた。

ぼくたちは総計三杯飲んだ。そのそれぞれに対してブリンズリーは六ペンス出した。鷹揚な支払いぶりであった。

究極的支払人。ミーズ州議会、地方税賦課担当局。

日は沈み、夜学生たち――その多くは毛が薄くなった中年の教師――は、深まる暮色に追い立てられるように徒歩あるいは自転車で大学への道を急ぐ。外套を体にぴったり巻きつけたぼくたちは町角に立って人の流れをみつめながら話しこんでいた。やがて、映画を見に行こうというわけで、ぼくたち三人は中心街行きの市電に乗りこんだ。

諸経費支払人。ミーズ州議会。

三日後の夜八時ごろぼくはひとりでナソー・ストリートを歩いていた。売春婦が出没するあたりである。そのとき、キルデア・ストリートの角に人待ち顔で佇んでいる布帽子の男の姿が目に入った。近寄ってみるとケリーだった。彼のまわりは歩道も車道も吐き出したつばで足の踏み場もないくらい。礼儀作法もあらばこそ、ぼくは手荒く彼をこづき、振り返った彼の顔におどけた声を浴びせかけた。

どうした、あんた！　とぼくは言った。

なんだ、この悪党、と彼は応じた。

ぼくはポケットからタバコを取り出し、顔をしかめて、火をつけた。顔をそむけたまま、言葉にはすごみをきかせ、しかもさりげなく、ぼくは尋ねた――

なんか面白いことは？

あるもんか、と彼は言った。糞面白くもねえ。どっかで話でもしようや。

ぼくは同意した。遊び人を気取って、ぼくは彼とうろつきまわった――アイリッシュタウン、サンディマウント、さらにはシドニー・パレイドあたりをひとまわり、そして帰りはハディントン・ロードを経て運河の土手伝い。


散策の目的。若い女を発見し、かつは抱擁すること。

歩きに歩いたが所期の目的に見合う収穫は皆無であった。ぼくたちはこのわびしさを二人の声が奏でる調べによって満たした。ドッグ・レース、賭け、純潔を犯すさまざまな行為といったところがその調べの主題であった。右に述べた目的と大同小異の使命感を内に秘めて夜の町を何マイルもさまよい歩くのは、その晩がはじめてというわけではなかった――女のあとをつけ、見知らぬ人に声をかけ、既婚婦人に親しげな挨拶をし、わけもなくつきまとったりするのである。ある晩などは逆にこちらが私服刑事につきまとわれる羽目になったものだ。あのときはケリーの気転で、教会の内部に身をかくし刑事が行ってしまうのを待った。この種の散歩はとにかく健康増進に裨益《ひえき》するところ大である、とぼくは思っている。

在学生によって構成されるクラブの数は多い。文化活動に従うものもあり、球技試合の準備ならびに実施に専念するものもある。文化クラブといってもその性格および目的は多種多様である。人気のほどはクラブ主催の討論会に聴衆をどれだけ掻き集められるかによって定まる。イギリス文学研究会やらアイルランド文学研究会、それからフランス語研修会といったものもある。最も有力なのは弁論クラブで、毎週土曜日の夜に討論会を開催する。しかし討論会といっても結局は何百人もの学生がわめいたり、ふざけたり、歌をがなったり、キリスト教徒にあるまじき発言や振舞いを繰りひろげるのがおちである。今はもう使われていない古びた階段教室がこのクラブの集会場に当てられており、そこは古いながらもおよそ二百五十人は収容できる。教室の外は広いロビーになっていて、荒っぽい連中ががやがやとたむろしている。ロビーの照明装置としてはガス灯が一つあるだけである。取っ組み合いやら激越な怒号やらが最高潮に達すると、まるで超自然の働きか魔性の力によるかのように、ガス灯の火はすっと消えてしまう。このような状況で闇に包まれると、肉体的精神的危機感が増幅されるものである。ぼくも何回かそのような瞬間を経験した。ここの連中の大部分は不浄な悪霊にとりつかれている、ぼくにはそんなふうに思えたのである。多くの人の見解に従えば、討論会場に通ずる長方形の戸口はけがらわしく耳ざわりな演説のみならず役にもたたぬがらくたをも引き受けてくれるごみ箱の蓋ということになる。そこに投げこまれるごみを幾つか列挙すれば――タバコの吸殻、古靴、友人の帽子、まだ湿りけのある馬糞のかたまり、何やら詰まっている汚れた袋、着古して捨てられた婦人服。あるときケリーは下宿のおかみの下着を褐色の包装紙できちんとした小包にまとめ、友人を介して討論会の議長に送りつけた。壇上の議長はそれをコーラム・ポピロ（公衆の面前）で開き、謹厳な面持ちで中身を仔細に点検した。贈物の趣旨を説明する覚書か何かが添えられているはずだと思っている様子だった。中身がいかなる性質のものかを即座に察知しえなかったについては理由が二つある。一つは彼の視力の弱さであり、もう一つは彼が独身者だという事情である。

右記の歴然たる反抗の結末。大爆笑、そして、大騒動。

この種の集会に出席すると、ぼくは人目につかないところに位置を占め、ひとことも発言せず、暗がりにまぎれてひっそりと佇む。以上の記述、以上の如し。

ジョン・ファリスキーを主題とするミスタ・トレリスの原稿を主題とするぼくの原稿からの抜粋の続き。ファリスキーの人生第一歩、そして、後に彼の親友となる定めの人たちとの最初の出会い。オラーチオ・レクタ。彼は自分に言ってきかせた――自分の顔かたちもはっきりしないとなると、こりゃおおごとだぞ。彼は自分の声に愕然とした。ダブリンの下層あるいは労働階級に特有の口調、抑揚じゃないか。

彼は自分がいる部屋の壁の調査にとりかかった。ドアまたは脱出を可能ならしめる何らかの設備があるのはどの壁なのか発見しようと思い立ったのである。壁二面の調査を完了したとき彼は失明、病的興奮および嘔吐感がないまぜになった不快感に襲われた――それにしても嘔吐感とはまことに奇妙で説明しがたい現象である。この世に生を享けて以来、彼はまだひとかけらの食物も口にしていなかったのだから。これが超自然的現象であることは、時をまたずして暖炉近辺に湯気に似た不可思議な蒸気または雲が出現したことによって立証された。心萎えて、彼は片膝をつき、紗《しゃ》のように淡い煙霧が立ちのぼるさまを見守っていた。天井まで這いのぼった煙は混じり合い、濃さを増す。その瘴気《しょうき》のせいであろうか、彼の目はひりひりと痛み、毛穴は開く。人の顔がおぼろに浮かんだかと思うと瞬時にして消えうせる。高級時計の規則正しい音がその雲の中心から聞こえてくる。形状さながら室内便器の如きものが凝視する彼の視野に現れる。支えるものもないまま宙に浮くその蒼ざめた姿はまさに亡霊そのものである。見守るうちにそれはおもむろに変容して遂にはベッドの脚輪の形をとる。通常のものに比べておよそ百十八倍に拡大された脚輪である。雲の内部から声がした。

そこにおるか、ファリスキー？

ファリスキーは恐怖に襲われ、一瞬、顔を歪めた。彼は排便機能が刺激されるのを感じた。

はい、おります、と彼は答えた。

伝記的回想——その四。まさに危機的なこの段階において、ぼくの身辺の出来事を語る叙述がまたぞろ顔をのぞかせるのは、不幸なことにまったくの偶然というわけではない。ファリスキーと問題の声との間で交された言葉についての記述（直接体）を含む原稿の一部が失われ、取返すすべもなくなったのである。原稿を入れたポートフォリオ——専売特許のバネ仕掛けで綴り合わされた二枚の厚紙から成る紙ばさみ——からあの部分を取り出したのは憶えている。ぼくはその部分を持って大学に出向いたのだ。文体およびそこで展開される議論の論点の適否についてブリンズリーの意見を聞いてみようと思いついたのである。あれをどこに置き忘れたかを突きとめるため知的探索を何回も繰返したあげく、ぼくは遂にブリンズリーとの出会いならびに彼との対話にかかわる諸般の状況を微細な点に至るまで完璧に思い出すことに成功したのだ。

ある日の昼下り、灰色の外套を羽織ったぼくは裏門から大学に入り、ホールに通ずる廊下で四人の女性とすれちがった。手洗いあるいは何らかの私的行為を果す目的で地下の更衣室あるいは化粧室に急行するところだな、と推定したのは今でも憶えている。ホールには多数の男子学生——ぼくとは面識がないのが大部分——がおり、蒸気暖房装置近辺にたむろして低い落着いた声で話し合っていた。その一人一人の顔立ちを仔細に吟味したが、ブリンズリーの顔はなかった。しかしながら、彼と付合いのあるミスタ・ケリガンとかいう男の姿を認めることができた。ほっそりした青年で、口髭をたくわえ、たいていは安物の服を着ている。ぼくを見るなり彼はそそくさと歩み寄ってきて、張り切った声で猥褻《わいせつ》な謎々を出題し、かつはみずからその解答を述べ立てた。そして、目をそらし眉をひそめた。

ひたすらぼくの笑いを待ちうけている風情である。ぼくは彼の期待に添う声を惜しげもなく発してからブリンズリーの所在を尋ねた。彼が撞球室のほうへ行くのを見かけたと言うと、彼（ケリガン）は横歩きのような奇妙な足の運びでぼくから離れて行き、遠くから軍隊式の挨拶を送ってよこした。撞球室はこの建物の地下にあり、紳士用便所とは薄い壁一枚で仕切られている。ぼくは撞球室の入口で立ちどまった。五十人ほどの学生がいて、そのうちの何人かはゲームの運びにつれて台の周辺を動きまわっている。台上の照明具から流れ出る強い光を受けて青白い手や顔が紫煙立ちこめる薄暗がりに浮かびあがる。大部分の学生は椅子やベンチにだらしない恰好でおさまり、気のなさそうな面持ちで球の動きを追っている。ブリンズリーの姿が見える。ポケットの紙袋から取り出したパンをほおばり、モリスという小柄な友人のゲームを注意深く見つめながら、けちをつけたりひやかしたりしている。

歩み寄ると彼は挨拶がわりの身振りで歓迎の意を表した。口一杯にほおばりながら、彼はゲームを指さした。玉突きはよく知らないのだが、ぼくは行きがかり上ボールの素早い動きに目を凝らし、キューさばきの狙いを推し量ろうとした。

あっ、キスしたぞ、とブリンズリーが言った。

コンサイス・オックスフォード辞典からの引用。キス、名詞。唇によって与えられる愛撫。（撞球）移動する球と球との接触。糖菓の一種。

台上で展開する角逐から彼の注意をやっとのことで引き離し、ほんの九ページばかりのぼくの原稿を読むよう説き伏せた。最初は投げやりに目を走らせていたが、そのうち身を入れて読みはじめた。読み終ると彼はぼくの顔をじっと見て、ぼくの文学的才能を称讃した。

これはきみの才能を守る後ろ盾だ、と彼は言った。

例の対話で主題となったのは（おそらく見当がおつきのことと思うが）ミスタ・ファリスキーの品性の下劣さと倫理的欠陥にかかわる問題であった。あの声は彼にむかって次の点を指摘した。すなわち、資質的に彼は女性を凌辱し破滅させることにのみ関心のあるまじりけなしの酒色の徒なのである。彼の習癖および肉体的特質に関するかなり詳細な説明が彼に対してなされた。たとえば、酒量。酒造会社によってその製品のアルコール度に相違がある点を酌量したうえで、彼の酒量は黒ビール六本がいいところとされる。規定の六本を超えて摂取された場合、超過分は彼の体内にとどまりえないのである。対談の終りに臨み、声は処罰事項について峻厳な訓戒を垂れた。酒色に徹するという使命から万が一にも逸脱することがあれば、あるいは心中ひそかにかかる逸脱を思うことがあれば、厳しく罰せられるであろう。経験的欲望の数々を徹底的に追求し、その成就に一身を捧げねばならぬ。ここで声がやみ、蒸気のような雲は次第に薄れ、やがて消えた。最後のひとかたまりは暖炉の通気装置の影響をまともに受けてひょいと煙突に吸いこまれた。あとに残されたミスタ・ファリスキーは身につけた青い服がかすかな湿り気を帯びているのに気づいた。雲が部屋から引きあげてしまうと、彼は自分のなかに力がみなぎってくるのを感じた。およそ十八分もすると、すっかり元気を取り戻した彼はドア探索の仕事を再開した。彼は第三の壁にめでたくそれを見出した。彼の推進力が次第に鋭敏さを増してきた事実の指標として次の点は言及に価するであろう——彼が四壁のうちその一つの調査を省略したのは演繹的推論の結果に準拠した行為であって、彼の推理に従えば、家屋上層階に位置する部屋のドアが窓を有するのと同一壁面に見出される可能性は非常に少いのである。

彼はドアを開け、廊下に出た。そこに並ぶたくさんのドアのうち一つを開けて中に入ると（おそらくは偶然に、ではなく）そこにミスタ・ポール・シャナハンとミスタ・アントニー・ラモントの両氏を見出した。彼と同じ社会階層に属するこの二人は彼の親友たるべく運命づけられていたのである。奇妙な話だが、この二人はすでに彼の名前を知っていたし、肉欲への先天的耽溺癖も承知していた。ミスタ・ファリスキーはこの部屋でも蒸気のかすかな臭いを嗅ぎとった。彼は二人の男と話をかわした。はじめのうちはいささか遠慮がちだったが、やがて心をこめた熱っぽい話がはずむようになった。ミスタ・シャナハンは自分とミスタ・ラモントの名を告げ、それぞれの職務を説明し、さらに親切にも十五石の高価な両蓋懐中時計を取り出してその磨きあげた内蓋を鏡がわりに利用するよう勧めてくれたので、ミスタ・ファリスキーは自分の容貌をとっくり吟味する機会をえた。おかげでミスタ・ファリスキーの不安は解消し、会話もさらに活気づいてきて、さまざまな事柄が話題にされた。すなわち、内外政策、重力加速度、砲術、放物線、公衆衛生などの諸問題である。ミスタ・ラモントはかつてある作品のなかで繊細優雅な若い女性にフランス語とピアノを教えていたとき彼の身に振りかかった思いがけない事件について事細かに物語った。それが終ると今度は年かさのミスタ・シャナハンがダブリン市リングズエンド地区でカウボーイとして過した頃の痛快な体験談を要領よく語って聞き手たちを楽しませた。彼はミスタ・トレイシーの有名な作品の数々にこれまで何回となく登場してきたという経歴の持主なのである。

追憶にふけるミスタ・シャナハン。括弧内は聞き手の合の手。関連する新聞切抜きを適宜挿入。これからまあお話しようってわけだが、あんたがたも知ってのとおり、昔のダブリンってものはそりゃもう大したもんだった。（そのとおり。）偉大なオカラハンがいて、バスキンがいて、それからトレイシー、カウボーイたちをリングズエンドに連れてきたあのトレイシーもいたんだからな。あの連中はみんなわしの知合いだった、いえ、まったくの話。

関連する新聞切抜き。著名なる小説家ミスタ・ウィリアム・トレイシーの逝去をここに告げるのはわれわれの最も遺憾とするところである。昨日グレイス・パーク・ガーデンの自宅においてミスタ・トレイシーは痛ましい状況のもとに最後のときを迎えた。昨日の午後、ウィーヴァーズ・スクウェアにおいて、同氏は中心街に向け進行中の二人乗り自転車と激突した。打ち倒されはしたものの、やがて彼は助けをかりることなく立ちあがり、高らかな笑い声をあげ、いかにも彼らしい陽気さでこの事故をほんの冗談として受け流し、市電に乗って帰宅した。食後六たび詰めかえたパイプをくゆらし終えると、彼は階段をのぼったが、踊り場でばったり倒れ、その場で死亡したのである。教養と旧世界的慇懃さの権化とも称すべき彼の死去を知るとき、信条あるいは階級の如何を問わずすべての人が深甚なる哀悼の意を表するであろう。別して故人が長年にわたって目ざましい貢献をなしてきた文学界はあげて痛恨の思いに暮れるにちがいない。故人は二十九頭のライオンを一つの檻に収めて展示したヨーロッパ最初の人物であり、リングズエンドにおける牧畜業の経済的有効性を立証した唯一の文筆家であった。彼の作品のうち最も著名なものは次のとおりである——『レッド・フラナガン最後の一擲《いってき》』『平原の花』そして『ジェイクの最終騎馬行』。享年五十九歳。切抜き、以上の如し。

ある日のことトレイシーに呼ばれたわしは指令書を手渡された。こんど書くのはカウボーイものだという話だった。二日後にはリングズエンドの川っぺりでわしはもう一人前のカウボーイとして立派に仕事をこなしてたもんだ。相棒はショーティ・アンドルーズとスラッグ・ウィラードの二人。これくらいタフな連中はめったにお目にかかれるもんじゃない。馬を乗りまわして雄牛どもをかりあつめたり、焼印を押したり、柵囲いのなかで若駒を馴らしたり。鞍に投げ縄、腰にピストルっていでたちよ。（こいつは本格的だ。で、カウボーイにつきものの酒のほうは？）言うまでもないこった。夜ともなれば牧童小屋に黒ビールなりなんなり好きなものを持ち込むって寸法さ。タバコなんぞも吸い放題、文句を言うやつもないし、台所じゃ黒い下女がまめまめしく働いてるんだ。（結構な御身分ですな、まったく。）頃合いを見はからってヴァイオリンなりバグパイプなりを抱えた楽師が入ってきて、適当なところに位置を占めるとアヴェ・マリヤなんぞを聞かせるもんだから、こちとらうっすら目に涙ってわけよ。やがてみんなで歌い出すのはおなじみのやつさ、きわめつきのね、ほら、「笛吹きフィル」とか「クレアの乙女」とか、あのての歌ってものはなんともこたえられねえ。(ごもっとも。)ああ、なにもかも言うことなしだった。ある朝のことスラッグとショーティとわしとそれから五、六人の仲間のところに一通の電報が届いた。馬に鞍おいてドラムコンドラまで飛ばしてこい、ボスのミスタ・トレイシーから仕事の予定のことで話がある、というわけだ。馬にまたがりわしたちは出発した。帽子をあみだにかぶり馬をゆるく駆けさせながらマウントジョイ・スクウェアあたりに差しかかると、朝の太陽がまともに当ってまぶしいばかり。ホルスターにぶちこんだピストルも軽やかに踊ってたっけ。先方に着くってえと、こりゃまたどうしたこった、偽電報だってえじゃねえか。(にせの電報! ただごとじゃありませんな。で、どうなりました?)まあ聞いてくれ。地獄へ堕ちろ、とトレイシーが言う、電報なんか打たなかったぞ、さっさと持ち場に戻るんだ、と彼は言う、もっともらしい嘘っぱちにまんまと引っかかるなんてこのとんでもない糞ったれどもめ。牧場への道を辿るわしらはまったくのところ面目丸つぶれでちいさくなってたもんだ。戻ってみるとこりゃどうだ、雄牛たちの半分がところアイリッシュタウンの境界線のあっちへかすめとられてるじゃねえか。ぬすっとの見当はついている、レッド・カーシー配下の手癖の悪い悪党どもだ。(踏んだり蹴ったりですな。)まさにそのとおり。レッド・カーシーてのはまたヘンダーソンの手先でね。この黒幕はトレイシー同様にカウボーイ小説を書いていて、牧畜業に仲買業、それからリヴァプールへの牛の積出しにまで手をひろげてる人物だ。(偽電報の張本人はどうもその男くさいですね。)まったく抜け目のない野郎さ。今のうちに腹ごしらえをしておけよ、とわしはショーティとスラッグに言った。今夜は馬にひとむち当てるぞ。どこへ行くんだ？　とスラッグが言う。ぬすっとどものねぐらに殴り込みをかけるのさ、とわしは言う。トレイシーが事の次第を知る前に片をつけるんだ、まごまごしてるとまたどやしつけられるからな。ところで黒んぼの下女たちはどこだ？　とショーティが言う。おい、冗談じゃないぜ、とわしが言う、まさか女どもまでかっさらってったわけじゃあるまい。（で、連れてったんですか、女たちまで？）一人のこらず。

関連する新聞切抜き。調理場および従業員寝室を捜索した結果、黒人下女たちは全員姿を消したという事実が判明した。彼女たちは報酬の良い就職口ということで合衆国からやってきたのであるが、到着早々から劣悪な労働条件に不満の意を表明していた。刑事スノッドグラスは下女のなかで最も若いリザ・ロバーツのベッドの枕の下に銃把《じゅうは》に真珠を埋め込んだピストルを一挺発見した。しかしながら、捜査当局の見解によれば、この発見は重要視するに足らぬとのことである。銃の所有者たることを突きとめられたカウボーイ、ピーター・（ショーティ）・アンドルーズの供述が右の判断の根拠とされている。彼の所有物がなにゆえ下女のベッドにあったのかという質問に対して釈明に窮しながらも彼は次の趣旨の陳述を行った。すなわち、彼女が当該物品を専有したのは、ベッドでの余暇にそれを清掃せんとの意図によるものか（働き者なんですな、その女は）、あるいはただの冗談のつもりであったのか、その二つに一つと推量されるのであります。彼の陳述にみられる第一の理由づけは第二のそれに比べて蓋然性においてまさると見なされている。牧童たちと調理場下女たちとの間には如何なる形にもせよ懇親的交渉は存在しないのを通例とするからである。なお、小さな手掛りは数多く発見されており、近い将来における犯人逮捕が期待されている。切抜き、以上の如し。

わしはたかが女のことでやきもきしたりはせんのだが、黒人女を――いいですかな、れっきとした人間さまをですぞ――ごっそり連れていかれ、そのうえ二千頭もの牛を持ってかれたとなると、こりゃあまったく話は別だ、冗談事じゃすまされねえってもんだ。そういう次第で、月が草原にランプをかざすのを待ちかねるように飛び出した四輪馬車をあやつるのは誰あろう、スラッグ、ショーティ、そしてこのわしの三人組、猟犬よろしく耳をうしろにぴったりと伏せ、六連発銃の銃把で風を切りながら、アイリッシュタウンめざしてまっしぐら。（あだを返すと心にきめて？）借りを返すと決意もかたく。見てもらいたかった、疾駆するわしらの勇姿を。鞭を手にしたショーティが馬の尻っぺたを情容赦もなく打ちのめせば、わしらは疾風のように宙を飛び、まるでウィスキーに酔い痴れたみたいな蛮声、怒号が口をついて出る。くたばっちまえ、とわしはがなった。鞭は皮を剝ぎとらんばかりに馬を打ち、馬車は牧草地を一直線に踏みにじり、荷馬車や市街電車のわきをかすめて追い越すその勢いの激しさに、自転車に乗ってるやつなんぞはあわてふためいて路地に飛びこみ目を白黒させる。（目に物みせんと猪突猛進。）まこと地獄のハンマーのように驀進《まいしん》したのだ。牛の臭いがする、とスラッグが言った。目の前には紛うかたないレッド・カーシーの牧場が草原の月の光に照らされて静かなたたずまいを見せている。

関連する新聞切抜き。Ｎ牧場はダブリン近郊における最も由緒ある牧場として令名が高い。ゴシック様式の母屋は赤い砂岩造りで、エリザベス朝風の木組みが用いられ、後部はコリント式の柱で支えられている。南面する切妻壁に差掛けとして木造の牧童小屋が附随しているが、この種のものとしては全国でも屈指の現代的建造物である。そこにはホルスター掛け三〇、ガスストーヴ十が備えてあり、ゆったりとした共同寝室には圧搾空気によって作動する精巧な装置がしつらえてあって、そのボタンを押すだけで虫がわいたベッドはすべてたちどころに燻蒸消毒される。所要時間はわずか四十秒である。海外から導入された黒人労働力をみごとに電化された調理場要員に当てるというダブリンにおける旧来の慣習は、歴史の古さを誇るこの神厳な屋敷内で今もなお遵守されている。屋敷の周辺には牛一万頭、馬二千頭を放牧できる牧場が拡がっているが、これはひとえに倦むことを知らぬ小説家ミスタ・ウィリアム・トレイシーの尽力の結果であって、彼はアイリッシュタウンおよびサンディマウント地区一帯の老朽家屋八千九百十二軒の取りこわし計画を促進することによりこの大事業の実現を可能ならしめたのである。当牧場参観希望者の交通機関としては市電三号線が至便。なお牧場附属の美麗な庭園は木・金両日が開園日で、入園料一シリング六ペンスは看護婦養成基金に当てられる。切抜き、以上の如し。

四輪馬車から下り立つや、わしらは直ちに四つん這いになり、匍匐《ほふく》前進を開始した。めざすはやつらの掘立小屋。白銀作りの銃把は腰のあたりでひょいひょい踊り、眼光鋭い目は半ば閉じられてさながら糸を引いたよう。かたい決意に口は一文字。（こりゃすごい、闇夜にゃお会いしたくない三人組ですな。）音をたてるな、とわしはみんなにちゃんと聞こえるように声をあげた。あの悪党どもに不意打ちをくらわせるんだ。牛の胃袋の樽詰めにまぎれこんだ鰻《うなぎ》のように音もたてず、くねくねと、わしらは牧童小屋の間近かまでにじり寄り、地べたにぴたりと貼りついた。（まさか見つかったんじゃ？）そのまさかよ、畜生め、わしらのうしろで銃を構えた野郎がこうぬかしやがったんだ——さっさと立ちやがれ、おっと、下手な真似なんかするんじゃねえぞ。いやんなるね、これぞ誰あろうレッド・カーシーその人さ。やつめ、すっくと立ちはだかって、両手にはピストル、両の目付きは魔王の目さながらの底意地の悪さ。おまけにビールでほろ酔いかげん。何をたくらんでるんだ、この豚野郎と彼はなんとも薄汚ない声でほざきやがる。つけあがるな、カーシー、とわしは言ってやった。わしらはけりをつけにやってきたんだ。（あんたの言い分は理の当然だ。で、どんなふうにけりがつきました？）返すんだ、カーシー、とわしは言う。わしらの牛とわしらの黒い娘たちを返しやがれ、さもなきゃこの足でラッド・レインの警察に駆け込むぞ。両手は上げたまま、と彼は言う、さもないとおまえら豚野郎の臓物を練り物にしてあの木に塗りつけちまうぞ。てめえのピストルくらいでびくつくおれたちだとでも思ってるのかよ、とスラッグが言う、そいつはとんでもねえ思い違いだぜ。（ああ、さすがはスラッグ。）このこぎたねえ犬め、と低い声でわしが言う、こぎたねえ豚野郎、カーシー、きさまってやつは。あのときのわしは沈着そのものだった、いえ、まったくのところ。（胆がすわってるんだ、あんたは。あたしだったらどうしていいかわからなかったでしょうな。）ところで、どんなふうにけりがついたかってえとだな、三分間待ってやるからとっとと帰ったほうが身のためだぜって彼が言うものだから、身のためを思ってわしらはとっとと帰ってきてやったんだ。なにしろカーシーってのはわしらの命の焔を一発でぶっとばすくらい屁とも思ってないやつだからな、いえ、神かけてこいつはほんとのことだ。（まだ警察を呼ぶという手もあったはずだけど。）そうともさ、わしらがやってのけたのはまさにそのことなんだ。這うようにして馬車に戻るとロンドンブリッジ・ロード沿いに町を突っきってラッド・レインに辿りついた。おかげで道中なにごともなくってね。巡査部長は最初から親身になってくれて、ティペラリ州出身のクロッシーという警視に話をとりついでくれた。この際、打つべき手はただ一つ、と警視は言った。ダブリン市警察分遣隊全員を投入してでも公正と正義の行われるさまを見届けなければならぬ。万一に備えて消防隊も待機させよう。（いいこと言うじゃありませんか、なかなかの人物だ。）あんたも知ってると思うが、とスラッグが切り出す――トレイシーは別の作品も書いていてね、フィーニックス・パークに北米土人の一団を住みつかせてるんだ、女どもやらテント小屋やら出陣の化粧やら、なにからなにまで正真正銘のインディアンさ。あのなかの然るべき男に二シリングもつかませればあの連中よろこんでこっちの味方につくぜ、と彼は言う。なんだって、とわしは言う、いいかげんなこと言うなよ。神かけてほんとうさ、と彼は言う。じゃあこうしよう、とわしは言う、おまえがインディアンに声をかけてこい、うちの牧童たちを呼んでくる役はショーティに頼もう、それからわしだが、わしはここに残って警察と行動をともにする。落ち合う先はカーシー牧場、時間はきっかり八時十五分。(おみごと、おみごと。)二人が乗った例の四輪馬車が並み足で出て行くと、警視とわしは奥の部屋に引きあげて黒ビール一ダースと取り組んだ。そうこうするうちに警官隊の集合が完了した。さて、N牧場めがけて行進開始だ。これほどの一隊はそうそう見られるもんじゃない。先頭に立つわしと警視の勇姿はわれながらたいしたみものだった。(みものだったのはたしかだ。)わしらが到着すると、インディアンを引き連れたスラッグ、それにシヨーティとカウボーイたちがすでに勢揃いしていて、命令が下るのを今やおそしと待ち構えている。警視とわしがちょいと額を寄せ合っただけで万全の手筈が整った。手ごわい敵に備えて、四輪馬車および食糧輸送大型馬車の背後に警官隊とカウボーイを配備。インディアン出陣。アラブの小馬を駆る赤銅色の戦士たちは牧童小屋の周囲をぐるぐるとめまぐるしく疾走しながら金切声をあげ、頭皮狩り用の手斧を振りまわし、小型の弓で火矢を放つ。(すごい。)すごいなんてもんじゃない。あっというまにあたり一面燃えさかる火の海。ついにたまらずショットガン片手にレッドのお出ましだ。後に従う配下の荒くれ、めんつにかけて最後の抵抗を試みようと身構える。さすがのインディアンもこれにおそれをなして馬車のうしろのわしらのところへ逃げ帰る。ところがどうだレッドのやつ、通りかかった市電を強引に停車させ、それを弾丸よけにして身を隠すと、次から次へ奔流のように不浄卑猥な言葉をあたりかまわずわめきだしたのだ。(卑猥な表現はあたしの好みじゃない。そんな男ならひどい目にあうのも当然だ。)まったくひどい激戦だった。わしは六連発ピストルをたてつづけに撃った。

市電の大きな窓ガラスが車道に砕け散った。それがきっかけで味方の連中は罵詈雑言を連発しながら威勢よくぶっぱなしはじめた。わしらは市電のガラスというガラスを残らず撃ち落とし、車道には死の弾雨を注ぎ、敵カウボーイの耳たぶを吹っとばした。ふと気がつくと戦場のまわりには黒山のような人だかりがしてるじゃないか。連中は拍手喝采したり、囃《はや》し立てたり、各員ことごとくその本分を尽されんことを期待する、なんて叫んだりしてる。（物見高い連中というのはどこにでもいる。町なかでくしゃみしただけで人の輪ができるくらいなんだから。）後方にさがったインディアンどもはきーきー声でわめきながら馬の腹をぴちゃぴちゃ叩き、警棒を振りかざす警官隊は六連発銃の一斉射撃、そしてショーティとわしはジャガイモ袋を盾にして敵の狙撃手を狙撃する。戦闘は荒れ狂うこと三十分に及んだ。激しい敵の反撃にわしらは負けてたまるかと撃ちつづけた、身に迫る危険をかえりみるいとまもなかった、ピストルに弾丸をこめては撃ち、こめては撃った、誰も彼も一人のこらず地獄の悪鬼さながらの奮戦ぶりだった。やがてさしもの敵も勢いに衰えが見えてきた。さあ今だ、とわしは警視に言った。今こそ総攻撃の絶好の機会、とわしは言う、敵の本陣を落とすのは今だ。たしかに、と彼は言った。塹壕《ざんごう》の胸壁を越えてわが勇猛な警官隊は行く。雄叫びとともに警棒振りかざすその姿は自信満々、恐れを知らず。観衆は歓呼の声をあげ、インディアンは金切声をあげ、皮も剝げよとばかりの激しさで馬の腹を平手で叩く。（で、首尾は？）上々。戦いはあっというまに幕となった。手錠をかけられた連中は日曜日の遠足に出かける孤児の一団のようにラッド・レインへ引っ立てられていった。レッドはいずこ？　とわしは言った。姿は見えぬ、いずこにも、と警視は言う。もしかすると、とわしは言う、やつは自分のテントでブライアン・ボリュを気取ってるのかもしれん（アイルランドの王ブライアン・ボリュは一〇一四年クロンターフの戦いでディン族に大勝したが、そのあとテントの中で殺害された）。そうだ、そうにきまってる。（テントで？）あちらこちらと探しまわってやっとのことでやつのテントを見つけると、なかではやつが跪《ひざまず》いて祈禱の最中だ。うちの女たちはどこだ、レッド、とわしは言う。帰った、と彼は言う、とっとと出てけ、と彼は言う、牛でもなんでも持ってくがいい、と彼は言う、おれが祈禱の最中だってことくらいわからないのか。まったくしたたかなやつだ、わかるだろ、やつの狙いが？ 目の前で跪いて祈っていられちゃあ、こっちとしても手出しができないじゃないか。できることといったら、テントを退散しながらだんだん熱くなってくる癇癪玉をぐっと呑み込むくらいのところなんだ。ついてこい、盗られた牛を取り戻すんだ、とわしはスラッグとショーティに言った。あくる日、警視は敵方のカウボーイたちを法廷に引っ張り出した。判決は罰金を以て換えられない七日間の重労働。やつらもこれで頭を冷やすがいい、とスラッグが言った。

関連する新聞切抜き。昨日、地方裁判所判事ミスタ・ランプホールは労働者と称する連中を法廷に召喚した。彼らは騒擾《そうじょう》取締り条令違反および予謀の悪意ある損傷行為に関連する訴因の認否を問われたのである。警視クロッシーの証言によれば、被告らは町の不良の一党であって、彼らが街頭で展開する馬鹿騒ぎはリングズエンド地区一帯の住民がこぞって呪詛《じゅそ》するところとなっている。彼らは近隣の厄介者であり社会の邪魔者なのであって、その乱痴気騒ぎは多くの場合所有権侵害という結果を伴う。彼らの行為に関して当該地区住民はしばしば当局に苦情を申し立てている。最近の脱線行為に際しても市街電車の窓ガラス二枚が被害を受けたが、これはダブリン連合市街鉄道会社が所有するところの物財であって、同社監査役ミスタ・クィンによれば当該車輌の被害総額は二ポンド十一シリング強にのぼるという。文明社会においてはこの種の組織的な無頼の所行は容認されえざるものであるとの所感を述べたうえで、判事は被告一同に罰金を以て換えられぬ重労働七日の刑を宣告し、この判決が被告らの如き不逞の輩《やから》への戒めとなることを望むと述べた。切抜き、以上の如し。

伝記的回想——その五。三月になったが、雪と雨を伴う厳しい寒さが続き、体力に自信のない者にとっては概して危険な月だった。ぼくは可能なかぎり家に閉じこもって疾病感染を避け、毛布に包まれてベッドに身を横たえていた。伯父は楽譜研究に専念し、たえず鼻歌を歌っては声楽技術面の熟達を志して精進を重ねていた。ある日ぼくはタバコ入手という目的のもとに彼の寝室を捜索していたところ、たまたま警察官の帽子を発見した。職業的演劇人が用いる張子《はりこ》製警帽である。彼の習性にみられるこの新たな展開は週三晩におよぶ彼の不在という結果をもたらし、さらにはぼくの世俗的ならびに精神的福祉に対する彼の暫定的無頓着——というよりもむしろ決定的無関心——という事態を招来するに至った。これはかえって好都合、とぼくは思っていた。

原稿の一部を紛失した頃のある日のこと、ぼくは同様の成行きで原稿のすべてが失われた場合に生起するであろう情勢の重大性について思いめぐらしていた。ぼくの文学的余暇活動は多くの場合突発的生気躍動によって惹起される心楽しい作業なのだが、その所産たる文章をその後におよんで通読するのはぼくにとって退屈以外の何物でもないのだ。この退屈感はぼくの精神構造の深部に巣くっているため、それに起因する苦痛はまことに耐えがたいものなのである。その結果、たとえそれが友人知己からお世辞とも思えるほど絶大な讃辞を奉られたものであっても、ぼくは自作の多くを再読することなく放置するのが常である。そして、ぼくの怠惰な記憶力はほどよき程度の正確さを以て自作の内容を作者に想起せしめる能力すら持ち合わせていないのである。ぼくがすることといえば、統語上の語法違反にそそくさと目を走らせるくらいなのだ。

しかしながらこの作品に関するかぎり、失われた原稿に続く四十ページはぼくが創案した精緻な構想を展開するうえで必要不可欠な部分なので、ぼくは四月のある日の昼前の日照り雨のひとときを批評的通読によって費すのは望ましいことだと思い立った次第である。この思いつきは思いがけない結果をもたらした。原稿に目を走らせたあげく、ぼくは瞠目すべき二つの新事実を発見するに至ったのである。

第一の事実。ページ数における不可欠な欠落。四ページ分の落丁。内容不詳。

第二の事実。構想あるいは筋の展開の鍵となる不道徳な婦女暴行四件のうち一件のいわれなき省略、および構成上からみた一貫性の欠如、ならびに文体の全般的薄弱。

それから何日もの間ぼくはこれら新発見に心を煩《わずら》わせていた。友人知己とさりげなく日常的会話をかわしているときも、話が途切れるとすぐさまぼくは心中ひそかにこの問題の検討にとりかかるのであった。この件について然るべき助言を求めることなく、ぼくは——ばかげた企てかもしれないが——次のような決断を下した。すなわち、問題の叙述四十ページ分をすべて削除し、その内容の簡単なレジメ（すなわち要約）を提示することによって埋め合わせとしようと決心したのである。これは続き物を連載中の新聞がこれまでの分をすべて刷り直す手間と費用を節約するため前回マデノアラスジと称して頻繁に用いる方策なのである。ぼくのレジメは次のとおりである。

レジメ——これまでの要約——はじめて読む方のために。ダーモット・トレリスは風変りな作家で、悪事の結果として生ずる必然的な事の成行きについて物語る有益な作品を執筆しようと思い立ち、その目的のために創り出すのが——

プーカ・ファーガス・マクフィリミ、すなわち、魔術的能力を備えたアイルランドの人間的魔物である。彼が次に創り出すのは——

ジョン・ファリスキーと称する悪徳漢で、女を襲い、たえず猥褻な振舞いに及ぶのを本分としている。ある夜、不可思議な力によって彼はドニブルックに赴けとのトレリスの指令を受ける。手筈に従った彼がそこで出会い、誘惑することになる娘は——

ペギーという召使である。娘に会ったファリスキーは彼女の打明け話を聞いて大いに驚く。今トレリスは眠りこんでいると言ってから語りだした彼女の話によれば、その貞操はすでにある初老の男の狙うところとなっており、その後判明したのだがその男の正体は——

フィン・マックールなる伝説的人物であって、威厳ある風貌および年の功を買われ彼女の父親役としてトレリスの雇うところとなり、娘に道徳律違反の行為ある場合にはきびしくこれを折檻することになっている。彼女の打明け話によれば、貞操を狙う男はほかにもおり、その名は——

ポール・シャナハン、これもまたトレリスに雇われており、作品中のさまざまな端役を演ずるかたわらメッセンジャーその他の雑用もこなす。打明け話のあと、ペギーとファリスキーは道端で長いこと話しこむ。トレリスの支配力は本人が眠っている間は無効になる、と彼女は説明する。フィンとシャナハンは目覚めているときのトレリスに反抗するだけの勇気がないものだから彼が眠っている間その虚につけこんであたしに会いにくるの、と彼女は言う。それを聞いたファリスキーは彼らの言いなりになったのかと彼女に尋ねる。そんなこと絶対に、と彼女は答える。ファリスキーは彼女を讃美する。しばらくして二人は互いに一目惚れで愛し合っているのを知る。彼らは貞潔に生きようと約束する。違背すれば極刑に処するとしてトレリスが彼らに強いる不道徳な行為、思考、および言葉遣いに関しては、二人ともそのふりをしてやりすごす手筈を定める。二人のうちどちらにもせよ最初に解放された者は、その機会が到来したらすぐに結婚するという期待を抱いて、相手が自由になる日を待ちつづけようという相談もまとまる。一方トレリスは、悪党たるもの相手の身分の高い低いにかかわりなく手当り次第に堕落させることが出来るということを証明するために、上品優雅な美女を創り出す。その名は――

シーラ・ラモント、そして彼女の弟

アントニー・ラモントはすでにトレリスに雇われていて、姉を誘惑したかどでジョン・ファリスキーに決闘を申しこむことになる――これらはすべて筋書きのなかに組み込まれているのである。トレリスは自分の寝室でミス・ラモントを創り出すのであるが、彼女のあまりの美しさ（それは言うまでもなく彼の好みに最も近いタイプの美しさである）に目がくらみ、われを忘れてみずから彼女を犯す。その間ファリスキーはレッド・スワン・ホテルに戻る。そこはトレリスの住居であるが、彼は自分のために働く者全員をそこに住まわせているのである。彼（ファリスキー）は命じられたおぞましい使命を忠実に遂行した旨の偽りの報告をしようと心にきめている。さあ、休まず先をお読みなさい。

原稿からの抜粋の続き。オラーチオ・レクタ。柔らかな手に注意深く握った鍵で彼は玄関ドアをそっと開ける。二度すばやく身をかがめ、靴を脱ぐ。上等のウールの靴下にくるまれた足が、忍び歩く猫のように音もなく、階段をのぼってゆく。トレリスのドアの前を通る。暗い。眠っているのだ。シャナハンのドアの下からかすかな光が洩れている。彼は靴をそっと床に置き、取っ手を廻した。

お疲れさん、ファリスキー、とシャナハンが言った。

シャナハンは暖炉の前に体をのばしている。左側にはラモント。その向う、薄暗がりのベッドには

半白のヒゲ老人が坐っていて、両膝の間に杖を置き、その老いた眼は赤く燃える炎をじっと見つめている。古《いにし》えの世の遥かなる領域、あるいは全くの別世界に思いを寄せているかの如き人の眼差しである。

たいして手間どりませんでしたね、とラモントが言う。

ドアを閉めて、とシャナハンが言う。閉めるといっても、あなた、部屋のなかに入ってからそうするように。ドアを閉めて、さあミスタ・F、椅子をどうぞ。さよう、あなたは手際のいいかただ。そこを詰めたまえ、ミスタ・L。

とにかくはんぱ仕事なんだし、とファリスキーはものうげに言う。生涯かけてというほどのものではない。

そうですね、とラモントが言う。おっしゃるとおりで。

まあ気にすることもありますまい、とシャナハンは同情的。これから先もまだたっぷりあるわけだし。体をもてあますなんてこともないでしょうから気にしなさんな。そうじゃないかね、ミスタ・ラモント?

腹がふくれるほどたっぷりといった具合で、とラモントは言う。

御親切なことですな、お二人とも、とファリスキーは言う。

彼はスツールに腰をおろし、扇形にひろげた十本の指を火にかざした。

女ってものもあまりたっぷりだと腹ふくるる思いというわけでしてね、と彼は言った。

そういうもんですかな。疑わしげにシャナハンが言う。これまでそんな話なんて聞いたこともないけれど。ところでミスタ・ファリスキー、あなた例の……

ああ、あれはもう。くわしくはいずれそのうち、とファリスキーは言う。

けりがついた？　そういうことですな？

たしかに、とファリスキーが言う。

彼はタバコケースに残る最後の一本を取り出した。

あの件についてはいずれ一部始終をお話しする。でも今のところは、と言いさして彼はベッドのほうに顎をしゃくった。

あの人、眠りこんでるんでしょうかね。

そう、おそらくは、とシャナハンが言う。でも五分前にはその気配はなかった、たしかに。話好きのミスタ・ストーリーブックはぱっちり目を開けていたんだが。

ぱっちり目醒めていました、とラモントが言う。

五分前にはたっぷりあたしの腕ほどの長さがあるほら話をぶちまくっていた、とシャナハンは言う。まったくのところおっそろしく話好きの男でね。そうじゃないか？　手綱をゆるめようものなら、のべつ幕なしに喋りまくる。聞かされるほうは生きた心地もしないって寸法さ。そうじゃないかね、ミスタ・ラモント？

あれほどの年の男としては、とラモントは権威ある者のようにゆっくりと言う。実によく喋ります。

あれでなかなかのものです。それというのもあの老人はあなたやわたしよりもずっと長いこと世間をたっぷり見てきたわけですから。

たしかにね、とファリスキーが言う。嬉しいことに暖炉の炎のおかげで彼の体はほてりはじめていた。彼はタバコの煙を注意深くその炎に吹きつける。ゆらめく煙は煙突に吸いこまれた。たしかに、だいぶ年をとっているからな。

それに語り口だって最低というわけじゃない、とラモントは言う。彼の話には頭と尻尾があります。掛け値なしのところ、ちゃんとした発端と結末があるんです。

さあ、どんなものかな、とファリスキーが言う。

そう、話し手としてはなかなかのものだ、その点は同感だな、とシャナハンが言う。認めるべき点はそれなりに認めなくてはね。それにしても、こう言っちゃなんだが、概してぴりっとしたところに欠けているんじゃないかな。

話に味がないとでも？　ラモントが聞き返す。

ぴりっとした味がね、ミスタ・L。

まあそんなところかな、とファリスキーが言う。

お語り下さい。姿を見せぬコノーンが言った。ドゥーン・ナ・ネーの祝宴にまつわる物語を。

フィンは心の内で身内の者たちとの団欒《だんらん》を楽しんでいるところであった。

わたしが言いたいのは、とラモントが言う。大ぼらであろうといじましい話であろうと、語り口が巧みなのを聞きたいということなのです。いったん語りはじめたら、すっきりけりをつけてくれるような人に会いたいものです。話のつぼをきっちり押さえた話し方でね。なにごとにも始まりと終りというものがあるのですから。

まっこと、とフィンは言った。われ黙して語らず。

その点もまた同感、とシャナハンが言う。

お語り下さい、とコノーンは言った。スウィーニー王の狂気にまつわる物語を。エリンの到るところを彷徨《さまよ》いしかの狂気の人の事の次第を。

結構な炉の火だ、さかんに燃えて、とファリスキーが言う。これさえあれば、ほかに欲しいものは大してない。炉火、寝床、そして頭上には屋根、そんなところかな。もちろん、口に入れるちょっとしたものもね。

結構なお話ですね、とラモントが言う。そう言えば、ミスタ・シャナハン、今夜のお茶には何か召しあがったんでしょうね。わたしたちは相伴にあずかりませんでしたが。わたしが何を言いたいのか、おわかりですよね。

言いたいことはすんなり言いたまえ、とシャナハンが言う。

座長、とファリスキーが手をあげる。当方としても先の発言者と思いを同じくする次第。すんなりわかることはすんなりさせようじゃありませんか。

くすくす笑いの三声部合唱。みごとな和音構成。

いざ語らん、とフィンが言った。

そーら来た、とファリスキーが言う。

甘美なる言葉、麗わしき調べもて歌いあぐるはスウィーニー狂乱の謂《いわ》れ因縁。かの人に狂気をもたらしたる第一の原因とは何か、とフィンは言った。

椅子を引き寄せよう、諸君、とシャナハンが言う。こんな夜にはおあつらえむきだ。おいぼれ馬で遠出という趣向さ。

お続け下さい、御老人、とラモントが言う。どうぞ。

さて、ダル・アリーの王スウィーニーはともすれば荒れ狂う憤怒の大波に身をゆだねがちの男であった。彼の館の程遠からぬところにロナンなる聖人の庵《いおり》があった。悪を斥ける楯とも言うべきこの聖人は典雅にして恬淡《てんたん》、寛大にして闊達《かったつ》なお方であって、夜明けともなれば朝日に輝く会堂の鐘打ち鳴らし祈禱の時を知らせるのであった。

ほれぼれとするお話です、とコノーンが言った。

さて、聖人の打ち鳴らす鐘の音にスウィーニーの脳髄と脾臓と臓腑はそれぞれに燃えさかる憤怒の熱をまともに浴び、やがて一気に煮えくりかえった。彼は館から猛然と走り出た。ガウンの下は一糸まとわぬ丸裸であった。思いとどまってと裾に取りすがる妻オーランを振り払う拍子に彼の裸身はガウンからするり脱け出し、そのまま突っ走ったのである。走りに走って目指す聖人に走り寄ったスウィーニーは彼が手にする美麗なる祈禱書をひったくるや湖の底深くへと投げ入れた。つぎに聖人の手をしっかと摑み、湖めがけて疾風の如くに走った。摑んだその手をゆるめず、宙を飛ぶ足をゆるめることもなかった。湖中の祈禱書、いや正確には湖底の祈禱書のかたわらに聖人を鎮座させようと思い定めていたのである。しかしながら、不運なる回り合わせと言うべきか、嵐の如くに耳障りな大音声に彼の足は止められた。マー・ラハの戦いへの参戦要請を告げる伝令の声であった。スウィーニーは立ち去った。その場に残された聖人は神を畏れぬ王の振舞いを憂い悲しみ、失われた祈禱書を思って嘆き悲しんだ。しかしながら祈禱書は湖の奥深いあたりから現れた川獺《かわうそ》が取り戻してくれたのである。いささかも損なわれておらず、祈りの詩句に滲《にじ》みはなかった。喜ばしき敬虔の念を胸に彼は祈りの場に立ち戻り、響きのよい十一連から成る物語詩を創り、それを唱えてスウィーニーに呪いをかけた。

さるほどに聖人は侍者を伴ってみずからマグ・ラスの野に赴いた。対峙する軍勢の仲立ちとなって協約を結ばせるためであった。日没とともに鉾《ほこ》をおさめ、翌朝の戦闘再開の時まではただ一人の殺傷も許されぬとする協約であって、聖職のわが身を以て聖なる誓約の保証とせんと申し出たのである。しかしながら、これもまた不運なる回り合わせと言うべきか、かのスウィーニーは聖人の保証もものかは来る日も来る日も夜が明けるや戦闘再開の時を待たずに敵を打ち殺しつづけるのであった。ある朝のこと、ロナンと彼に従う八人の聖歌作者は戦いの場に歩み入り、災禍の降りかかることなきようにと軍兵たちに聖水を振りかけ、余った聖水をスウィーニーの頭に振りそそいだ。まともに浴びてかっとなったスウィーニーは聖歌作者の脇腹に槍を投げつけてその白衣を鮮血に染め、ロナンの鐘を打ち砕いた。直ちに聖人の唱える声が響きわたった――

わが呪い、スウィーニーに！
その所業は極悪非道、
激しく放てる長き槍もて
わが聖鐘を刺し貫きぬ。

無法なる仕打ちに聖鐘は
呪詛とともに汝を木の上に放逐し、
鳥さながらの身の上とせん——
これなるは聖の聖なる聖人の聖鐘。

槍が柄に打たれし聖鐘の
急速調《プレスティシモ》にて宙に飛びし如くに、
汝、スウィーニー、汝もまた宙に飛べ、
物狂おしき物狂いとなりて。

イーランは汝の裾に取りすがり

思いとどまらせんと努めたるが故に
わが祝福は彼女の上に、されど
わが呪い、スウィーニーに！

やがて戦端が開かれた。雄鹿の群れが唸るような鬨《とき》の声、やがて地の果てまでも響けとばかりに勝ち誇った雄叫びが三度。歓呼の声はスウィーニーの耳を打ち、天空に虚ろに反響してなおも彼の耳を震わせる。暗い怒りが彼を把《とら》えた。驚愕と狂乱と恐るべき恐慌が彼を襲う。心は平静を失ってよろめきぐらつき、慣れ親しんだ場所のすべてが厭わしく、見知らぬ土地への思いのみが急で手も足も呪縛されたかのようであったが、怒りの目に狂気を宿し胸を激しく波打たせ、狂乱の狂鳥さながらにロナンの呪いを逃れんとて戦いの場をあとにした。草の葉に宿る露のしずくも振り落とさぬほどに軽快にして敏捷な足取りで飛び去る彼は、エリンに散在する沼地や茂みや湿地や峡谷や深い森やらにとどまることなく、その日のうちにグレン・アルケンのロス・バリーに達し、谷間のイチイ（英国では多くの墓地に見られる常緑高木。不死不滅の象徴とされる）の葉蔭にもぐりこんだ。

暫くすると彼の一族の者たちが姿を現し問題の木の下で足を休め、ひとしきりスウィーニーについて語り合い、東にも西にも彼の消息はひとつとしてないと歎き合うのであった。彼らの頭上のイチイの枝にとまって話を聞いていたスウィーニーは、やがて鳥のさえずりに似た調べで彼らに語りかけた

——

おお　近寄りたまえ勇士たち、
ダル・アリーの勇士たちよ、
目をあげて見よ、探し求むるその人は
今ここにあり、この樹上に。

神の与えしこれなる暮し、
ただ簡素にして、ただただ貧寒、
妻はなく、愛する者との出会いは許されず、
楽の音はなく、恍惚の眠りもかなわぬ。

イチイの頂きから語りかける声に見上げると、枝の間にスウィーニーの姿が認められた。彼らは優しく慰めの言葉をかけ、安んじてこちらの言い分を聞いてくれるようにと頼んだうえで、幹のまわりに円陣を組んだ。と見るまにスウィーニーはすばやく舞いあがり、ティール・コネルのケル・リアゲンへと飛び去ってその地の教会の年を経た木の枝で一息入れ、やがて森と雨雲との間を行きつ戻りつしながら丘陵を越え山頂をかすめ黒々とした山並みの稜線を横切り暗い山岳を訪れ、人目につかぬ岩場の裂け目や窪地に身をひそめて思いに耽《ふけ》り、這いのぼる蔦《つた》の葉陰や山腹の岩の割れ目を宿として、

山から山へ谷から谷へ川から川へと彷徨いながら一年の歳月を経たあげく、常に変らぬ楽土グレン・ボルケンに辿り着いた。ボルケンの峡谷には四方向からの風がそれぞれに吹き抜ける四つの山峡が開いており、森はこよなく美しく、泉はあくまでも清冽、きらめく砂の川床を走る澄みきった流れには緑のオランダ芥子《がらし》とイヌノフグリがゆらりとなびき、酸葉《すいば》や酢漿草《かたばみ》、酸塊《すぐり》や大蒜《にんにく》が生い茂り、青黒い酸桃《すもも》や黒褐色の団栗《どんぐり》は到るところに散らばっている。エリンの物狂いたちはそれぞれに狂気の年を経るやこの地に集うのを常としており、オランダ芥子を争って殴り合い叩き合い、心地よい臥所《ふしど》を求めて競い合う。

その峡谷でのスウィーニーの暮しは楽ではなかった。彼は谷間の丈高い山査子《さんざし》の蔦にからみつかれた頂きを塒《ねぐら》としていたが、その寝心地の悪さは耐えきれぬほどであった。少しでも寝返りをうつとそのたびに山査子の棘が雨あられと降り注ぎ、彼の肉体を引き裂き引きちぎり、血に染まった肌に突き刺さり突き通す。かくて彼は密生し絡み合う茨《いばら》の藪《やぶ》を突き抜けて立つ柊《ひいらぎ》に憩いの場を移した。そのしなやかな枝をとまり木として塒についたのはいいのだが、彼の下で枝はゆっくり頭を垂れ、腰をかがめ、そのあげく彼を地べたに叩きつけた。頭のてっぺんから足の爪先まで彼の体は一インチもあまさずに刺し傷だらけの血まみれになり、とげだらけの皮膚はずたずたに裂け、はためいて、ぼろを纏《まと》っているかのようなていたらく。死人のようによろよろと立ちあがった彼は低い声で歌い出した――

顧みればこのひととせ

枝に泊り茂みに宿る
上げ潮のときも引き潮のときも
身に纏う衣とてなく。

麗わしき女たちからは引き離され、
イヌノフグリを朋友として——
取りて食らうは何時のときも
ただオランダ芥子あるのみ。

楽しまんとするも楽師たちは去り
心慰むる優しき女性の姿はなく、
詩人に与うべき宝玉のあろうはずもなし——

高潔なるキリストよ、わが命脈は尽きんとす
山査子のいばらは無情にも
わが力を奪い、われを刺し貫き、
死の淵にわれを引き寄せたり、

この褐色のいばらの茂みは。
かつては自由、かつては高貴なりしわれ、
とこしえに追放の身となりしわれ、
不運にも悲惨のきわみ
このひととせを顧みれば。

しばらくはグレン・ボルケンに踏み止まっていたものの、やがて彼は空中高く舞いあがり、ティール・コネルとティール・バウネとが境を接するあたりなるクルェン・キーレに向った。夜の川べりで水を飲みオランダ芥子をついばんでから教会のわきに立つ古い巨木イチイにもぐりこみ、美しい調べにのせてわが身の不幸を嘆いた。

しばらくすると彼はまたもや飛び立ってシャノン河のほとりなるスナーヴ・ダー・エーン（すなわち二羽の鳥の泳ぐところ《スウィム・トゥー・バーズ》）の教会に辿り着いた。厳密に言うならば、金曜日のことであった。このとき当地の聖職者たちは九時課《ナウンズ》の祈禱を唱えており、灯心に用いる亜麻糸が打ち叩かれ、ここかしこでは女が出産のときを迎えていた。そしてスウィーニーは新たな歌をたっぷりと唱え続けるのであった。

エリン全土を経巡るスウィーニーの空中漂泊は数年に及んだ。厳密に言うならば、七年の歳月を経たのである。その間、折りにふれ彼は麗わしのグレン・ボルケンにある彼の巨木に立ち戻るのであった。なにしろそれは彼の砦であり、彼の避難所であり、あの谷間での彼の宿りの場所なのである。ここに現れたのは彼の消息を求めて旅する乳兄弟リンヘホーン。スウィーニーに変ることのない深い愛情を抱く彼は、このときまでにこの乳兄弟を狂気から救い出すこと既に三度に及んでいたのである。大声をあげて谷間を探しまわるリンヘホーンはやがて流れのほとりに足跡を発見した。かの狂気の人は飢えをしのぐためしばしばこのあたりにやってきてオランダ芥子を口にしていたのである。しかしその日はスウィーニーの居場所をつきとめるまでには至らなかった。リンヘホーンは谷間の廃屋に入り、困難な探索に疲れ果て、眠りこんだ。谷間の木立に宿るスウィーニーは彼のいびきを聞きつけて漆黒の闇のなかで歌った。

壁に沿いて眠る男の高いびき
いびきをかきつつ眠るとは羨《うらやま》しきかぎり、
マー・ラハのかの火曜日よりこのかた
七年が間ひとときの眠りもとれぬわれなれば。

おお神よ　今にしてわれ思う
あの戦いに臨まざりしならば！
かのときよりは茂みにひそむ狂気の人——

わが名はマッド・スウィーニー。
朝餉《あさげ》に摘みて食するは
キルブの泉のオランダ芥子、
それに染まりてわが口は緑、
緑の口のスウィーニー。

蔦の葉陰を離るれば
篠突く雨われを打ち
雷鳴とどろきて
わが身は冷えに冷ゆるばかり。

夏はクィーニャの白鷺を友とし
冬はわれ狼の群れとともにあり、
その余のときは茂みにひそむ——
壁に沿うかの男の夢想だにせぬわが境涯。

しばらくしてリンへホーンは彼の巨木を尋ね当てた。二人はそこで話を交したが、言葉数が多いのは棘だらけの小枝に身を隠したスウィーニーのほうであった。やがて彼はリンへホーンにこの場を去れ、これ以上あとを追ってわれをわずらわすなかれ、と命じた。なぜならばロナンの呪いのゆえに相手が誰であろうとも信を置くことのかなわぬ身の上なのだから。

そののち彼は遠隔の各地を放浪したあげく夜の闇にまぎれてロス・バリーに到り、その地の教会のイチイの幹の瘤《こぶ》にとまったが、墓守りとその性悪な妻が仕掛けた鳥網に悩まされ、直ちにロス・エリアンの古木に移り、二週間というものは人の目につくことなくひっそりと身を隠しているうちに、またもや現れたリンへホーンは枝から枝へ移るスウィーニーが折り曲げた跡に目をつけ、まばらな枝の間にひそむ彼の黒い影を見出した。こうして二人は声を交し、話を交したのである。

悲しいかなスウィーニー、とリンへホーンが言う。あなたがかくも悲惨な境地に追いつめられているとは。食するものも飲むものも、はたまたその身に着けるものも、空飛ぶ鳥のそれと変らぬそのありさま。かつては絹と繻子《しゅす》の衣を纏《まと》い、比類なき馬勒《ばろく》を頂く異邦の駿馬を駆りたるあなたなのに。かつてのあなたは優美な美女にかしずかれ、見目よき侍童をはべらせ、猟犬を従え、高雅高貴の人を友としていたというのに。僚友、領臣、幕僚、一同相集いて酒杯をあげ美麗なる角の盃をかかげて美酒を汲み交せしものを。悲しいかな、スウィーニー、悲運のあなたは空飛ぶ鳥。

嘆くなかれ、リンへホーン、とスウィーニーは言った。語れ、かの人びととの消息を。

父上は亡くなられた、とリンへホーンが言う。

激烈なる苦悶、わが心を把えたり、とスウィーニーは言う。

母上もまた今は亡き人。

わが内なる哀惜の情、すべて尽き果つ。

あなたの弟は死んだ。

断腸の思い、わがはらわたを引き裂く。

あなたの妹、彼女もまた。

鋭き針、わが心の臓を刺し貫く。

あなたを父さんと呼びし幼な子、あの子も死んでしまった。

まっこと、とスウィーニーは言った。これぞとどめの一撃、人間たる者の耐えうるところにあらず。

いとけない息子が命を失い冷たくなったとの悲報にスウィーニーはイチイの枝から転がり落ちた。苦悶する彼に急ぎ近寄るリンへホーンが手にするは、足枷《あしかせ》、手枷《てかせ》、手錠、それから錠前と黒光りする鉄鎖。やがて仲間の一群がこの物狂いを取り囲み、彼の上になり、くまなく彼を覆いつくすに及んでやっとのことでけりがついた。しかるのちに慈善団員、騎士団員ならびに戦士たちの集団がイチイの幹のまわりに陣取り、こもごもその思いを歌いあげたすえに、この狂人の世話はリンへホーンに委ねるべしとの結論に達した。まずは二週間とひと月の間しかるべき静穏なる場所にて彼を休ませるがよい。粉挽きの老婆のほかは誰ひとりとして近づけることなく静かな部屋に閉じこめるならば彼の正気も少しずつは戻るに相違あるまい。

おお老婆よ、とスウィーニーは言った。わが身に降りかかりし苦難の数々は筆舌に尽し難い。恐るべき跳躍、恐るべき飛翔をわたしは敢えて行ってきたのだ、尾根から尾根へ、砦から砦へ、谷から谷へ、各地くまなく。

どうぞ、どうぞ、と老婆は言った。気がふれておられた頃になさったという飛び跳ね具合を、どうぞ今、見せてくださらんかの。

それを受けてスウィーニーは寝台の横板越しに跳躍し、長腰掛けの端に着地した。

正直なところ、と老婆が言う。それくらいならあたしだって跳べます。

そして老婆はそれくらいを跳んだ。

ひどく傷ついたスウィーニーは気を引き締めて跳ね上がり、天窓を抜けて飛び出した。

あれくらいの跳躍ならあたしだって跳ねてみせます、と老婆は言い、すぐさま跳ね上がってスウィーニーのあとに従う。さて、その後の成行きをかいつまんで言うならば、跳ねに跳ね跳びに跳び飛びに飛んで五百の村落を飛び越したスウィーニーはフィー・ガウレのグレン・ナ・ナハタハに到達した。老婆は老婆で老婆なみの跳躍で彼に付き従う。スウィーニーが高く茂ったその地の蔦の葉陰に憩うと、老婆はかたわらの木に控えるのであった。雄鹿の声が聞こえる。直ちに彼はエリンの木々と雄鹿たちの讃歌を朗々と唱えはじめ、次なる詩篇を歌いおさめるまでは眠ろうとしなかった。

しなやかなる枝角かざす鹿よ、

おお　その嘆きの声はやさしく
谷間に響くその叫びは
わが耳にこころよく。

おお　青葉茂れる樫の巨木よ、
木々を眼下に聳え立つ、
おお　細き枝からませるハシバミよ――
その実はかぐわしき香りを放つ。

おお　ハンの木よ、おお　わが友なるハンの木、
その色どりはわが目を喜ばし、
悠然と佇立してわが宿となり
この身を刺すことなく裂くこともなし。

おお　リンボクよ、茨なすリンボク、
おお　その実は黒き瞳に似て。
おお　泉のほとりなるオランダ芥子よ、

緑なす王冠をいただきて。

おお　柊よ、頼みの柊、
おお　その茂みは嵐に抗し、
おお　トネリコよ、毅然たるトネリコ、
その枝は戦士が槍の如し。

おお　白樺よ、清らかにして聖なる白樺、
おお　麗わしくも誇り高く、
鞭の如くにしなうその梢は
からみ合いてわが目にこころよく。

森に暮すわが意にそわぬもの
あえて一つをここに挙げん――
青葉茂れる樫の巨木
木々を眼下に尊大傲然。

おお　半人半獣の森の神よ、
おまえをこの手にしっかと捕え、
その背に乗りてここかしこ
丘から丘へ、峰から峰へ。

グレン・ボルケン、わが憩い、
わが安息はかの地にあり、
夜ともなれば幾たびか
かの地の峰をめざしたり。

失礼ながらひとこと、とシャナハンが口をはさんだ。お話をうかがっているうちにあることを思い出しましてね。ふと頭に浮かんだことがあるんです。

ひとくち喉をうるおすと、すばやくグラスを膝に置き、口のわきにすがりつく滴を舌先できれいに拭いとる。

思い出したっていうのは、これがまたなんともすてきな話でして。折角のお話の腰を折るようで申しわけないんですが、ミスタ・ストーリーブック。

過ぐる日のこと、とフィンが言った。フィンの麗わしき言葉に口はさみし男がおったが、その男まずはコル・ボルへの木に縛りつけられよった。素手に握ったハシバミの小枝のほかは身につけるものとてない裸身であった。かくてその翌日の朝となるや……

まあまあ、ちょっと、あたしにも話をさせてくださいよ、とシャナハンが言った。さて、誰か耳にしたことがあるかな、詩人ケイシーの噂を？

誰の噂だって？　ファリスキーが聞き返す。

ケイシー。ジェム・ケイシー。

かくてその翌日の朝となるや、木より解き放たれし男は再びきびしく縛りあげられ、その頭を黒き穴に押し込められおったがゆえに、逆立ちとなりし白き裸身はエリンの人畜すべての目にさらされることになった。

話はまだ終ってないんですよ、ミスタ・ストーリーブック。あなたの黒い穴とかいう一件は──タイの結び目をまさぐりながらシャナハンは思いつめたように額に深い皺を寄せる──それはまあほんのちょっと待って頂きましょう。ケイシーの話がすんだらということにして。ところであんた、ミスタ・ファリスキー、詩人ケイシーについては名前も聞いたことがないんだって？　そういうもんですかねえ。

聞いたこともない、そういうことさ、とファリスキー。

わたしも、とラモントが言う。わたしも初耳です。

彼こそはまことの民衆詩人であって、とシャナハンが切り出す。

なるほど、とファリスキー。

おわかりかな、とシャナハンが言う。飾りけなしの、まっすぐな、額に汗して働く男、あんたやあたしの同類、そういう男なんだ、あの人は。おわかり頂けますすな、ミスタ・ファリスキー。嫌味なリボンを巻いた黒い帽子、そのての粋がったものなんかを身につける男じゃないんですよ、ジェム・ケイシーは。力仕事に精出すがっしりした男なんだ、ミスタ・ラモント、あたしたちと同じでね。しっかと握ったツルハシふるって働くってわけさ。さてここに一群の労働者がいる。親方の指図に従ってガス管の敷設工事をしているところだ。よろしいかな。男たちは上着を脱ぎ、シャベルで穴を掘りはじめ、掘り進める。ひとかたまりになって掘り進める男たちは、くわえタバコでシャベルを使いながら馬のことやら何やら話の花を咲かせている。よろしいか、ここんところまで話の筋道はわかるだろうね。

わかってる。

みんながかたまって掘りあげる一筋の窪みのもう一方の端に目をやれば、男一人ありて逆方向に掘り進んでいる。これぞわがケイシー、雄々しくも独りシャベルをふるうケイシーその人。わかるかね、あたしの言ってることが、ミスタ・ファリスキー？

わかる、すっきりとよくわかる、とファリスキー。

けっこう。馬のことやら何やらのおしゃべりはこの男にとって一切かかわりなし。これっぱかりもなし。誰とも口をきくことなく、頭を絞って詩作にいそしみ、力を振り絞ってツルハシをふるう。顔を伝って流れ落ちるのは、詩を生みながら力仕事にはげむがゆえの玉の汗。とてものことに並の男じゃない。

たしかに変ってますね、とラモントが言う。

並はずれた人、不屈の男なのだ。誰とも口をきくことなく、目は正面を見据えたまま、脳味噌は瞬時も休まぬフル回転。これぞジェム・ケイシー。貧しくも無知なる一介の労働者にすぎないが、詩を作るとなれば並々ならぬ異才を発揮して、この国の連中が束になってもかなうものではない——全世界の如何なる詩人たりともジェム・ケイシーの足もとにも及びはしないし、彼と肩を並べうる者など一人としていないのだ。神かけて言う、あの連中全部を相手にせり合ったって、かの男なら鼻差ひとつの辛勝どころか何馬身もすんなり引き離す楽勝だ、賭けたっていい、本命は間違いなくあの男。

そういうことでしたら、ミスタ・シャナハン、とラモントが言う。それほどの人物にはめったなことではお目にかかれるもんじゃないんでしょうね。

あたしが言いたいのはですな、ミスタ・ラモント、ツルハシ持ったあの男の前では誰だって色を失うだろうってことなんだ。相手が誰であろうと引けをとるもんじゃない——選り抜きの者を向うにまわしたってびくともしない——相手がどんな手を打ってこようと、そいつらに勝ち目はないってことなのだ、おわかりかな。

相当の人物らしいですな、とファリスキー。

言いたいのはですね、つまりこういうこと——誰にもせよ認めるべき点はきちんと認めるべきなのだ。自分が高かろうと低かろうと、神から見れば分けへだてはないはずだし。あの連中の妙に気取った黒い帽子なんか脱がしちまえばいい、おわかりかな。

なるほど、まさしく言いえて妙というところ。

つまりですね、ミスタ・ファリスキー、あの連中にもツルハシを握らせてみたらどうかってことです。彼らの手にシャベルの柄を押しつけて、こう言いつける――さあ穴を掘れ、掘り進めながら五時の仕事やめの合図があるまでに一ページ分の詩を仕上げてみろ――そう言ってやるんです。で、どうなると思う？　どれほどのものにもせよ五時に何かでっちあげられていたら脱帽もんですぜ、まったくのところ。

あたしに言わせれば、五時まで待つことはありますまい。時間の無駄ってもんですよ、とファリスキーはわが意をえたりとばかりにうなずきながら言った。

ごもっとも、とシャナハンが言う。ただの待ちぼうけ、得るところなしでしょうな。連中のことはわかっている、そして、あたしはよく知っているんです、毅然たるわがケイシーのことを。あの男なら仕事やめの合図までには長さ一ヤードほどもある詩を仕上げていること間違いなしなんだ。その見事な出来栄えを見たら例のいい気な連中だって尻尾を巻いてこそこそ家に舞い戻るにきまっている。そうとも、あたしは彼の詩を見たし、読んだし、それに――いいか、わかるかね、あの詩に夢中なんだ、このあたしは。あたしは断言する、ミスタ・ファリスキー、いささかのためらいもなく断言します。あたしはあの男の人となりを心得ている。彼の詩もよくわかっている。神かけて言うが、人も作品も二つながら愛している、しかも、深く愛しているんだ。わかるかね、ミスタ・ラモント、あたしの言ってることがわかるかね。それに、あんた、ミスタ・ファリスキー？

わかりますとも。

言っとくが、ほかの連中にしても一人のこらずあたしの知り合いなんだ。彼らとはすべて会っているし、よく知ってもいる。会いに行きもしたし、彼らの詩も読んだ。その詩が巧みに朗読されるのを聴きもした。その道にかけてはひとかどの者たちによる朗誦だ。彼らの詩を収めた書物はすべて目を通した。その厚さときたらそこのテーブルほどもある本ばかりでね、いえ、まったくの話。しかし、まことのところ、渉猟のあげく思い定めたのは、真の詩人はただ一人、そういうことなのだ。

かくてさらにその翌々日の朝となるや、とフィンが言った。かの男は激しく鞭打たれ、ついには鮮血ほとばしり……

たったのひとり、そういうことなんですか、ミスタ・シャナハン？　とラモントが言う。

たったのひとり。その唯一なる詩人――その名は――ジェム・ケイシー。「サー」でもなければ、「ミスタ」でもない、なんにもなしのジェム・ケイシー。ツルハシ詩人のジェム・ケイシー。一介の労働者なんだ、ミスタ・ラモント、しかし紛れもなくまことの詩人。彼独特の歌のさわやかさは春の日に緑なす林の如し。掛け値なしにそうなんだ。土方のジェム・ケイシー、無学なれども、神を怖れ神を信じ、廉直にして労働にいそしむ男。よく聴いてくれたまえ、よろしいか、思うにあの男、学校なんかに行ったこともない、校舎の扉の掛け金をはずしたことさえない、そういう男なんだケイシーは。信じてもらえるかな？

さもありなんケイシーは、とファリスキーは言う。

信じますとも、そういう人なら何があっても驚きません、とラモントが言う。ところで、その人の詩を何か聞かせてもらえないでしょうか、ミスタ・シャナハン。

さて、さきほど聞かせてもらった詩のことだが、と委細かまわずシャナハンは言う。緑の丘とか、血に染まった剣とか、木の頂きから恨みを歌う鳥とか。あれはあれでまあいいじゃないか。なかなか結構なもんだ。まあね、あたしとしちゃあ気に入った、大いに気に入った。面白かったですよ、たしかに。

悪い出来じゃなかった、とファリスキー。あれよりひどいのをしょっちゅう聞かされてるからな、まったく。上等なもんだったよ、あれは。

わかってるじゃないか、あんた、あたしの狙いが。話のわかる人だ、あんたってのは、とシャナハンは言う。結構、まことに結構。でもね、正直のところ、誰にでもわかるってもんじゃない、その点はたしかだ。千人に一人ってところかな。

たしかにそのとおりです、とラモントが言う。

あれにまさるものは、もちろん、ありはしない、と顔を紅潮させてシャナハンは言う。つまり自分の土地に古くから伝わるほんものが一番ってことさ。かつてはそれに惹かれてよその国の学者先生たちがやってきたわけだし。われわれの国が現在あるのはそのおかげなんだ、ミスタ・ファリスキー。

あたしの口からそれを非難するような言葉がひとことでも出そうになったら、いっそこの舌を根っこから引き抜いてもらいたいくらいだ。とはいうものの、並の人間の立場はどうなっている？　ごくあたりまえの男たちの扱いはどうなっている？　あたしの見るかぎり、彼らは少しも認められてないじゃないか。

黒い帽子の御立派な連中はそんな男たちがどうなろうと気にしちゃいない。連中にとってはどうでもいいことなんだ。並の男があの連中に何かしてもらえるなんて思ってるとしたら、そりゃちょっと考えが甘すぎるんじゃないか、あたしはそう考えるね。とにかくいやな連中なんだから、まったく。

まったくそのとおり、とラモントが言う。

さらに言えばだな、とシャナハンが言う。この国古来のものにしたって、程というものがある。一度たっぷり賞味したとなると、しばらくは食傷気味になるもんさ。

それはまあそうだ、とファリスキー。

ためしにちょっと味見するてえと、とシャナハンが言う。おかわりはもう結構ということになる。よくある話ですよね、とラモントが言う。あれを読む――そして読み続ける――それ以外には目もくれない。これって間違ってますよね。

間違いなく間違っている、とファリスキー。

しかしながら、ここに一人の男がいる、とシャナハンが言う。彼がものする詩をわれらは読む、昼も夜も心ゆくまで読みつづける。いくら読んでも決して読みあきることのないその詩は、われらの仲間の一人たるかの男がわれらのためにと書き記したものなんだ。その男とは誰あろう……

そこが肝心、とファリスキー。

その男とは誰あろう、とシャナハンは続ける。諸君にしろあたしにしろ出来ればその名にあやかりたいと願うその男とは誰あろう、知る人ぞ知るその名は、とシャナハンは言う。ジェム・ケイシー。

とっても立派な人なんだ、とラモントが言う。

そうともジェム・ケイシーって男は、とファリスキー。

わかってるじゃないか、あんたたち、あたしの狙いが。

その人の詩、何かありませんか、とラモントが言う。もしあったら、ぜひ……

彼の詩を書き留めたものを何か、というのだったら今は手元にないんだ、ミスタ・ラモント、とシャナハンは言う。でもね、彼の詩を何か聞かせてというのだったら、お祈りを唱えるのと同じくらいにたやすいことさ。なにしろこのあたしはジェム・ケイシーの親友なんだからね。

それは何よりです、とラモントが言う。

さあ立って、朗誦してくれたまえ、とファリスキー。あんまりじらせるなよ。で、何という詩を聞かせてくれる?

これより暗誦せんとする詩は、諸君、とシャナハンはゆったりと神父のように落着き払って言う。その名、つまり、タイトルを「働く者の友」と称する詩篇。まことの傑作でありまして、あたしの知るかぎり最高の人びとの賞讃おくあたわざるところなんですぞ。そこで歌われているのはわれらすべてにお馴染みなるもの、すなわち、黒ビール。

黒ビールですって！

黒ビールです。

立ちたまえ、わが友よ、とファリスキー。ミスタ・ラモントとこのあたしは今やおそしと待ちかまえているのだ。いざ、立ちたまえ。

さあさあ、どうぞ、とラモントが言う。

では語るとしよう、とシャナハンは言い、まずは小さな咳払い。聴きたまえ、諸君。

立ちあがった彼は一方の足を椅子にのせ、片手をぐっと差しのばす。

何をやっても不首尾続きの今このとき、
力のかぎりを尽してさえ、
お先まっくらな今このとき——
一パイントの黒ビールこそわが支え。

すごいな、とってもいい調子ですね、とラモントが言う。

結構、とファリスキー。まことに結構。

わかるかね、なかなかのもんだろう、とシャナハンは言う。さあ聴きたまえ、諸君。

ふところ寒く、稼ぐにすべなき今このとき、
はずれにはずれたりわが賭けし馬さえ、
われに残りし山なす借財思う今このとき――
一パイントの黒ビールこそわが支え。

体は不調、心の臓おかしき今このとき、
やつれし顔は失いぬ血の気さえ、
転地を要すと医者に言われし今このとき、
一パイントの黒ビールこそわが支え。

この詩にはいわゆる不滅の域に迫る趣きってものがあります。それがどういうことか、わかってもらえますよね、ミスタ・ファリスキー。

その点は疑う余地なし。なにしろ大した傑作なんだから、とファリスキー。さあ、ミスタ・シャナハン、先を続けて。まさかこれっきりというわけじゃないんでしょうな。

まあお聴きなさい、とシャナハンが言う。

食いもの底をつき食料庫に貯えなき今このとき、
フライパンにていためるべき何物もなし一片のベーコンさえ、
むなしくもひもじさのみがいやます今このとき――
一パイントの黒ビールこそわが支え。

どうです、諸君、御感想は？

後世に残る傑作です、とラモントが声を張りあげる。これを聞けば拍手喝采まちがいなしでしょう、いつだって……

まあ最後まで聞きたまえ、あんた、締めくくりがまたみごとなんだから、とシャナハンは言い、眉を寄せ手を打ち振る。

ああ、結構、まことに結構、とファリスキー。

おぞましき争いに憎み多き今このとき、
一筋の光が残る、この期に及んでさえ
きらめく望みに向うは今このとき――
一パイントの黒ビールこそわが支え。

生まれてからこのかたこんなすばらしいのは聞いたこともない、とファリスキー。一パイントの黒ビールか、なるほどねえ！　まったくのところ、ケイシーこそは二万人に一人の男、いいかね、その点は疑う余地なし。為すべきことを心得ている、ぴたり的を射ている。たとえほかに何の心得もないにしたって、詩を書くつぼはきちんと押さえてるじゃないか。一パイントの黒ビールこそわが支えか、なるほど。

言ったとおりだろう、すごい男なんだ、とシャナハンは言う。目利きにかけてはこのあたし、なかなかのものでしてね。

この詩にはすごいところがあります。なんというか、不滅の域に迫る趣き。それがどういうことかわかってもらえますね。つまりですね、アイルランド人の集るところ必ずや歌いつがれるであろうってことです。後世に残る傑作なんですよ、これは。神の御心によりアイルランド人がこの地球上にしっかり根づいているかぎり歌いつがれるでありましょう。そうじゃありませんか、どうです、ミスタ・シャナハン？

歌いつがれるとも、ミスタ・ラモント、いつまでも。

間違いなしです、いつまでも、とラモントが言う。

一パイントの黒ビールか、まったくねえ、とファリスキー。

ねえ御老人、とラモントが如何にも優しげに声をかける。博識なるあなたの強靭にして厳密なる見解をわれら一同にお示しくださいな、ねえストーリーブック大先生。あなただって聞きたいでしょう、ミスタ・シャナハン？
下心ある彼らはゆらめく灯影に抜け目なくきらめく目と目で合図を交した。ファリスキーがフィンの膝のあたりをとんとんと叩く。
さあ、目をさまして！
かくてスウィーニーは次なる詩篇を歌いつぐのであった、とフィンは語りだす。

飛ぶ鳥の群なす山々を
独り経巡るは虚し、
グレン・ボルケンに独り立つ
わが小屋にまさるはなし。

青みを帯びし流れはよきかな
吹き渡る強風さわやかに涼し、
緑なす芥子菜はよきかな、
繁りたるイヌノフグリにまさるはなし。

またぞろ例の長広舌、とラモントが言う。この老人の舌に待ったをかけられる人がいたらお目にかかりたいもんですよ。

まあ聞いてあげようじゃないか、とファリスキー。喋れば気がすむのだろう。こちらとしてもどのみち聞かされる羽目になるのだろうからね。

友の言い分には常に耳を貸すべし、これがあたしの信条、と切り出すシャナハンの口調は教訓調。よろしいかな、耳は貸せども口は出さぬ、これすなわち賢人のあかしなり。

ごもっとも、とラモントが言う。いつのころか森に一羽の老いたフクロウがおりまして、賢明なる彼は耳に入ることが多ければ多いほど口にするのは少くしていました。口数が少ければ少いほどそれだけ多く耳に入ってくるのです。かの賢い老鳥を範としようではありませんか。

含みのあるいい話じゃないか、とファリスキー。いささか口を慎むならば、すべてよしというわけだ。

フィンは物憂げに語りつぐ。暖炉の火に向って、そして、敬虔の念をこめてその火を囲み懇願する六つの靴に向って、おぼろな寝台から老人の声がゆったりと話しかける。

逞しくもしなやかなる蔦はよきかな、
鮮やかにも涼やかなる川柳はよきかな、
丈高く緑なすイチイはよきかな、
葉音うるわしき樺の木はすばらしきかな。

誇り高き鳶は
身をよじる大樹を登り、
その高みにあるわれ
いと去りがたし。

雲雀《ひばり》に負けじとわれは飛ぶ、
厳しくも激しく先陣を争う、
聳え立つ山の頂きの
木立をかすめてわれは飛ぶ。

高慢なる雉鳩《きじばと》
わが前に飛び立つときは、
瞬時にしてわれその上を舞う
力強き翼ひろげて。

身の程知らぬ山鷸《やましぎ》

わが前に立ちはだかるときは、
こざかしきうつけ者と憐れむばかり、
鶫《つぐみ》は恐れおののきてただ鳴き騒ぐ。

われに近づき、われより跳び退りつつ
狐どもは泣き喚き、
あげくは狼の餌食となる——
われは飛ぶ、その叫喚をあとにして。

わがあとを追う者たちありて
足早に迫りくるがゆえに
われは飛ぶ、彼らをあとに
山並みの頂き目指して。

ここかしこ水よどむところ
凍てつく霜はきらめきて星の如し、
山並みを独りさまようわれは

わびしくも氷雨にうたる。

青鷺の呼び交す声は
グレン・エラの冷気を震わせ、
宙を舞うその群れは
往き交いて大気を切り裂く。

厭《いと》わしきかな
人の世の空疎なる饒舌、
麗わしきかな
耳にこころよき鳥の歌。

煩《わずら》わしきかな
暁の静寂を破る喇叭《らっぱ》の響き、
好ましきかな
ベンナ・ブロックの穴熊の声。

おぞましきかな
鳴り渡る角笛、
爽快なるかな
雄々しくも枝角かざす雄鹿の叫び。

ここかしこ谷間の土地には
犂《すき》ひく馬の働く姿、
ここかしこ山の頂きには
悠然と憩う雄鹿の姿。

ちょっと失礼。勢いこんでシャナハンが口をさしはさんだ。今ね、ちょっとした詩が頭に浮かびましてね。ちょっとお耳を。

なんとまあ！

まあ聴きたまえ、諸君。忘れちまうまえにまずは聴いてくれ。――いと高き山に雄鹿姿を現す今このとき、その脇腹は麬《ふすま》色に映え、穴熊けなげにも別れを告げんとする今このとき、一パイントの黒ビールこそわが支え！――

たいしたもんじゃないか、シャナハン、これほど器量がある男とは思ってもみなかった、と言いながらファリスキーは微笑を一杯に湛えて大きく見開いた目をラモントの笑顔に向けた。これほどの器量の持主とはねえ。さあ、このすごい詩人の顔をよく拝んでおくんだな、ミスタ・ラモント。どうだね。

いえまったく豪儀なもんです、とラモントが言う。さすがですねえ、傑作だなあ。さあ、ミスタ・シャナハン、お手をどうぞ。

差しのばされた手と手が合体する。暖炉の前で結ばれる親愛の固き絆。

どうもどうも。誇り高い孔雀よろしきシャナハンの高笑い。あたしの手を握りつぶさんでくださいよ。諸君、おほめの言葉、痛み入ります。祝杯をあげるとなればそれぞれに十パイント差しあげるとしますか。

さすがは豪儀なわれらがシャナハン、とラモントが言う。

おふたりにはそれで満足して頂けましょうな、とシャナハンは言う。さてここらで一件落着と致しますか。

寝台から低い声がする。中断されたところに続けて再び物憂げに唱えだす。

エウリーニャ山の嶮崖に立つ雄鹿、
嶮峻ファド山に住まう雄鹿、
アーラの雄鹿、オレリの雄鹿、

ロッホ・レンの奔放なる雄鹿。

ヒェヴナの雄鹿、ラルナの雄鹿、
美々しく装いしリーナの雄鹿、
クアルナの雄鹿、コナヒルの雄鹿、
双峰バレンの雄鹿。

おお　彼らの母なるあなた
あなたの衣はすでにして灰色、
かざすべき枝角もなきあなたに
付き従う雄鹿の姿はない。

小さな衣を仕立ててもなおあまりあるほどの
あなたの頭髪はすでにして灰色。
かわりにわが身が小さな斑点たりうるならば
あなたの衣を飾る斑点はみなこれわがしるし。

谷間を越えて堂々と
歩み寄りくるかの雄鹿、
その枝角の先端こそ
われにふさわしき宿りなれ。

歌いおさめたスウィーニーはフィー・ゲーレを発ってベン・ボーニャに赴き、その地よりペン・フェイニャに向い、さらにラハ・ムルビルクを目指したが、かの老婆を振り切ることのかなわぬままに、アルスターの高峰に辿り着いた。ここで彼は老婆を尻目に山頂からの一大飛躍を試みた。直ちにそのあとを追った老婆は絶壁をまっさかさまに転げ落ち、微塵となった肉と骨を撒き散らしつつ遂には海中に没した。スウィーニーを追う彼女はかくて死を迎えたのである。

彼はなおも旅を続け、心にかなうところではひと月と二週間足をとめた。麗わしく心地よい丘陵や清涼な風吹き渡る優美な山頂の木立を塒《ねぐら》として二週間とひと月は留まるのであった。キャリック・アラスダルを去るに際し、彼はなおもしばし佇み、一篇の詩を唱えて別れの挨拶とした。憂愁の思いをこめた告別の辞である。

侘《わび》しきものよ
柔らかき臥所《ふしど》なきわが暮し、

吹雪《ふぶ》く烈風にさらされ
霜結ぶ塒《ねぐら》に震える。

氷の如き風われを刺し
力なき太陽は見る影もなく
わが身を寄するは
山頂に独り立つこの老木。

深き森に響き渡る
雄鹿の鳴き声、
けもの道を辿りて高みに至れば
白く波立つ大海原の声。

われを許せ　おお　大いなる主よ、
暗澹たる苦悩にもまして
恐るべきこの大いなる悲しみ——
われはスウィーニー、悲しみのスウィーニー。

キャリック・アラスダル
海カモメ憩うところ、
悲しきかな　おお　造り主よ、
客人たるわれらが席はなし。

悲しきかな　かの出会い
長き脛の青鷺と会いしが――
尾羽うち枯らしたるわれは頑なにして
彼女の嘴《くちばし》はひたすらに堅かりき。

かくてその地を去ったスウィーニーは、波立ち騒ぐ海峡を越えブリトン人の王国に至ったが、偶然にもわが身と同じ乱心の男、ブリトンの狂人に出会った。

狂気の人とお見うけするが、お名前を聞かせて頂けまいか、とスウィーニーは言った。

わが名はフェル・カーレ、との答え。

かくして二人は詩を思わせる優雅な口調でそれぞれの思いを述べ、盟約を結び友誼を深めた。

おお　スウィーニー、とフェル・カーレは語りかける。愛と信頼に結ばれしわれら両人、互いに相手を見守るとしようではありませんか。身の危険を感じたる際には互いに知らせ合うのです。青き水、緑の水を湛える湖水に鳴く青鷺の声、または紛れもない鵜《う》の叫び、あるいは翔び立つ山鴫《やましぎ》の羽音、あるいは目覚めんとする千鳥の囁き、あるいは枯枝の折れ裂かれる鋭い音を聞きつけ、さらには森の上に舞う鳥影を目ざとく見つけたならば、警告の声をあげ友に危険を知らせると致しましょう。さすればわれらはともに難を避けて素早く飛び去ることができましょう。

二人連れ立っての流浪の一年が過ぎたとき、ブリトンの狂人はスウィーニーの耳に語りかけた。まこと、この日をかぎりにお別れしなければなりません、と彼は言った。わが生の果つる時が来たのです。これより死すべきところに赴きます。

如何なる類《たぐい》の死をあなたは死ぬのです？　スウィーニーは尋ねた。

語るに難からず、と相手は言った。直ちにアス・ドゥヴヒーに向います。かの地に至るや直ちに一陣の烈風われを巻き込み、瀑布にわれを叩きつけ、溺死させるのです。わが埋葬の地は聖人の墓地。しかるのち天国に至る――かくて鳧《けり》がつくのです。

調べよき告別の辞を朗誦するやスウィーニーは飛び立って、暗雲を縫い、雨まじりの疾風をついてエリンに舞い戻り、高地や低地のここかしこ、年を経た樫を塒として各地を経巡り、遂には喜びの地グレン・ボルケンに到達したのであった。その地で狂女に出会った彼は、山頂から速やかに音もなく軽やかに舞いあがってその場をのがれ、南の方グレン・ボルへに至るや一篇の詩を唱えた。

グレン・ボルへに日は落ちて
山頂に宿るわれ凍えんばかり、
身に纏うマントもなく、萎え衰えて、
身を寄する柊《ひいらぎ》は鋭き棘もてわれを刺す。

あらまほしきはグレン・ボルケンの春
きらめく春のかの地こそ安息の宿、
夏来たり秋深まりて万聖節近きころ
かの地にてわれ憩わんものを。

かの地なれば夜のわが身を養うに
暗き樫の森の暗きあたりより
集めきたるものにて足る――
香り高き草、ありあまる果実。

味よきハシバミの実、リンゴに酸塊《すぐり》、
黒苺に団栗《どんぐり》、

木苺は到るところに、すべてわがもの、
棘あれども山査子《さんざし》の実も可なり。
野生の酸葉《すいば》、大蒜《にんにく》好ましく、
茎頭に花つけたる芥子菜、
すべてみなわが飢えを駆逐す、
山路の果実、甘き根茎もまたよきかな。

長き旅路を辿り空を舞ったスウィーニーは、広やかなロッホ・リーの夕闇迫る岸辺に着いた。その夜の宿はティオブラダンの木の股。夜とともに塒に雪が降り積った。彼の肉体に羽毛が生え揃ってからこのかた耐え忍んできたどの雪よりも更に厳しい恐るべき氷雪である。耐えかねた彼は辛うじて次の詩句を吟じた。

苛酷なりこの夜のわが窮境
清冷なる大気わが身を貫き、
足を切り裂きて、わが頰は青ざめたり――
おお　大いなる神よ、こはわが定めなるか。

家なき者は哀れなるかな、
比類なきキリストよ、哀れにも悲しきこの暮し
緑なす芥子菜にて飢えを凌ぎ
清冽なる小川の冷たき水にて渇を癒す。

枯れ衰えし木の頂きよりよろめきいで
ハリエニシダの只中を歩む――
道連れは狼、人の目は避けて、
猛き雄鹿とともに野を駆ける。

かのよこしまなる老婆、われに跳躍を強いて楽しまんとてキリストに祈念したり。そのことのなかりせばわれまたもや狂気に陥らざりしものを、とスウィーニーは言った。

ちょっと待ってくださいよ、とラモントが言う。その跳躍っていうのはどういうことなんで？ひょいひょい飛び回るってことさ、とファリスキー。

要するにですな、とシャナハンは訳知り顔の解説口調で説き明かす。話というのはかいつまんだところこのスウィーニーというのが聖職者相手にやりあって打ち負かされたという筋立てなのだ。その

あげく呪詛つまり呪いをかけられたこの男、とどのつまりは哀れな鳥になったという次第。おわかりかな。

わかりました、とラモントが言う。

思ってもごらんなさいな、ミスタ・ファリスキー、とシャナハンは言う。どんなもんでしょうかねえ、わが意に反して鳥に変えられちまった男ってのは。その気になればここからカーローまでひとっとび。おわかりかな、ミスタ・ラモント？

そこのところはすっきりわかります、とラモントが言う。でも跳躍と聞いてわたしの頭に浮かんだのはクラドック巡査部長のことだったもんですから。かつてのアイルランド幅跳び第一人者クラドック巡査部長ですよ。

クラドック？

その昔からアイルランド人には、とシャナハンが訳知り顔に口をはさむ。特筆すべき特技がある。世界中の人々が注目し、かつは仰ぎ見る特技だ。たしかに欠点はいささか、いや、まったくのところたっぷりあるにしても、アイルランド人は跳躍にかけては飛び抜けている。そうとも、ジャンプが得意なのだ。いずこの地にあろうともアイルランド民族はこの特技の故に尊敬されているのだ——ジャンピング、跳びはねる。かくして世界の人々はわれらを仰ぎ見るのである。

たしかにその昔からわれらはみごとに跳びはねてきましたな、とファリスキー。

あれはゲール語同盟が出来たばかりの頃でした、とラモントが言う。このクラドック巡査部長というのは何処やらの地方に勤務するごく当り前の警官でしてね。わたしの聞いたところでは、ちょっとした変り者だったそうで。ある朝のこと、起きたばかりの彼は命令されました。ゲール語同盟主催の春季大会だか何だか、とにかく晴れた日曜日のその当日その町で催されている競技会に出向くようにという命令です。治安妨害とか何とか、そのてのことに備えてぬかりなく監視せよってわけなんです。何はともあれ、職務を果すべく勢いこんで現地に出向きました。女たちの間にまぎれこんで様子を探ったり、若者たちの馬鹿っ話に聞き耳をたてたりしたのです。むやみやたらに嗅ぎまわり、余計なところにまで鼻を突っこみすぎた、どうやらそんな具合だったようで……

よくあるこった、とシャナハンが言う。

とにかくですね、とうとうそこを取り仕切っている男が怒り出してしまったわけで。これがたいした大男でしてね。ずかずかとわが巡査部長に歩み寄ります。羽を逆立て雞冠《とさか》を真赤にした七面鳥さながらの勢いで、わけのわからないことをまくし立てます。アイルランド語なんですね、これが。どうでもいいけれど、と巡査部長は冷静に応じます。そのての喋りは仲間うちだけにしてもらいたいな。いえね、あんたが何を言ってるのかさっぱり分らんのだよ。

分らんてことはつまりあんた、自分の国の言葉を知らんというわけだな、と男が切り返します。

知ってるとも、と巡査部長。英語ならたっぷりとね。

あんたここに何の用があるんだ、と男はなおもアイルランド語で問いつめます。いったい何をしようっていうんだ。

英語を使いたまえ、と巡査部長。

男はいきりたち、嵩《かさ》にかかって巡査部長をイギリスのスパイ野郎ときめつけます。

なかなかいいところを突いてるじゃないか、とファリスキー。

シーッ、とシャナハンが制した。

とにかく聞いてくださいよ。巡査部長は地獄のように冷たい視線をひたと男に向けました。

あんたは間違っとる、と彼は言いました。このあたしはあんたがたの誰にも引けをとらぬ有能の士なのだ、と彼は言ったのです。

あんたなんかくだらないイギリス野郎なのさ、と男はアイルランド語で言います。

あたしが有能だという証拠はいくらでもあるがね、と巡査部長が言います。

これを聞いた男の顔は怒りで紫色になりました。くるり背を向けると、若い男女がアイリッシュ・ダンスを踊っている舞台に歩み寄ります。御存知のダンス競技会が催されていたのです。あの頃は盛んなものでした。〈リマリックの城壁〉なんて曲が踊れないようだと、とても一人前の男とは言えませんでしたものねえ。ヴァイオリン弾きと笛吹きの連中がしゃかりきになって軽快なリールやジグを演奏しています。どんなに盛りあがっていたか、お分りでしょうね。

分らないでどうする、とシャナハンが言う。われらが民族音楽なんだから――〈ロドニーの栄光〉〈マンスターの星〉それに〈人間の権利〉――

〈釣糸投げこめ〉〈ロバに鞭うて〉なんてのもこたえられんな、とファリスキー。

そうですとも、最高ですよね、とラモントが言う。とにかくですね、例の男は仲間たちを片隅のテントに集め頭をつき合わせていましたが、やがて巡査部長の鼻っ柱をくじく妙案を思いつきました。よし、とばかりに男は木陰で一服している巡査部長のところに戻ってきました。

さっきあんたはこう言ったな、と男は言います。おれたちの誰にも引けをとらないって、そうぬかしたな。じゃあジャンプはどうだ？

あまり得意じゃないがね、と巡査部長は言います。でもまさかおまえさんがたなんかに引けをとるもんじゃない。

とにかくやってみようじゃないか、と男は言います。

ところでそのテントにはコークから来た一人の男がおりまして、これがなんとジャンプが得意中の得意、その評判は国中で知らぬ者なしの傑物。その名はベイゲナル、全アイルランド・チャンピオン。

いやはや大したもんだ、とファリスキー。

まったく大した男でして。とにかく聞いてくださいよ。こうして二人が顔を合わせると、とてつもなくたくさんの人びとが寄ってきてじっと見守ります。緑の半ズボンからこれ見よがしに脛《すね》をあらわにしているわれらがベイゲナルは七面鳥みたいに自信満々です。そのかたわらに立つは余人にあらず、警察の一員たるクラドック。脱いだ短上着を芝草の上に置き、青ズボンの制服姿ですっくと立つ。足許は頑丈な靴でかためています。一同じっと見守ります。まったくのところ大した見ものでした。

さもありなん、とシャナハンが言う。

そうですとも。さて、最初はベイゲナルです。鳥のように風を切って宙を舞い、砂煙りを立てて着地します。はたしてその記録は？

十八フィート、とファリスキー。

とんでもない、二十二フィートとんだのです。ひととび二十二フィートのジャンプ。見守る人びとの喚声にさすがの巡査部長も腹のうちに収めたものをすっかり、いや、収めたもの以上のものをどっさり、吐き戻しそうな気配でした。

それにしても二十二フィートとはすばらしいジャンプだ、とシャナハンが言う。

しばらくは万雷の如き喝采が続きます、とラモントが言う。それが鎮まると、やおらベイゲナルはゆったりとした足取りで歩きまわり、巡査部長に背を向け、タバコを一本所望し、友人たちに向って声高に吹きまくります。さて、わが巡査部長はどうしたか、どう思います、ミスタ・シャナハン？

どうとも言えんな、とシャナハンは思わせぶりに言った。

いやまったく如才ない方ですね、あんたって人は。口を一文字に結んだ巡査部長はわずかに助走するや跳びました。二十四フィート六インチ。

まさか、そんなに！　と叫ぶファリスキー。

二十四フィート六インチ。

おどろかない、とシャナハンは驚きの表情を浮かべて言う。あたしはおどろきませんね。この広い世界のどこへ行ったって、アイルランド人は高きに舞うジャンピングのゆえに仰ぎ見られているのだからな。

まさに然り、とファリスキー。ジャンピングの誉れぞ高きアイルランドなのだ。

ロシアに行ってみるがいい、とシャナハンが言う。中国でもいい、フランスでもいい、どこに行ったって、いつ行ったって、ジャンピング・アイリッシュマンには脱帽とくる。誰に聞いたってそうさ、口をそろえてこう言うのさ――ジャンピング・アイリッシュマンってね。

いついつまでもわれらが誇り、とファリスキー。われらが誇りはジャンピング。

なんだかんだと言ったって結局のところ、とラモントが言う、アイルランド人にはひらめきがあるんです。だからわたしたちは誰にだって遅れをとるもんじゃありません。

とるもんじゃない、とファリスキー。

何やかやと語りしがとどのつまり、と暗く低い声でフィンが言う、狂気のスウィーニーに一瞬の正気がひらめいた。かくて彼は一族の者たちとの暮しに安んじてわが身をゆだねんと家路についたのである。しかるに僧房にこもる高僧ロナンは天使たちの力をかりてスウィーニーの意向を知った。彼は直ちに神に祈りを捧げ、スウィーニーの魂がその肉体から解き放たれぬかぎり狂乱のおさまることなきよう願ったのであった。しかるのちの事の次第を要約すれば次のとおりである。狂気のスウィーニーがフュエ山の中腹にさしかかりし時、彼の前におそるべき妖怪どもが立ちふさがった。頭のない赤い胴体、胴体のない赤い頭、さらには胴体のない灰色の髪もおどろな頭五つ――絞め殺されかけた豚の如くにきーきー声をあげながら暗い道のあちらこちらに跳ねまわり、彼を取り巻き彼に付きまとい、狂ったように罵詈《ばり》雑言を浴びせかける。さすがのスウィーニーも恐れ戦《おのの》いて宙に舞いあがる。哀れにも痛ましいものであった、恐怖のあまりにあげるスウィーニーの叫びは。そのあとを追う人の頭、犬の頭、山羊の頭は耳をも聾《ろう》せんばかりにわめきたてがなりたてながら彼の太腿に、彼の腓《こむら》に、彼の項《うなじ》にどさっとぶちあたり、勢いあまって木立や岩角に突っ込む――高き山の中腹より流れ落つる瀑布に似たる極悪非道の仕打ちに押し流されし狂気のスウィーニーはひとくちの水に喉うるおすいとまもないままに、辛うじてエヒナハ山の山頂に辿り着いた。そこなる木に憩う彼はわれとわが窮状を嘆く一篇の詩を美しい調べに乗せて朗誦したのであった。

やがて彼は再び苦難にみちた苛酷な旅を続け、ルアハル・グィーイーを経てフィー・ゲーレに至り、清涼なる流れと緑なす茂みに恵まれたこの地に一年の間とどまって柊の暗紫色の実と樫の暗褐色の実を日々の糧として身を養ったのち、次なる詩を唱えつつその地を後にした。

寂蓼、われはスウィーニー、
わが現身《うつしみ》は屍《しかばね》、
眠りも楽の音も絶えてなく――
あるはただ烈風のざわめき。

ルアハル・グィーイーを発ちて

フィー・ゲーレに至るわが旅路、
口にせるは――まこと打ち明けん――
ただ柊の実、樫の実なりき。

心せくままにスウィーニーはアル・ハラネンに向った。ここは水清らかにして霊妙なる峡谷で、高潔の士、聖者のあまた住みなす聖地である。リンゴの木は実の重さに耐えかねて枝先を地につけんばかり、生い茂る蔦は雨風を凌ぐ宿となる。果樹はいずれも枝もたわわに実を結ぶ。野を駆ける鹿、野うさぎ、でっぷりした体をもてあます豚。肉付きのいい海豹《あざらし》が日を浴びて眠っている。彼方の海からやってきた海豹である。スウィーニーは歌った。

アル・ハラネン、聖者集うところ、
あまたなる榛《はしばみ》の実は好もしく、
清冷なる流れは
山裾をめぐりて走る。

生い茂る蔦は緑、
その実まことに望ましく、

色づきし実を結ぶリンゴの木は
その重みに背をかがめる。

遂にスウィーニーは聖者のうちなる長老モーリングの住みなすところ、すなわち、モーリング庵《いおり》の近くまでやってきた。学僧たちを前にしたモーリングは聖者ケヴィンが編みし詩篇を朗誦している。井戸のふちに歩み寄り芥子菜をついばんでいるスウィーニーに、モーリングが声をかけた。

おお　狂気の人よ、いささか早めのお食事ですな。

そしてこの二人、狂気の人と聖者は二十九篇の優雅な詩句の調べに合わせて悠揚迫らぬ対話を交した。それが一区切りつくとモーリングは改めて切り出した。

この地へのあなたの来訪はまことに当をえたことなのです、スウィーニー、と彼は言う。というのもここはあなたの終焉の地と定められているからなのです。あなたは生涯の物語をこの地に残し、この地で命を終え、かの墓地に埋葬される、それがあなたの定めなのです。あなたがエリンの何処をさすらっておられようとも、夜毎この地に舞い戻り、わたしを訪ねて頂かねばなりません。あなたに起った出来事の一部始終を伺って書きとめるのがわたしの務めなのですから。

かくてスウィーニーはエリン各地の高名な木々を訪ねまわりながらも晩禱の鐘の音とともに必ずモーリングのもとに舞い戻るのであった。その頃合いを見計って聖者モーリングは狂者のために記録文書を整え、さらに料理番に命じてその日の搾乳の一部を彼に供するよう取計った。ある晩のこと下女たちの間にこの狂者をめぐって騒ぎが起きた。彼が垣根のかげで不届きなる行為に及んだという噂が立ったのである。告発したのは牧夫の妹で、日暮れどきにスウィーニーのため一椀のミルクを持って出向き、それを牛糞を積んだ山の穴に置いた。それから先のことについて牧夫の妹は兄の耳に下劣な作りごとを吹き込んだのである。聞くなり兄は槍掛けの投げ槍を手にして家を飛び出した。牛糞の山に横たわって夕べのミルクを飲んでいるスウィーニーは何の備えもなく脇腹を牧夫の前にさらしていた。投げ槍は彼の左胸を刺し貫き、穂先は背に突き出た。教会の戸口にいた侍者は凶悪なる行為を見届け、モーリングに事の次第を告げた。聖職者たちを伴って急ぎその場に赴いたモーリングは、傷つき弱った男に罪の許しを与え終油を施した。

おぞましきかな、おお、牧夫よ、凶悪なり汝の所業、とスウィーニーは言った。汝が加えし傷のゆえにわれはこれよりのち垣根を抜けて逃れるすべを失いたり。

あそこにあんたがいるなんて知らなかったんだ、と牧夫が言った。

なんたることを、とスウィーニーは言った。かりそめにも汝に害を与えし覚えなきわれなるに。

キリストにかけて、おお、牧夫よ、呪われてあれ、とモーリングが言った。

しかるのちに二人は相対し、数多くの詩句を織り込みつつ熱をこめて語り合った。スウィーニーの哀歌が二人の対話の結びとなった。

かつてわが意に添いしは

世俗の人語にあらずして
深き淵をめぐりて羽ばたく
雉鳩の叫び。

かつてわが意に添いしは
近隣の鈴の音にあらずして
岩山に鳴く鶫《つぐみ》
嵐に吠える雄鹿の声。

かつてわが意に添いしは
傍らなる美女の囁きにあらずして
日盛りに聞こゆる
遥かなる雷鳥の呼び声。

かつてわが意に添いしは
群なす狼の遠吠え
聖なる人の声はただ

煩わしきばかりなりしが。

しかるのちにスウィーニーの意識は薄れ、死が彼を訪れた。モーリングと聖職者たちは立ちあがり、スウィーニーの墓にそれぞれ一個の石を置いた。

まことといとおし、これなるはかのひとの墳墓、とモーリングは言った。いとおしきかな、かの狂者、そこなる井戸の傍らにかの人の姿を見るは楽しかりしものを。その名は〈狂者の井戸〉——かの人その芥子菜、その水を好みしがゆえにかくは名づけん。いとおしきかな、スウィーニーが好みしところ、いずくの地もみなまことにいとおし。

モーリングは心をこめて詩想を練り、朗々と歌いあげた。

これなるはスウィーニーが墳墓!
かの人を思えばわが心引き裂かる、
さればこそいとおし
聖なる狂者の足跡を印せしところ。

いとおしきかな、麗わしのグレン・ボルケン
スウィーニーの愛せし山なれば。

いとおしきかな、かの山に発する流れ
いとおしきかな、流れに沿いて緑なす芥子菜。

そこなるは狂者の井戸
いとおしきかな、かの井戸に身を養いし人、
いとおしきかな、麗わしき水底の砂、
湧き出づる水はあくまでも清冽。

スウィーニー、歌うが如くに語りし人よ
かの人の思い出は消え去ることなからん、
天の主たる神にわれは嘆願す
かの人の墳墓に恩寵のあらんことを。

伝記的回想——その六。夕暮時。食堂の大きなテーブルに向って書類を整理した。それに目を通していると、屋外からの鍵使用による玄関ドア開放が感知された。暫時の間隔を経てドアは再び閉鎖された。廊下から伯父の大声が聞こえる。それと入りまじるもう一種類の声はぼくにとって未知のものだ。御機嫌な音声とは裏腹に、よろめく足がドアを蹴り、手袋をした掌が手荒くノックした。急遽ぼ

くは数枚の書類を隠蔽した。性的関係にかかわる禁断の事項への言及を含む書類である。食堂のドアが勢いよく開け放たれた。十五秒経過した。入ってこない。その直後、素速く重い足取りで伯父が入りこんできた。黒い防水布に包まれた重量物を両の手にしっかとかかえている。遅滞なくそれをテーブル上に据えると両手を激しく打ち合わせた。労役成就のしるしである。

わが伯父にかかわる描写的記述。はったり屋、外面《そとづら》だけはどこから見てもお人好し。他人様からよく思われたい・そればっかりが気になるタイプ。ギネス醸造会社第三級事務職を奉ず。

痩せぎすの男が入ってきた。坐ったまま書類点検に従事しているぼくに向ってその初老の男はおずおずとほほえみかけてきた。彼の上体はぎごちなく斜めによじれ、両肩は上着の下でぬらぬら蠢《うごめ》く。あたかも脱皮でもするかのように外套を脱ぎ去ったせいでウールの上着が型崩れを起したらしい。棚引く霞《かすみ》のような髪を通して浮きあがる彼の頭皮はガス灯の光を受けて照り映えている。ダブルの上着の前身頃《まえみごろ》には一筋のさざ波が垂直に連なり走っている。安物裏地素材に由来する必然的帰結である。彼は友好的心情をこめてぼくに会釈した。

暖炉の前に位置を占めた伯父は腰に回した両の手で上着の裾をまさぐりながらぼくたちを検分し、祝福にみちた微笑を等分に分ち与えている。ぼくに向って語りかけてきたときも祝福の気配は薄れていなかったので、その声は低く柔らかな調子を帯びていた。

さて、わが親愛なる青年よ、と彼は言った。今夕は何に従事しておるのかな？　あたしの甥でしてね、ミスタ・コーコラン。

ぼくは立ちあがった。歩み寄ってきたミスタ・コーコランは小ぶりな手を差し出した。ひとかどの男なみに勿体《もったい》らしく握手するその手には思いのほかの力がこもっていた。

お勉強の邪魔でなければいいのですが、と彼は言った。

いいえ、ちっとも、とぼくは応じた。

伯父は笑い声をあげた。

まことのところ、と彼は言った。甥の邪魔をすると言ったたって、そりゃ容易なことじゃありませんぞ、ミスタ・コーコラン。やってもいない勉強の邪魔が出来るとなれば、これはまことにもって奇蹟というもんでしょうな。うかがいますがね、おまえ、それでも本の一冊くらいは開けてるのかね？

この質問をぼくは沈黙を以て受け流し、テーブルわきに凝然と立ちつくす。

沈黙の性質。　黙殺、傲然。

応答欠落は伯父の譴責《けんせき》に打ちのめされた失意のあらわれと見てとったミスタ・コーコランは直ちにぼくの弁護役を買って出た。

どういうものですかねえ、と彼は言った。わからんもんですよ。努力しているなんてとても思えないような連中、そんなのにかぎっていい成績をあげたりするんですから。たえずせかせか気ぜわしくやってる男なんてものは結局のところ大したこともしでかさないで終ってしまうんです。

伯父はほほえみを浮かべた顔を彼に、そして、ぼくに向けた。悪意のない微笑だった。

そうかもしれませんな。そうじゃないかもしれんぞ。

ところで、こう言っちゃなんですけれど、家にも妙なのがおりまして、とミスタ・コーコランは言った。まったくのところ、いらいらうんざりさせられているんですよ、せめて夜くらい家にいて勉強したらどうだと言いつづけているんですが。いくら言っても聞く耳もたぬはこれと同じでしてね、ほら。

聞く耳もたぬの手頃な実例としてボタン留めブーツを選んだ彼は四十五度の仰角に片足を浮かせ、それをゆっくり動かして宙に弧を描いた。

さて先日のことですが、成績表を貰ってきたあの子の態度が妙に大きいんです。いやはや、やられました、まったくのところ。驚くじゃありませんか、キリスト教教義の試験で一番なんですよ。

微笑を消し去った伯父は真顔で念を押す。

あんたんとこのあのトムが?

あたしんとこのあのトムです。

それはそれは結構な話ですな、まことに結構、と伯父は言った。頭のきれる若者だ、あの子は、キリスト教教義ねえ、なるほど。若者たちにはぜひとも身につけてもらいたいところですな、あれは。

時節柄まったくもって必要不可欠、肝心かなめですよ、あれは。

彼は向き直ってぼくを見た。

さて、わが親愛なる青年よ、と彼は言った。おまえから良き報せを聞くのは何時《いっ》のことになるのかな？　何時になったら入賞ってことになるんだ？　何だか知らんが何かの賞が貰えるくらい仰山に書き物をしてるようだが……

馬鹿にしたようにくすりと笑う。

……紙まき鬼ごっこ《ペイパー・チェイス》だったらお得意なんだろうがね。なにしろ誰にも負けないほど仰山な紙屑をかかえこんでいるんだから。

彼の笑いには二重の効用が認められる。一つは彼が叩いた冗談口への拍手喝采であり、一つはぼくへの怒りへの隠忍隠蔽である。またもやミスタ・コーコランに顔を向けた伯父は彼からかすかな同意のほほえみを引き出した。

教義と言うなら公教要理くらいは心得てる。抑揚のない声でぼくは言った。

そこが肝要、とミスタ・コーコランが言った。

心得てるだって、あっはー、そうかね、と伯父が割り込む。ほんとにそうかね、そこが問題。聖寵聖別とは何ぞや？　堅信礼を施すに際して司教が信徒の頬に触れるのはなにゆえなるか？　七つの大罪の名を挙げよ。大罪の一つSで始まる罪源（スロウス——怠惰）は何か？

怒り《アンガー》、とぼくは答えた。

Ａじゃないか、それじゃ、と伯父が言った。

あやしくなってきた雲行きを変えようというわけで、ミスタ・コーコランは司祭よろしき手つきで黒い防水布をさっと取り除いた。テーブル上に姿を現したのは蓄音機である。

針はお持ちでしょうな、と彼は言った。

伯父の顔は見る間に紅潮してきた。

なくってどうする、準備万全。叫ぶように言うなり伯父はポケットから小さな金属製容器を取り出した。たしかに今日のアイルランドにおいて公教要理は遺憾ながらごく軽く見られとる。それはあたしもよっく心得ておる。しかしながら、ミスタ・コーコラン、あれはわれわれにとって欠くべからざるものであって、死に臨むときに至るまであれに従って生きるのは神の御心にかなうゆえんではありますまいか。今どきの若者たちがあれを自分のものにしているのを見るのはまったく結構なもんです。誰にしたってあれなしではこの世の中ろくなものになれんでしょうからな。わかったか、おまえ。ご大層な学位やら卒業証書なんか顔色なしの功徳があるんだぞ。

彼は鼻をかみ、ミスタ・コーコランに手をかすためテーブルに歩み寄った。二人はともに身をかがめ、蓄音機調整にとりかかる。四本の手を活用して、内蔵されている折りたたみ可能、伸張性具有、伸縮自在の音管を引き出す。ぼくはひっそり書類をまとめた。さりげなく脱出する可能性にかすかな期待をかけたのだ。巧妙に隠蔽されているスプリングを押して蓄音機基底の一区画を開放したミスタ・コーコランは何枚かのレコードを取り出し、それを無造作な手さばきで整えている。蓄音機側面の小さな開口部に回旋用クランクを挿入した伯父は、それを細心の注意を以て着実に回している。ゼンマイの活力および弾性を増進するに必要とされる作業である。この作業遂行に費しつつある細心なる営為が看過されるおそれありと見て、伯父はあえて発言し、急速なる巻揚げはがたつきを発生させ、がたつきはひずみの起因となり、ひずみは破損をもたらす、と所見を述べた。周到なる配慮の重要性を周知させるために彼はそれにふさわしい修辞的技法を用いたのである。

修辞法の種類。前辞反復（あるいは回帰反復）。

何事にも中庸が肝要、と彼は言った。中間に留るほどのよさこそ事を為す要諦。遅ればせながら思い当った。考えてみれば伯父はラスマインズ・ラスガー地区住民を構成員とするオペラ協会会員なのだ。お粗末ながら中間声域バリトンで歌えるおかげでコーラスの一員としてほどよく収まっている。ミスタ・コーコランも御同様らしい、とぼくは思った。

伯父は回転するレコード盤に針をそっと置くと、すばやく一歩うしろにさがった。細心の注意を以て針を扱った手はそのまま前方に突き出され、いや増す期待にぴくりとも動かない。ミスタ・コーコランは暖炉わきの椅子に陣取り足を組んで待ちかまえる。うつむけた顔を支える右の拳は鼻の下にじんわりと当てられている。然るべき間を置いて、か細い摩擦音が洩れてきた。オペラの一節。古びたレコードは新式録音技術の所産ではない。合唱部分が洩れ出した。ミスタ・コーコランと伯父は得たりとばかりに唱和する。陽気な声で調子を合わせ、威勢よく両手を振ってリズムをとる。ぼくに背を向けて坐った伯父は権威ある者の如く頭を振り動かしている。カラーの上にロールパンよろしく盛りあがる脂肉はそのたびにぶよぶよ揺れ動き、リズムに合わせて青くなったり赤くなったり。

曲は終った。

伯父は頭を振り、針をはずすためにさっと立ちあがりながら言葉にもならぬ声を洩らした――もうおしまいか。

すてきな曲ですな、と彼は言った。朝もはよから夜の夜中まで聴いていたってこれっぱかりも飽きるもんじゃない。まったくすばらしい。あたしの考えじゃこの上なしの最高ですな、いやまったくすばらしい。心浮きたつリズムがあるじゃありませんか、ミスタ・コーコラン。

ミスタ・コーコランは――たまたまぼくは彼の顔をじっと見つめていたのだが――答える前にまずは微笑を浮かべた。さていよいよ口を開こうとしたその瞬間、彼の微笑は顔面に貼りつき凍りつき、全身硬直の様相を呈した。だしぬけに、クシャミ。鼻孔からの粘液性排出物が彼の服前面を全面的に汚染する。

伯父は直ちに彼の介護に向った。ぼくは胃がむかつきだすのを感じていた。かすかな吐き気を催した。喉元で妙な音がした。御臨終の人の喉が発するのに似た音である。身をかがめて介助に努める伯父の尻はまともにぼくの前にある。

ひどいはやり風邪がはやっておりますからな、ミスタ・コーコラン、と彼は言った。用心が肝心。

たっぷり着込む、これが必要でしょう。

　所持品をひっつかむと、ぼくはすばやく退室した。二人はそれぞれのハンカチ使用による共同作業に熱中している。自分の部屋に戻ってベッドに腹ばいになり、平静回復に努めた。しばらくすると、か細い楽の音がぼくの耳に忍び寄ってきた。間を隔てるドアのせいで、か細く勢いのない音ではあるけれども、合唱部分になると加勢を得てにわかに勢いづく。外套を引っかけ、ぼくは町に出た。

　感情面における乱れは非常なものだったので、周辺の状況を完全に無視し、目的地未定のまま歩きだしたのだが、足は中心街に向っていた。雨は降っていなかったけれども、湿り気を帯びた街路はきらめき、道行く人のせわしげな足取りは活気にみちている。立ち並ぶ街灯によって縞模様を入れられたうっすらとした霧が家々の屋根から路上に垂れさがっている。ザ・ピラー（ネルソン記念塔）まで来たところで引き返そうと踵《きびす》を返した。するとケリガンが脇道からひょっこり現れるのが目に入った。彼はこちらに背を向けたままませかせか先を急いでいる。足を早めて追いついたぼくは握り拳で彼の腰部に一撃を加えた。野卑卑俗な叫びが彼の口から発せられた。兵士仲間であれば耳にするのが珍しくもない俗語表現である。それから二人は礼にかなった挨拶をかわし、グラーフトン・ストリートの方向に歩みつづけながら学問領域総体にかかわる諸問題について語り合った。

　何処へ行くんだ、きみ、とぼくは質問した。

　バーンのとこ、と彼は答えた。きみは何処へ？

　博識マイケル・バーンの知的関心は多岐にわたり、彼の店はしばしば学問をはじめとする多種多様な論争の場と化す。
マイケル・バーンにかかわる描写的記述。長身、中年、頑健。レンズの向うの大きな目は油断なく機敏に動き、上唇はとりすました鳥の嘴よろしくつんと突き出る。口を開くとその繊細な音調は穏やかにしてしかも威信ある低音。画家・詩人・作曲家・ピアニスト・印刷業親方・戦術家・弾道学の権威。

別に何処ってことも、とぼくは答えた。
じゃあ一緒に来ないか、と彼は言った。
それぞ最高に最高の知恵ならん、とぼくは答えた。

〈最高に最高の〉なる示差的形容詞の由来――シラクの子イエス（聖書外典の一書の著者とされている）**の知恵文学に倣いて。**神を恐るるは知恵の初めにして（旧約聖書・詩篇第一一一篇一〇）その極致なり。神の言は知恵の本源にして、その戒律は不朽なり。神を恐るるならば心楽しみ、心満ち足りて長寿に恵まれん。神を恐るる者は良き生涯を送り、その終りに臨みて祝福される。息子よ、幼少の頃より白髪を頂く時に至るまで教えに従いて知恵をわがものとせよ。鋤《す》き耕し種蒔く者の如く知恵の許に至り、知恵の授くる良き実りを待ちうけよ。知恵を求めて汗し力するならば程なくしてその実りを与えられん。与えられしすべてを汝自身のものとせよ。たゆむことなく努めよ。黄金と白銀は業火に耐えて精錬されるが如く、汝は試練の熔鉱炉に耐えて謙虚に身を処さねばならぬ。父の言葉に耳傾け、その助言に従え。父を悲しませるなかれ。父の祝福はその子等の家を確固たるものとし、母の呪詛はその礎《いしずえ》を揺るがす。年老いし者を軽んずるなかれ。われらみな老いゆくものなればなり。年老いて思慮深き者たちの言説を軽侮するなかれ。彼らの説く教訓を拳々服膺《けんけんふくよう》すべし。容姿優れたるがゆえにその人を讃美するなかれ。容姿劣れるがゆえにその人を蔑《さげす》むなかれ。空飛ぶもののうち蜜蜂はいと小さき虫にすぎぬといえども、その営みは最高に最高の甘美なる恵みをもたらす。多くの者と親しくせよ。されど事に臨みて助言を求むるに足る朋友は千人のうちの一人を選ぶべし。忠実なる友に比すべきものはなく、黄金白銀を如何ほど積もうとも忠実なる友の価値に及ぶべくもない。友を得んと欲するならば、彼を受け入れるに先立ちてその人柄を吟味し、軽々に信を置くなかれ。友と称すれどその身を利するに専らなる者多くして、かかる輩《やから》は苦難に陥りし汝を見捨てること必定なればなり。虚言は人たるものの汚点にして、真実に背きて語るなかれ。われにもあらず口にしたる虚言を恥じるべし。神の名を挙げてする罵言を汝の口に馴染ますするなかれ。聖人の名を借りてする悪罵もまた慎しむべし。毒づくことの多き者は邪念に満てるがゆえに、禍《わざわい》その家を去ることなからん。問いのすべてを聞き終るまでは一言なりとも答えるべからず。相手の話を遮りて口さしはさむなかれ。隣人の行い腹にすえかねるときも腹に収めて口にすべからず。汝の耳の内に茨の生垣を設《しつら》え、よこしまなる言葉の侵入を阻止すべし。汝の口に戸を立て閂《かんぬき》を差せ。蛇とぐろまくところより逃れるが如くに罪あるところより急ぎ去れ。不正なる行いはすべて両刃の剣に似たり。それによりて受けたる傷は治す術《すべ》なきがゆえなり。時間を守り、邪悪を避けよ。悪しき権力を好む者はその権力によりて身を滅ぼし、悪事に関与する者はその悪事によりて汚辱にまみれるであろう。如何なる事を為すにおいてもまこと汝の魂に心せよ。これぞ尊き戒律に従う所以《ゆえん》なればなり。如何なる事を為すにおいても汝が末期《まつご》を忘るるなかれ。さすれば罪を犯すことたえてなからん。以上の記述、以上の如し。

バーンの店の薄暗い片隅に陣取る黒い影五つ、われら五人は論争すれすれの言葉のやりとりを楽しむ。丸屋根状に盛りあげた粉炭に埋もれた炉火はわずかながらも鮮やかな光を放ち、ぱちぱちと呪文を唱える赤光は近接あるいは隣接するテーブルの脚部に豊かな丸みを与える。バーンは自分のグラスの内壁面をスプーンで軽打して鈴の音に似た調べを響かせている。

昨日のこったが、と彼は言った。クライアンが自作散文全作品を持ち込んできてね。テーブル越しの暗がりにひとり坐る彼は、卵形の錠剤を水に溶かし、薬効あらたかとばかりに服用する。

その前の日にはな、と彼は続ける。あの男、あたしがバッハを弾くのをぜひとも拝聴したいなんて言い出したんだ。拝聴だとさ！

しばらくは物憂げに含み笑いを浮かべていた彼は、やがておもむろにその笑いを鎮め、遂には笑いおさめのしるしとしてグラスをかちんと歯に当てた。

炉辺の暗がりに身を沈めるケリガンの声がする。

クライアンか、と彼は言う。おかしな男だ。

あの男、妙な考えにのめりこんじまってる、とバーンが言った。

一同しばらくこの件について熟考した。

おかしな男だ、とケリガンが言う。

クライアンはもとよりたいていの連中は考え違いをしている、とバーンが切り出した。彼らはベッドで必要十分な時間を過ごさない、まずいのはその点なのだ。眠りは静謐《せいひつ》なる悦楽をもたらし、われわれは忘我の境地に安住するをえる。目覚めてあるとき、人は身体と存在の幻影に責め苛まれて落着きを失う。人間は何世紀をも費して覚醒時の身体を統御しようと努めてきたが、これはまことに甲斐なき所業ではないか。身体を眠りに就かしめよ、これに如《し》くはなし。眠れる魂の寝心地を整え、血流を新たにし、かくて、より深く、より精妙なる眠りを可能にする——身体の務めはそれに尽きるのだ。

同感、とぼくは言った。

休息と活動に関するわれわれの概念は逆転されねばならない、と彼は続けた。覚醒時に消費されたエネルギーを再び充足するための睡眠であってはならない。われわれは折にふれて目覚め、眠りによって醸成された望ましからざるエネルギーの排出をはかれば事足りるのである。この排出は可及的速やかなるが望ましかろう——たとえば町をめぐりて五マイル全力疾走。直ちにベッドに舞い戻り闇の王国に復帰するのだ。

毛布にぞっこんなんですね、あんたは、とケリガンが言う。

恋するベッドへの愛をあたしは胸を張って認める、とバーンは言った。彼女こそはわが最良の友、わが養母、わが最愛なる慰め手……

ひと息入れて、ひと口飲んだ。

彼女の温かさ、と彼は続ける。この世に生をうけたあたしが生き延びてきたのはひとえにその温かさのおかげなのだ。彼女は今もなおあたしを養い、惜しみなき愛をもってその心地よき子宮にあたしを包みこむ。最後の時を迎えるあたしを優しくいたわってくれるだろうし、息絶えて冷たくなったあたしの体は彼女の腕に抱きしめられるであろう。あとに取り残された彼女は逝ってしまったあたしを寂しくいとおしむ。

この詠嘆調にぼくたちの気持は沈んだ。自分自身の最後の時をそれぞれに思い描いたのだ。照れ隠しの冷笑を浮かべながらぼくたちは顔を見合わせた。

彼の歯に当るグラスのチリンという音が物悲しい語りの終結を告げた。

唐突にブリンズリーが声を張りあげた。

トレリスも御同様に床虱《トコジラミ》の大物じゃなかったかな?

そういうこと、とぼくは答えた。

初耳だな、トレリスっていうのは、とバーンが言う。トレリスってなにものなんだ?

物書きの一人です、とぼくは言った。

用兵術について本を出した人じゃないかな。たしかベルリンで会ったと思うが。眼鏡をかけた男さ。この二十年間ベッドを離れたことがないっていう男です、とぼくは言った。

で、もちろんあんたも小説書いてるってわけか、とバーンが言う。

書いてますとも、もちろん、と横からブリンズリーが言う。筋立てもかなり進んでいるようで。作中人物たちに対するトレリスの支配力は嗜眠症とも言うべき睡眠耽溺によって弱体化されています、とぼくは事情を説明した。この点なかなか教訓的でもあります。

いつだったかぼくに約束してくれたよね、きみ、とケリガンが言った。いずれこの人物について説明してくれるって。

余暇にこなしているぼくの文学的作業について知るところを吟味していたブリンズリーは、薄暗がりに包まれたあたりからひっそり、ひそやか、ひややかにクックッと含み笑いを洩らした。

たいした男さ、この人物は。ベッドから決して離れようとしない大物なんだ、と彼は言った。昼も夜も読書に費し、時折りは物を書く。自作の作中人物たちを自分の家に同居させているんだが、彼らが現に存在しているのか、はたまた、すべては想像の所産であるのか、この点については知る人ぞなき霧の中という次第。とにかく、たいした男さ。

忘れてもらっちゃ困るけれど彼は緑本しか読まないし、書くのも緑本にかぎるのだ。ここのところはきちんと押さえておいてほしいな。

と念を押しておいてからぼくはこの件について語った。一同を楽しませたうえで然るべき賞讃をかちえようという心づもりである。

関連する原稿抜粋。トレリスには読書に関連する奇妙な習癖があった。緑以外のすべての色彩は悪の象徴なりと看做す彼は、読書に当っても緑色の装丁を施した書籍に限定したのである。博識博学の徒とはいえ、この独断的原則は彼の学識に重大な欠落を惹起した。たとえば、聖書は彼にとって未見の書であり、宗教の大いなる神秘および人間の起源に関する知識の大半は下僕たちならびに居酒屋の常連たちから仕入れたものであって、その当然の結果として不完全かつ突拍子もないほどに歪曲されているのである。こういう次第であるからして彼の代表的著作『キリスト教証験論』にはゆゆしき異端の萌芽が認められる。読むに値する新刊良書を推賞する友人がいるとする。彼は直ちにその書の装丁如何について事細かに問いただし、緑表紙本にあらずと知るや（その内容を吟味するまでもなく）悪魔の書なりと断罪して友人をおおいに驚かせるのである。トレリスは旺盛な探求心を満足させるに足る書物を十分に入手しえないという不本意な思いを長年にわたって味わってきた。なんとなれば雷《らい》文《もん》細工、料理法、ユークリッド幾何学などを扱う教科書あるいは論文を刊行する場合は別として、緑色はロンドンの出版者たちの好みに合わなかったからである。しかしながら、ダブリンの出版者たちはアイルランドの歴史および考古学に関する著作を刊行するに際して緑色こそ最適の色彩と看做してきたので、トレリスがこれらの分野の大家として高く評価されるに至ったのは異とするに足りないところであって、聖職者を含む諸分野の研究者たちはこぞって彼の意見を求めるのである。

学問に専念する彼はあるとき憂愁の深淵に沈んだが、この状態が続いた結果その後の彼はながらく精神的に不安定な日々を送る羽目になった。中世アイルランド修道院制度を論ずる三巻本を入手した彼は石油ランプの灯りを頼りに夜を徹して読みふけった（日のあるうちは眠るのを常としていたのである）。ある朝ピーター・プレイスから聞こえてくる並はずれた不協和音によって彼はわれにもあらず眠りから引き戻された。あそこでは荒っぽい労働者たちが空《から》のタール樽の荷おろしをやっていたのである。睡眠行為を再開しようと物憂げに寝返りをうったとき、ベッドわきの例の三巻本が目にとまった。愕然とした。アオ、青色ではないか。魔王サタンの謀略に惑わされていたと悟った彼はこの三巻本を焼却に付したうえで、以後当家に導入されるすべての書物の正統性を保証するための内規起草に取りかかったのである。以上の記述、以上の如し。

あの件はどうなったんだ、とブリンズリーが言った。女中だかなんだかを引っかけろってことで送り出された例の男の一件は？

思いも寄らぬ成行きになってね、とぼくは言った。二人は恋におちてしまったんだ。さすがの悪徳漢ファリスキーも貞潔な彼女の愛に浄化されたあげく、妙計を思いつく。つまり、食料雑貨商の手代に二、三シリングにぎらせて手に入れた眠り薬をトレリスの黒ビールに溶かしこもうってわけだ。そのせいでトレリスはおおむねのところ眠りっぱなしになる。目がさめるにしてもその頃合いは前以て当りがつく。起きだしている間だけはとりあえず何もかも異常なしと彼に思わせるよう仕組むのさ。

ほう、おっそろしく面白そうじゃないか、これは、と薄暗がりで聴き入っていたバーンが言う。

ところで、やつが眠りこんでいる間に何をやらかしたんですかね、ファリスキーは？　とケリガンが言う。

いろいろとね、とぼくは言った。その娘と結婚したんだ。二人はドルフィンズ・バーンに小さな家を借りて菓子屋を開いた。二十四時間のうちおよそ二十時間ほどはそこで幸せに暮すことになったのさ。でもね、例の男の眠りがそろそろ覚めそうな頃合いになったら、二人は一目散にそれぞれの部署に舞い戻らなきゃならないのはもちろんだけれど。そこで二人は店を離れている間の留守番として女の子を一人やとうことにした。食事とお茶つきで週に八シリング六ペンス。

思ってもみなかった事の成行きに、一同それぞれ程よい笑いに共感の思いを表わす。

ぜひとも原稿を拝見したいものですな、とバーンが言った。幾つかの層から成っている、いわば懐が深い作品とお見受けする。言うまでもなくシュッツマイヤーの著作はお読みでしょうね。

まあその件はちょっと待ってくださいよ、とブリンズリーが言った。とにかくシャナハンとその一党はどうなったんだ？　連中は折角の自由をどんな具合に使ったんだ？

シャナハンとラモントはだね、とぼくは応じた。この二人はドルフィンズ・バーンの小さな家をしばしば訪れ、しかも歓迎された。例の娘ペギーはしっとりとした結構な世話女房になった。お茶の出し方ひとつにしてもすっきりと手際がよくってね。新婚家庭訪問を別にすれば、シャナハンたちの時間の使い方はあまり芳《かんば》しいものではなかった。船乗りや町をうろつく与太者たちとつるんで酒をあおり、よからぬことに手を出していたのさ。あるときなんかこの国と永久におさらばという瀬戸際までいった。というのは、あやしげな下司野郎と知り合ってね。外国船の厨房係をやっているティモシィ・ダナオスとドナ・フェレンテスというギリシア人なんだが、たまたま陸《おか》にあがってきたこの二人が船溜りあたりの安酒場でとぐろをまいてるときに知り合ったというわけだ。

聴き入る一同のうち二人は感に堪えないという思い入れたっぷりにギリシア人の名前を繰返して呟いていた。

このギリシア人は、とぼくは続ける。二人とも耳はきこえず口もきけなかったけれども、海を越えれば結構な暮しが待っているという情報もシャナハンたち二人に伝えた。つまりね、親指を港の彼方めがけて突き出し、外国通貨で莫大な金額を紙きれに走り書きしたのだ。

そのギリシア人は悪質な口入れ屋だな、間違いない、とケリガンが言う。雇い主は著名なベルギー人作家、白人奴隷年代記でも書いているんだろう。口入れ屋はいかがわしい船荷のアントワープ向け運送に一枚かんでいるんだ、そうにきまってる。

今にして思えばこのときの機敏、鋭敏なる機知に喚起された会話は居合わせたぼくたちすべての心のうちにこよなき悦楽にみちた知的感興を誘発したのである。

そのとおり、とぼくは言った。そういえば彼らは身振り手振りよろしく空中に曲線を描き出したものだ。それは明らかに異国女の豊胸を示唆していた。この二人、どう見たっておぞましい破廉恥漢なのさ。

拝見させて頂けるでしょうな、この原稿、ぜひとも、とバーンが言った。出し惜しみはけしからんですぞ、よろしいか。

よろしいですとも、とぼくは言った。ところで、あのときシャナハンたち二人を救ったのはベルの音だった。今まさにトレリスが目覚めようとしている。二人は猛然飛び出した。飲みかけの酒は飲み残しのまま舞い戻らざるをえなかった。

低音ながら音声明晰なクスクス笑いを発したバーンは闇に包まれたままブリキ製容器の蓋の強引なこじあけに関連あると思われる物音を響かせた。ついで部屋を動きまわり、進取の気配みなぎる手に持ったタバコを声のするあたりのそれぞれに勧める。闇に沈んだままのケリガンだけはそれを断ったが、残りの者たちは次々にぬっと顔を出す。口をすぼめて吸いつけるタバコの火影に浮かぶ赤い顔、青い顔。

仲間うちのとりとめもない話に時が過ぎてゆく。別室でお茶が準備された。だしぬけに頭上から光が降り注ぎ、気ままな恰好で席を占めているそれぞれの姿をくっきりと浮かびあがらせた。

しばらくは新聞や雑誌に漫然と目を通す。はした金で手に入れた古本を引っぱり出したバーンは一同の気を引き立て気をまぎらせようと声高に読みあげた。


言及されたる書物の表題。『古代アテネの託宣』――貴重なる質疑応答集成にして、神学・歴史・哲学・数学・愛・詩にかかわる多くの事例を含む稀覯本。

言及されたる書物からの抜粋。㈠ 睡眠中に男性を知りて懐妊に至るは起りうることなりや。わが身に小児宿りしはこれよりほかに考えられざるところと確信するが故にかくは問う。

㈡ かかる望ましからざる事態の進展を阻止せんがために、その初期段階において抹殺手段を講ずるは合法的なりや。わが父の雷鳴の如き憤怒を回避する唯一の途なるが故にかくは問う。

第一の質問に関しては、マダム、幸いにと言うべきか貴女の懸念は根拠なし、と申しあげる。当事者の全く関知せざるうちに事の行われるなど絶対にありえないからである。しかしながら、そのような経験ありと厚かましくも言いつのる寡婦の例なきにしもあらず。泥酔あるいは失神中のことと訴える下女の申し立てに比ぶればかかる寡婦の言に真実性ありとする向きもあろうが、信頼すべき医師の言によればその種の事態の起りうる公算は皆無に近しとのことである。したがって、束の間の気休めは別として、もはや心を定め、なにかと思い煩うは無益のことと心得られよ。

第二の質問に関して言うならば、かかる処置は殺人にほかならないのであって、不幸にもこの種の窮境に立ち至ったる者が右の手段に訴えることあらば、いつの日か必ずや癒し難い苦悩に陥るであろう。かかる窮境において採るべきより賢明なる方策がある。たとえば、事を託するに足る信頼すべき人の許への小旅行。しかるのち、敬虔にして善良なる行状によりて父なき子の行末を思いやるがよろしかろう。


さらなる質問よりの抜粋。(A)アーモンド（扁桃)、口にするにかくも苦きにその種子より得らるる扁桃油のかくも甘きはなにゆえなるか？　(A)アプレンティス（徒弟）、その身に強いらるる困窮の度を軽減する方策ありや？　(B)ブラッド（血）、それを飲用に供するは合法的なるか？　(B)バプティズム（洗礼）、産婆あるいは平信徒によって幼児洗礼を執行されたる場合においても有効なるや？　(D)デヴィル（魔王）、光をもたらす者《ルーシファ》と呼ばれ、なおかつ暗黒の王《プリンス・オブ・ダークネス》とも称されるのは何故か？　(E)エステイト（財産）、猥本を売り捌《さば》きて財を成したる者は繁栄しうるや？　(E)アイ（眼）、視力弱まるときは如何なる処置をとるべきか？　(H)ホース（馬）、その肛門円形なるに排泄せる糞の立方形なるはなにゆえなるや？　(H)ハピネス（幸福）、とは何か？　(L)レイディ（淑女）、寝乱れたるときもその名に値するや？　(L)ライト（光）、そは物体と看做すべきか？　(M)ミスティック（神秘家）あるいはカバラ主義者、彼らについて如何に考えるべきや？　(M)マリッジ（結婚）、現今その目的の大半は失われたるものとすべきか？　(V)ヴァージニティ（処女性）、そは美徳なるや？　(W)ウィンド（風）、とは何か？　(W)ワイフ（妻）、夫たる者彼女を打擲《ちょうちゃく》するは合法的なるや？　(W)ワイフ（妻）、悪妻であるならば引き取って頂くよう神に祈って然るべきか？　以上の記述、以上の如し。

さらに読み進まれる方のために。これより先に向おうとされる読者に謹んで申しあげる。読み進められるに先立ってまずは九四頁記載の梗概摘要あるいは要約を参照されよ。

自作原稿からの抜粋の続き。プーカ・マクフィリミの遍歴およびその他の件に関する叙述。昇る太陽の輝きは青葉繁れる森を貫き窓すり抜けて差し込み、妻の傍らに身を横たえるプーカ・マクフィリミを深い眠りから呼び戻した。目覚めた彼は眉をひそめ、立てた親指を宙に舞わせた。その魔力によって、森の到るところ大きな石の下でまどろんでいたゴキブリ、ウジムシ、トカゲなどおぞましいものたちも目を覚まし、うごめきはじめた。ついで彼は仰向けになり、眼を半ば閉じ、鋭い爪を持つ両手を後頭部の下で組み合わせ、くぐもった声で朝の呪文を唱え、自分の彎足《わんそく》を罵った。傍らに眠る痩せこけた妻は黒い袋地の上掛けに全身すっぽりくるまっているので、かすかに盛り上った一筋の黒くおぞましい襞《ひだ》が辛うじて彼女の影のような所在を告げているばかりである。寝起きの一服を吸いつけようとプーカがパイプ、ペンナイフ、そして、棒状嚙みタバコ入り紙袋——この三品は手近に置いてある——に手を伸ばしたとき、戸口が激しく打ち叩かれた。扉が開く気配がする。

ようこそ、と慇懃《いんぎん》な口調で声をかけておいて、プーカはパイプでベッド枠を軽く叩き、彎足を目立たぬように斜めに組み替えた。そして、慇懃な眼差しを戸口に向けたが、誰もいない。戸口を叩く激しい音にかかわりのある当事者の姿はいずこにもそれと識別しかねるのである。

どうぞどうぞお入りください、とプーカは改めて言った。朝まだ早いのに客人をお迎えできるとはまことに稀な光栄と心得ます。

もうお宅の中に入っています、と細く涼やかな声。鈴の音に似た雨音よりも優しく、茜《あかね》さす日の光よりも晴れやかな声であった。ここに、この板石の楕円形の割れ目のところにおります。

拙宅にようこそ、と言ってプーカは床に目をこらした。妙ですな、お姿が見えませんが。

あなたを訪ねて参りましたのは、とその声は言った。あなたとお話してひとときを過したい、会話を楽しみたい、そう思ったからなのです。

わたしの名前はグッド・フェアリ、とグッド・フェアリが言った。わたしは良き妖精。これは大いなる秘密、わたしたち二人が分ちあうに足るほどに大きな秘密です。早朝来訪の件について言うならば、賢人の対話するに当って朝の早きは問題とするに及ばず、夜の遅きもまた異とすべきではありますまい。

プーカは上掛けの下の闇に包まれた妻の黒髪をもてあそんでいる――深い思索に耽っているしるしである。

わたしは、と彼は紳士にふさわしい口調で語り出した。わが視覚機能の過度なる行使ならびにそれに起因する光学的識別能力の余すところなき発揮に関して思うところがありまして、わたしはこれまでいついかなるときといえどもその行使ならびに発揮を差し控えてきました（ここで言う視覚対象はきわめて明瞭かつ認識可能なものであって、一例をあげるならば山肌に照り映える曙光、あるいは、澄みわたる月光に浮かびあがる梟《ふくろう》および蝙蝠《こうもり》の奇妙な振舞いなどです）。このように可視的なる対象については視覚能力を抑制しているからには、その代償として通例のところ不可視的とされる対象であればむしろ明瞭に看取可能なはずである、わたしとしてはそんなふうに愚考し期待しているわけです。かかる次第でありますから、声のみあってそれを発する肉体なしという現象、とりわけて白日夢をみるにふさわしからざる時刻におけるこの種の現象は幻覚の所産と看做したくなるのも無理からぬところでありましょう。数ある幻覚の一つにその原因を探るならば、とどのつまり食事に起因すると思量される場合もありましょう。質素にすぎる食事ゆえに陥る妄想、その逆に、就寝時における無謀なる過食の結果たる幻覚、この場合は脳味噌というよりはむしろ大いなる胃袋が幻覚を産み出すのです。この際、次の事実に言及するのは筋違いとは申せますまい。すなわち、昨夜わたしはそこの隅のあの平鍋で調理した消化し難いながらも珍にして美味なる腰肉をたっぷり平げたのです。恐れ入ったお話ですな、とグッド・フェアリが言った。昨晩のはゴキブリの腰肉でしたか、それとも猿の、あるいは女の?

わたしが食したのは腰肉二つ、とプーカは答えた。男の腰肉と犬の腰肉。どちらを先に口にしたか、どちらのほうが美味であったか思い出せませんが、いずれにしても腰肉合わせて二つ平げたのです。まことに結構な御食事ですな、とグッド・フェアリが言った。このわたしは養うべき肉体を持ち合わせておりません。もっとも、摂食行為という観点からすれば、これは第一級の利点でありましょう。声はすれども姿は、とプーカは言った。あなた、いったいどのあたりから物を言っているんです?

ここに坐っている、とグッド・フェアリは言った。食器戸棚の白いコップのなか。

そのコップには銅貨が四枚入ってます、とプーカが言った。気をつけてくださいよ。実のところそれが紛失するとなるとわたしにとって好ましからざる事態になるのですから。

ポケットは持ち合わせていない、とグッド・フェアリは言った。

これは驚きですな、とプーカが言った。吊り上げた濃い眉毛は頭髪に連なる。驚くべきことです、まったくの話。至便にして有用なるポケットを持たずして事に処しうるなんてまったくのところわたしには理解し難い。ポケットなるものは人類が緊急にして肝要なる有効性を本能的に察知した最初のものであって、ズボン着用の遥か以前から用いられていたのである――矢筒はその一例、カンガルーの腹袋もまた同じ。あなた、パイプはどこに入れとくんです？

紙巻きを愛用している、とグッド・フェアリは言った。それにわたしとしてはカンガルーを人間と同一視する御説には与《くみ》しえませんな。

その声、とプーカが言った。その声が何処から発せられたかはもちろん秘密でしょうね。

さきほど声を発したときは、とグッド・フェアリが言った。あなたの臍の窪みに跪いておったが、居心地よろしからざるゆえに早々にその領域をあとにした。

それは結構、とプーカが言った。此処、わたしのわきの此処には妻がおりますので。

そのゆえにこそ立ち去ったのだ、とグッド・フェアリは言った。

あなたの答えは両義に取れます、と言いながらプーカは皮肉な微笑を浮かべた。しかし、このお粗末なベッドからあなたを退去せしめた唯一の理由が貞節すなわち婚姻上の忠節への配慮であるとしたならば、その御懸念は無用のことです。どうぞ毛布のなかにお留りください。あなたの宿主の怒りを買うおそれはないのですから。なにしろ三幅対に間違いなしと申しまして、貞節は真実、しこうして真実は奇数にあり、なのです。それにしてもカンガルーは人間にあらずというあなたの発言についてはおおいに論争の余地ありですな。

たとえそれが望ましいものであるにしても、とグッド・フェアリは応じた。天使的あるいは霊的肉欲なるものはきわめて稀有なありようなのだ。ともあれ、それによって生み出された子女たちにおいては肉と霊とが相半ばするがゆえに彼らは苛酷なハンディキャップを負うことになる。肉と霊とは両立しえぬ対立要素であるからして、この両者をそれぞれ同量ずつ取り揃えた場合には勢力伯仲して相殺するというまことに困惑すべき事態が招来されるのである。かかる子女たちによる半天使的肉欲行為の結果として次に生み出されるのは、肉二分の一と肉・霊半々の二分の一との融合体、すなわち、肉四分の三と霊四分の一から成る三代目である。さらに次なる世代においても霊的含有量は半減する。そのあげく遂にはゼロとなる。かかる等比級数的減少過程の到達点に出生するのは霊的あるいは天使的局面において継承すべき何物も保有しない者たちである。さて、カンガルーにおける人間的属性の件だが、カンガルー人間説を無条件に承認するならばその結果として数多くの難問の一つが不可避的に包含されることになる。すなわち、女性のカンガルー性。かたわらにおられるあなたのところの奥さんなどもその一例なのだ。

あんたんとこの婆さんって言いたいんでしょ。プーカの妻君は声が洩れ出るように毛布の端を持ちあげながら言った。

整然たる繁殖過程を経るにつれて天使的要素は順次排除されることあるべしとおっしゃるが、当然それとは逆方向の過程も考えられるわけですな、とプーカは所見を述べた。つまり、肉的要素減少過程です。男盛りの姿なき天使たちに囲まれた未婚の母なる図は、実のところさほど突飛なものではありますまい。ありきたりの家族の様態に代わるべきものとして、右のありようには少からぬ利点があるのです。衣服代、医療代の節約は馬鹿になりませんし、快適にして文化的な生活の達成ならびに維持を志す真摯な思いをこめて万引き高等技術が行使されるでありましょう。ところでわが妻の件ですが、彼女はカンガルーであると知ったところでわたしとしてはいささかも驚いたりは致しません。どのように突飛な仮説にもせよ、彼女は女性であると想定する立論に比べれば、遥かに筋の通ったものでありましょうから。

　あなたのお名前ですけれど、とグッド・フェアリが言った。まだ名乗って頂けませんでしたな。さて、御婦人のカンガルー性を決定する最重要因子は足でありまして、たとえばあなたの妻君の脚部は柔毛にて覆われておりましょうや？

　申し遅れましたが、とプーカはすまなそうに眉を寄せて言った。わが名はファーガス・マクフィリミ、職分は魔物すなわちプーカ（動物の姿で現れる悪戯好きな妖精）。拙宅にようこそ。わが妻の足に柔毛ありやいなやについては確言致しかねます。これまで気にしたことはありませんし、ことさらそれを吟味するが如き愚行に係り合うつもりもないのです。何はともあれ能《あた》うかぎりの丁重さを以て申しあげますが——客人を辱めるが如きは最もわが意に反する所行なのです——あなたが示された御指摘は一顧だに値しないと愚考する次第です。なぜならば、狡猾なるカンガルーが彼女の——それが女性であるとして——彼女の脚部から毛を剃らんとするときそれを制止しうる手立てなど古来その例を見ないのであります。

あなたがプーカ族の一員であるのは分っていた、とグッド・フェアリが言った。しかしあなたの名前、そこのところは測りかねていた次第。さて剃刀使用はカンガルー族が既に習得ずみの技術であるという説は容認すると致しましょう。しかしながら、尻尾を尻尾であるという実体とは異なる何物かとして通用させるに当って、如何なる隠蔽工作が行われているのでありましょうか。

プーカに与えられた使命は、とプーカは言った。多様な責任を伴うものでありまして、ナンバー・ワンにその処置をまかされた手合いを鞭あるいは革紐にて打擲するなどはその務めの一端にすぎません。ナンバー・ワンとは至高善にして根本真理そのものですから、必然的に奇数なのであります。ちなみにこのわたしに割り当てられた番号は二です。あなたが提示された第二の疑問点、すなわち尻尾に関する異議申立てにつきましてはわたしとしても次の点を明らかにする必要がありましょう。尻尾を与えられていないすべての人物を遇するに限りなき疑念を以てする種族がおりますが、わたしはかかる種族の一員なのであります。実のところこのベッドのなかには尻尾が二本あります。柔毛に包まれたわたし自身の尻尾とわたしの寝巻きに付いている尻尾の二本。寒さに備えて重ね着する場合には見たところ総計三本ということになりましょうな。

プーカ族に課せられた務めに関するあなたの論評をきわめて興味深く拝聴しました、とグッド・フェアリが言った。さらにはあなたのおっしゃる善数詞および悪数詞概念にも同感する次第。それゆえにこそシャツ二枚の着用は嘆かわしい過誤と考えざるをえないのです。二枚着用の帰するところ、あなたのおっしゃるように総計尻尾三本となりましょう。真理は奇数であり、あなたに割り当てられている数詞は偶数の二なのですから。尻尾についての異論はさておき、女性カンガルーには生来ひとつの袋が与えられているという事実は議論の余地なきところ。その袋には小児および小間物類が然るべき時機の至るまで貯蔵されているという仕組みになっている――この家で何かが行方不明になる、そういうことはありませんでしたか。もしかすると奥さんが袋の中に隠匿したかもしれないというような事例に思い当りませんか。

わたしの尻尾の件については、とプーカは応じた。あなた、どうやら誤解しておられるようですな。これまでのところあなたにいろいろと打明け話をしましたが、それはともかく肝心なのはわたしが着用しますのは二枚よりは少からず二十四枚よりは多からずという点なのです。昼間わたしが着用する第二級シャツには二本の尻尾が装着してあるという事実はあなたの疑問を氷解させるに十分でありましょう。その一本は残りの一本より長く仕立てられておりますので、寒い日など臀部における尻尾四本保持という礼式に悖《もと》ることなくシャツ二枚着用による身体的快適さを味わうことができるのです（腰をくねらせ尻を振りますとこの四本はズボンのなかで共鳴し共振します）。真理は奇数である、これは胆に銘じています。そして、わたし自身にかかわる数詞はなにもかもすべて必然的に偶数である、これもまたしっかりと心得ています。個人的快適さにとって必須の細々とした品目――たとえば眼鏡、そして、暖炉内部より高熱の鍋を取り出す際に愛用している黒手袋などですが――このての日常品紛失は頻繁に経験しているところです。わたしのカンガルーがそれらの品目を腹袋に隠匿したとは考えられません。あそこには子供だっていたためしもないのですから。あなたが何処からいらっしゃったにもせよ此処なる拙宅に至る旅路において如何なるたぐいの天候に遭遇されたかについてお訊ねすることは、客人たるあなたの身分を損なうおそれある嘆かわしい所行でありましょうか。

尻尾をめぐる難問題については、とグッド・フェアリが言った。あなたの二股シャツ説を伺って問題なく氷解しました。まことに結構な考案なりと感じ入った次第です。しかしながら、社交的儀礼が白チョッキならびに燕尾服着用を必須ならしめる緊急事態においても偶数説を堅持なさるためにあなたは如何なる数学的奇策を用いておられるのであろうか。この一点についてはやはり釈然としません。あなたほどの年の方が眼鏡ならびに御愛用の黒手袋紛失というが如き悲運に遭われるとはなんとも遺憾千万。なんとなれば眼鏡なきとき人生は狭隘となりますし、手に火傷は手酷い打撃でありましょう。わたしが経験した天候は降雨荒天ではありましたが、さりとてわたしとしてはいささかの障《さわ》りもなかった。なぜならばわたしは支障を来たすであろう肉体など持ち合わせていないし、濡れそぼつべき衣服も着用していないのですから。

正装夜会服上着についての御懸念は無用と申しあげます、とプーカは言った。なにしろ問題の優雅な衣装の尻尾にはその中心部を通して縦割り裂け目がありますから尻尾はつまるところ二本になるわけです。その結果、わたし固有の尻尾およびシャツ尻尾と合わせるならば尻尾は四本となります。あるいはシャツ九枚なら総計尻尾十二本になります。紛失の件について改めて考えてみますと、既に述べた品目に加えて鋳物の石炭入れ、そして、ばす織布張り肘掛け椅子、それに、麻糸玉、さらには、泥炭ひと袋も行方知れずとなっています。超自然的霊的存在であるあなたにしても霧には大いに悩まされるに相違ない、わたしはそのように確信しておりますが如何なものでしょうか。なにしろひとかたまりの霧ほどに浸透的超自然的霊的なるものは他に例をみないのですから。少くともわたしの経験ではそうなのです。胸を患う人たちは空中に霧あるとき大いに苦しみ、えてして死に至ります。わたしは会う人ごとに誰彼となく丁重にお訊ねするのを習わしとしておりまして、究極数の特性について知るところを語りたまえと問いかけます。つまり、あなたならびにあなたの一族にとって奇数は勝利を意味するのか、それとも偶数は天国、地獄、現世すべての意のままなる溶解を意味するのか、と問うのです。さて、あなたへの最後の質問は次のとおり、すなわち、さきほど最後に声を発せられた際、あなたの声は何処から発したのでありましょうか。

喜ばしいことにまたもや、とグッド・フェアリは言った。あなたの説明によって燕尾服に関する疑問は氷解しました。大いに多とする次第です。しかしながら、なおもわたしを悩ませる問題がありますす。すなわち、あなたの髪は異端とかかわりがありはしまいか、そう思えてならないのです――なにしろ、それほどにもつれた髪の毛の数は奇数とも偶数ともしかと判明致しませんし、真理は決して偶数たりえないからです。屋敷内紛失物について列挙されたまことに魅惑的なる朗唱を拝聴したうえで確信を以てわたしの意見を申し述べるならば、それら紛失物を取り戻すには次の方策があると考えます。すなわち、意表をついてかのカンガルーを捕え、彼女を逆転する、つまり逆さ吊りにするのです。さすれば彼女の内なるものはすべて滑落し、台所の板石に転落するでありましょう。幽霊ならびに妖精が煙霧ごときに悪しき影響を蒙るとするのは全くの誤謬です（もっとも肺病質あるいは胸部虚弱質であればかかる大気の状態を健康に好もしからずと思量することもありうるかもしれませんが)。あなたが言及されておられる難問、すなわち、究極数の特性にかかわる謎を解決しうるならば、わたし個人としましてはまことに嬉しいのではありますけれども。さきほど声を発した際、わたしはあの鍋の中で固まっているラードの上を滑走していましたが、現在のところエッグ・カップの中に憩っております。

この間ずっと紅潮していたプーカの顔は今や萎《しな》びたドングリ色に変色していた。枕に押し当てた両肘を支えとして彼はむっくり上半身を起した。

わたしの毛髪に言及されるに際して、と彼は慇懃な口調に怒りを滲ませて切り出した。あなたは故意にわたしを困惑させようと試みているわけではない、あるいは(さらなる悪意をこめて)ことさらにわたしを怒らせ追い詰めようと努めておられるわけではない——あなたはそう確言しうるでありましょうか? さらにまたあなたの助言、すなわち、失われたるわたしの所有物が貧弱なる台所の固い板石に落下するようわがカンガルーを逆さ吊りにせよとの助言を与えられた際、あなたはわたしの眼鏡を粉砕しようとの意向をお持ちだったのでありましょうか? 良き妖精たちは煙霧にきわめて弱いのではありますまいか? 真理は奇数なりという事実の当然の帰結として、彼らの肺は一つにかぎられているのですから。あなたは次の点を認識しておられるだろうか、すなわち、あなた自身の存在はわたし自身の悪の活力によって誘発されているという事実、そしてわたし自身の存在はナンバー・ワンつまり第一真理の法外なる善良さへの反作用であるという事実をあなたは自覚しておられるか、さらには、あなた自身の善行が修正を要すると思われるときには論理的必然として直ちにその数が四であるプーカが姿を現すという事実をあなたは御存知であろうか？　かりそめにも次の思いがあなたの心をよぎるということはなかったのでありましょうか？　すなわち、究極数の謎はプーカの究極的様態に帰するのであって、善悪いずれにもせよきわめて非力な存在であるがゆえに彼は如何なる反応をも惹起することがないため遂には彼自身が最終的究極数となる――その結果、われわれは奇妙にして屈辱的な結論に到達せざるをえない、すなわち、究極数の特性は直接ある一派の存在に結びつくという結論であって、その一派の主要なる特質は貧血、愚鈍、無能、無力および無責任なる職務怠慢である。この点に関するあなたの見解は如何なものでありましょうか？　お答えください！

　実のところ、とグッド・フェアリは言った。あなたの話は全く理解できない、何のことやらさっぱり見当がつかないのです。只今あなたがなさった大演説においていったい幾つの従属節が使用されているか、御存知でしょうか？

　いな、とプーカは答えた。

　総計十五の従属節、とグッド・フェアリが言った。しかもそれぞれの従属節は周到なる自由討議に値する内容を含んでおります。本来六時間の討議を要する言説をわずか一時間に圧縮するが如きはまことに嘆かわしいかぎりであります。ところで、バッハを研究されたことは？

　そう言うあなたは今どこに？　とプーカが訊ねた。

　あなたのベッドの下です、とグッド・フェアリは答えた。あなたのポット（室内便器）の取っ手に腰かけています。

バッハ楽曲の遁走曲的ならびに対位法的特質、とプーカが言った。あれは大いなる喜び。正統的遁走曲は四つの音形を備えていますが、かかる数それ自体からして讃美するに値するのです。そのポットには気をつけて。わたしの祖母からの贈物なのですから。

対位法とおっしゃるが、それは奇数ということになる、とグッド・フェアリが言った。大いなる芸術においては四つの無用なるものから発して第五番目なる卓越した美質の結実をみるのです。

その説には賛同致しかねます、とプーカは丁重に言った。ところで、まだ伺っていないことがあります――つまり、その――あなたの性別にかかわる問題です。あなたは男性に属していらっしゃるのか否か、という件はあなた自身の私事にかかわる個人的問題であって、他者を相手に軽々しく論ずべき筋合いはないかとも思われますが。

どうやらあなたはまたもや多従属節対話にわたしを引き込もうと試みておられるように思える、とグッド・フェアリは言った。その試みを続けるということであれば、わたしはあなたの耳のなかに入り込むとしよう。請け合ってもよろしいが、それはあなたにとって愉快ならざる事態となりましょう。わたしの性別は明かし得ぬ秘密なのです。

お訊ねしたのは、とプーカが言った。ただ床を離れ服を身に着けようと思い立ったからにほかなりません。あまりにも長くベッドに留るのは健康の敵でありますし、新しき一日は新鮮なうちに味わうべきものなのです。これからわたしはそのようにするつもりなのですが、もしあなたが女性の部類に属するということであれば、この際あなたの背を転じてあちらを向いて頂きたいと丁重に要請しなければなりますまい。さて、わたしの左耳内部のこの嘆かわしいむずむず感はその部位におけるあなたの存在に起因するのであるならば、即刻その領域より退出し硬貨四枚を内蔵するコップに席を移して頂きたい。

わたしは転ずべき背など持っていない、とグッド・フェアリは言った。

なるほど、では起きるとしましょう、とプーカが言った。その間あなたが手持ち無沙汰であるというのなら、そこの隅にあるわたしのブーツから靴型をはずしておいてくだされば有難いのですが。

何をおっしゃる、とグッド・フェアリは生真面目な声で切り返した。手持ち無沙汰どころじゃありません。なにしろ、朝も早いにもかかわらずこのようにしてお宅を訪問した目的ならびに理由に関してぜひともあなたに告知しなければならないことがあるのだから。このたびの来訪は、よろしいか、シーラ・ラモントなる名の当事者にかかわる情報をあなたに通報するためなのです。

プーカは控え目かつ優雅な身のこなしでベッドを離れ、絹の寝間着を脱ぎながらカシミヤ地の仕立ての良い服に手を伸ばす。

そう言うあなたは今どこに？　と彼は訊ねた。

鍵穴に寝ころんでます、とグッド・フェアリは答えた。

すでに黒いズボン下と灰色のズボンを身につけ、古風なクラヴァットを首に巻きつけ終えたプーカは、両手をうしろに回して尻尾の収まり具合を丹念に整えている。

まだ伺っておりませんな、と彼は丁重に問い掛けた。ミス・ラモントの性別はどういうことになっているのです？

実のところ、とグッド・フェアリが言った。彼女は女性なのです。

それはまことに結構、とプーカは言った。

現在、彼女は体調の変化を経験しつつあります、と言うグッド・フェアリの声音にはかすかに眉をひそめたかと思われる影がさしている。太古の昔から女体に発生する不調、つまりは妊娠に起因する変化というわけで。

よくぞおっしゃってくだすった、とプーカは如才なく言った。まことに結構。

出産予定は明夕刻、とグッド・フェアリが言った。わたしはその場に立ち合い、生れくる幼な子が生涯わが仁愛あふれる力の影響下に留るよう取りはからう所存。しかしながら、この喜ばしき一件についてあなたに告げることなくわたし一人その場に赴くとなれば、それは嘆かわしいエチケット違反となりましょう。われら二人して出向き、共に祝おうではありませんか。

これはまた丁重なるお誘い、高貴なるお心づかい、まことに痛み入ります、とプーカは言った。ところで、お声はどこから発せられているのか教えて頂きたいのですが。

あなたの妻女の髪の毛から、とグッド・フェアリが答えた。ここはひたすらに暗く、ごわごわとした荒涼の領域です。

さもありなん、同感です、とプーカは言った。ところであなた、このミス・ラモントなる人物は男であるとおっしゃいましたか？

言わなかった、とグッド・フェアリが言う。彼女は女性である、しかも、肉体を有する者たちの観点からすればすこぶるつきの美形なのです。

それはまことに結構、とプーカは言った。

荒削りのドアに釘で打ちつけた鏡の前に立った彼はクラヴァットの折り目を丹念に整え、髪に芳香油を振りかけた。

あなたがさかんに口にされている当の相手方のことですが、とプーカは訊ねた。いったいどこに住んでいるのです？

あちらのほう、と言ってグッド・フェアリは親指をぐいと動かした。遥か彼方。

あなたがぐいとやった親指をこの目で見られさえしたら、とプーカが言った。そうしたらあちらのほうというのがどちらのほうであるか分るでしょうがね。

いそいで、とグッド・フェアリは言った。

旅立ちに際して何を携帯すべきでしょうか、とプーカが訊ねた。長い旅になる模様ですし、額に汗することと必定と思われますので。

好きなものを持って行くがよろしい、とグッド・フェアリは言った。

かみさんを連れて行くなんてのはどんなものでしょうか——そこのベッドにいる女ですが。

それは得策とは申しかねますな、とグッド・フェアリは言った。

黒パンツの替えは？　とプーカが訊ねた。

その種のものをわたしは何ひとつ持ち合わせていないわけですから、とグッド・フェアリは言った。あなただけが余分な替えを持参なさるのは如何なものですかな。

プーカは丁重にうなずいてから入念に服を整える。地味な仕立ての灰色カシミヤ地レインコートはケープとアストラカン黒革の襟付き。黒いベロア帽とステッキを手にする。それから家のなかの片付けに取り掛る。鍋を並べかえ、陶器の壺の取っ手の向きを揃え、暖炉に黒い泥炭をつぎたす。何ひとつ見落とさない。床に転がっていた団栗《どんぐり》ひとつ、それも拾いあげて窓から外へ。

あなた、今どこに？　とプーカが訊ねた。

今はここ、とグッド・フェアリは答えた。楕円形のひび割れのあるこの板石の上。

恐縮ですが今しばらくお待ちを。ひび割れ板石に向って軽く会釈しながらプーカが言った。家人に別れを告げたいのです。

ベッドに歩み寄った彼はステッキをベッド枠に立て掛けると、優しく気遣わしげな仕草で上掛けの下に手を差し入れ彼女のざらざらした頬を愛撫した。

出掛けるからね、おまえ、と彼はいとおしげに言った。

むむ、そう、ファーガス、むむ、と彼女はくぐもった奇妙な声で応じた。

あなた、今はどこに？　とプーカがまた訊ねた。

今はここ、とグッド・フェアリは答えた。あなたのコート、ポケットのなか。

こう言ってはなんですが、あなたもけっこう場所を取るもんですな、とプーカが言った。それはまあいいとして、先導してくれないとなると、わたしはどうすりゃいいんです？　あなたが先に立って小枝をぱちぱちいわせたり木の葉をかき乱したりしてくれなきゃ、どう進めばいいか分らないじゃありませんか。

その種の懸念は無用のことです、とグッド・フェアリは言った。ここ、あなたのポケットに坐っていても布地越しに見通せますから、あなたが踏み迷ったりしたらその旨を指示するとしましょう。

布地越しに見えるとおっしゃるが、これは最高級品なんですよ、とプーカが言った。これを買ったのはだいぶ前、ええ、戦前のことですが、一ヤード五シリング六ペンスもした布地なんですからね。

わたしはたとえ目を閉じていても目蓋越しに物が見えるくらいなんだ。

どのような天使の目蓋にしましてもこの布の織地にまさるとは思えません、とプーカは丁重な口調ながら力をこめて言った。

あなた、疑いもなく昔のことにこだわりすぎの気配があるようですな、とグッド・フェアリが言った。ともあれ、恐縮ながらそろそろ歩き出しては頂けませんかな。

では出発と致しますか、とプーカは言った。

彼はドアを大きく押し開き、晴れ渡る美しい朝の光のなかに踏み出した。使い古しの細引きをドアにしっかり括《くく》りつけると、大股に前庭を横切り、薄暗い藪へと突き進む。立ちふさがる下生えなど物ともせず恐るべき勢いで踏みしだき、トネリコのステッキを振りまわして絡みつく巻きひげやら蜘蛛の巣のように張り渡された黄色、緑色そして血のように赤い蔓草やらをぴしゃりぴしゃりと薙《な》ぎ払う。片や彎足の重い運び、片や並足の軽い足取り、地衣類を交互に踏みつける彼の歩みはアイアンビック・ペンタミタ、すなわち弱強五歩格。

そんな具合にことさら茨の藪を遮二無二押し通ることはないじゃありませんか、とグッド・フェアリが言った。何事についても一歩一歩道を拾って慎重に歩くってことが肝要じゃありませんかね。

それはまず見解の相違というところでしょう、とプーカは言った。

この調子だと、あなた、かぎ裂きだらけになりかねませんよ、とグッド・フェアリが言った。もっと左に寄って、あなた、道が違いますよ。

急遽プーカは方向を転じたが、いささかも足の運びをゆるめることなく手強い枝が絡み合う茂みの真只中に突入し、あたかも手中のクルミを強引に握りつぶすかのように、立ちふさがる枝をへし折った。フェアリは振り返り、枝折れ葉落ちた惨状を一瞥した。

枝先のとがったのもある、と彼は所見を述べた。気をつけないと、あなた、あなたのコートはずたのぼろきれになりますぞ。

このコートは上物なんだ。プーカは壁のように立ちはだかる茨の藪に突っ込みながら言った。今時の服よりもずっと上等な生地が使ってある。あの頃のコートはどれにしたって手荒く着ても何ともないし長持ちすること請合いってしろものなんだ。

左に寄って、とグッド・フェアリは声をあげた。あなた、外出するときいつもこんな歩き方をするのですか？

　こう言っちゃなんですけれどね、とプーカは丁重に言った。節約とかなんとか理屈をつけてお手軽な安物を買うくらい馬鹿げたことはありませんな。だいぶ前のことですが、わたしの知合いに愚かにも見てくれだけの安物の服を買った男がいましてね。どうなったと思います？

　もっと左に寄って、とグッド・フェアリは言った。そのての安物を着ていたのでは、その男、さぞかし茨に引っかかって背中なんかはずたずたになったでしょうな。

　然らず、とプーカが言った。雨にぬれたとたん、あいつの服は石鹼泡だらけになっちまった。奇妙な話だが本当なんです。こういった安物粗悪品の縫い目は石鹼で継ぎ合わせてありましてね。あぶくだらけになったあの男ときたら噴きこぼれた牛乳泡に包みこまれた鍋さながらだった。

　確かなことが一つある、とグッド・フェアリは見解を述べた。あなたの行く手に立ちはだかるあの藪をこのまま突っ切るというのであれば、あなたのコートはきれぎれに切り裂かれ、あなたの肌はずたずたに切り開かれるでありましょうし、われら二人の生命も危うくなるに相違ない。何事についても思慮分別ってことが肝要じゃありませんかね。

　生命の危険はない、とプーカが言った。ところであの男、しようことなしに床屋にとびこんで服に剃刀を当ててもらうってことになった。その理髪、いや、理服代が如何ほどであったか、わかりますか？

　グッド・フェアリはポケットの闇のなかで叫び声をあげた。プーカが絡み合い縺《もつ》れ合う茨の藪をばりばりと引きちぎりながら猛然と突き進みだしたのである。

わからん。

十シリング七ペンス、とプーカが言った。戦前のことですからね、大した物入りってもんですよ。さてと、これで正しい方向に進行しつつあるか否か、その点について御意見を伺うのはぶしつけというものでしょうかな。

なかなかよくやっておられる、とグッド・フェアリは言った。

まことに結構、とプーカが言った。

晴れ渡った朝の暖かい日溜りに出ていた彼は、またもや茂みにもぐりこみ、絡みつく下生えを踏みしだきながらわずかに木洩れ日の差す薄暗がりを突き進んだ。

二人が二パーチ（約十メートル）の道程を進んだところに二人の男がいて大きな帽子で流れから汲みあげた冷たい水を飲んでいる。がっしりした骨組の大男と小太りの小男。それぞれ腰に巻きつけたガンベルトに二挺拳銃。跪いて二杯目に口をつける二人の背後から声をかけようとプーカが接近する。

何者なるか訊ねたまえ、とグッド・フェアリが言った。

御機嫌よう、おふたりさん、とプーカは丁重に声をかけた。

こりゃどうも、とスラッグ・ウィラードが応じ、水の滴る帽子をひょいとかぶり、ひさしにちょいと指を当てて挨拶の意を表した。こっちはわが朋友にして相棒、ミスタ・ショーティ・アンドルーズ。どうだね、調子は？

絶好調、とプーカは言った。御機嫌いかが、ミスタ・アンドルーズ？

言うことなしさ、とショーティが言った。

言うことなしの天気じゃありませんか、とグッド・フェアリがポケットのなかから応じた。このような朝はジン・トニックに似て結構なものです。

なんだこりゃ？　なんて言ったんです？　とスラッグが訊ねた。

わたしは何も言いませんでしたよ、とプーカは答えた。

こりゃどうも、気のせいだったのか、とスラッグが言った。具合の悪いことに、頭のなかでいろんな物音がするんで閉口してるんですよ。眠ってるときでもいろんな声が聞こえましてね。さて、あんた、どこかで雄牛を一頭見かけませんでしたかね？

牛が一頭いなくなったもんで二人で足を棒にして捜しまわってるところなんで、とショーティが言葉を添えた。

それはそれは、とグッド・フェアリが言った。このような場所で捜し当てるのはさぞかし至難のわざでありましょう。

そりゃそうですがね、とスラッグが言った。それにしても、いえね、気を悪くしないでくださいよ、あんたの話し方ってのはなんとも変ってるな。

今度もわたし何も言いませんでした、とプーカはほほえんだ。

そう言うのならそうかもね、とショーティが言った。

わが名誉にかけてそうなんです、とプーカは言った。

あんたの服から出てきたみたいだったんですがね——あの声ってのは、とスラッグが言った。あんた、ポケットに小型蓄音機を忍ばせてる、そういうことじゃないのかな。

そういうことではありません、とプーカは言った。

わたしを紹介しなさい、とグッド・フェアリが低い声でせっついた。

またやってるじゃないか、とショーティは声を荒らげた。

事情を説明致しましょう、とプーカが言った。あの声、実のところわたしのコートのポケットから出てきているのです。わたしのポケットには妖精がおりまして、あんな具合に喋っているのはその妖精なのです。

たわけたことを言いなさんな、とショーティが言った。

わが神聖なる名誉にかけて言っている、とプーカが声を改めた。今朝ほどわが家を訪れた彼と二人して私的な旅に就いているところなのだ。彼の振舞いはまことに紳士的であり、なおかつ会話の名手でもある。われら二人はレッド・スワン・ホテルにおけるめでたき出来事に列席せんがため彼の地に赴かんとしているのだ。

たわけた話さ、とショーティが言った。

いや、もっともな話じゃないか、とスラッグは言った。ちょっとお顔を拝見できないもんですかね。

遺憾ながら目にうつる何物もなし。

あんたのポケットにひそんでるのはイタチじゃないのかな、とショーティが訊ねた。それを使ってウサギ狩りってふうに見えるんだけど。

イタチとは何たることを、とグッド・フェアリはとげとげしい声で言った。

こりゃ間違いなく妖精だ、とスラッグが言った。声を聞けばすぐにそれとわかる。

どんなもんですかね、とショーティが言った。あんた、ポケットのなかのあんた、すまないけどあんたの竪琴でお得意の曲をひとふし聞かせてもらえませんかね。

妖精はすべて演奏に堪能なりとする考えは虚妄なる俗説である、とグッド・フェアリは冷ややかに言い放った。かかる俗説は妖精の気質について例外なく柔和にして善良なりとする臆測同様に通俗的誤信なのである。この点に関して半信半疑というのであるならば、ミスタ・アンドルーズ、その疑念を氷解するためにこのわたしがあなたの顎を手ひどく蹴あげてみせましょう。

近よるな、おい、あんた。二挺拳銃にさっと手をやりながらショーティは言った。そばに来やがったらあんたの目ん玉ぶち抜くぞ！

銃を納めろよ、相棒、とスラッグが言った。ぶち抜こうにも相手には目玉なんぞないんだから。いい年してそれくらいのことが分らないのか。相手はまるっきり空気みたいなもんなんだぞ。

空気だろうと何だろうとただじゃおかねえ、とショーティはわめいた。妖精ふぜいに甘くみられてたまるもんか。

まあまあ、とプーカが止めに入った。おたがい喧嘩腰になることはないじゃありませんか。

イタチ呼ばわりされたのですぞ、わたしは、とグッド・フェアリが言った。

だからどうだってんだ、イタチさん、とショーティが言った。

へらず口を叩くな。スラッグはいかつい肩をショーティの頭上に傾けながら言った。五分間でいい黙ってろ、いいな。こちらの紳士と妖精はあたしの友人だ、そこんところを忘れるな。だからこちらさんたちを侮辱するってのはこのおれを侮辱するってことなんだ。おめえも長生きしたければ、考え違いをしないこったな。いいか、うむ。おれたちの一人を敵にしたら全員を敵にまわすってことなのさ。

まあまあ皆さん、もういい加減に、とプーカが言った。

一人の敵は全員の敵、とスラッグは繰返した。

くだくだしい繰り言なんぞまっぴら御免だ、とショーティが言った。

ぐだぐだぬかすな、くだらんことをほざきやがるとそこらへんのこぎたねえ溝に蹴こんじまうぞ、とスラッグはわめいた。今度また減らず口を叩いてみろ、おまえの頭を叩きつぶしてぎゅっという目にあわしてやる。あやまれ！

いい加減にしなさいよ、ふたりとも！　プーカが苦々しげに言う。

さあ、さっさとあやまれ、とスラッグは怒鳴る。

わかった、わかったよ、とショーティが言う。すまなかった、どちらさんもお許しを。これで皆さん気がすんだでしょうな。

結構、とグッド・フェアリが言う。

まことに結構、とプーカは気がすんだというように晴れやかな声で言う。さて、これでおふたりさんともわれらの喜ばしき用向きに御一緒願えましょうな。今まさにミス・ラモントの幼な子が生れようとしています。その場を訪れる賓客には然るべき馳走が供されるでありましょう。その点に関して疑いをさしはさむべき如何なる理由も見出しえないのであります。

われら二人、喜んで参上致しましょう、とスラッグが言う。ところで、ウィリアム・トレイシーなる人物を御存知ないでしょうか?

その人の噂は耳にしたことがあります、とプーカは答える。さて、左手の茂みを突っ切る近道を行こうではありませんか。

あれはなかなかの人物でしてね、とスラッグが熱っぽい調子で言う。惜しむことなく黒ビールを振舞ってくれましてね。ミスタ・トレイシーのためなら喜んで働けるってもんです。レッド・スワンってのはミスタ・トレリスが住んでるところじゃありませんか?

間違いなくそのとおり、とプーカは言う。

出産祝いはどうしたもんでしょうかね、とショーティが訊ねる。祝い事というのであればポケット一杯ふくらませていくのが当り前というもんなんだが。

そいつはもっとも至極な話だ、とスラッグは言う。

至極結構な習わしですな、とグッド・フェアリが言う。わたしにもポケットがあればいいのだが、まったくの話。

旅人たちは見渡すかぎり広がる茂みに手分けしてわけ入った。やがて彼らのポケット一杯に詰めこまれたのは——さまざまな木の実、酸葉《すいば》と団栗《どんぐり》、ヤマノイモ、そして、ハクモクレンの花、血の色をした酸塊《すぐり》、それから皺のよった芥子菜、ねっとりとしたリンボクの実、苔桃《こけもも》と酸桃《すもも》と栗の実、小ガラスの巣から掠《かす》め取った斑入りの卵。

このわたしを何だと思っているのだ、とグッド・フェアリはとげとげしい声で言った。とげのあるイガグリなんかポケットに入れなさんな。

こりゃどうも、あんたってとても敏感なんですな、とプーカが言う。

鋼鉄製のコルセットを身に着けてるわけじゃないんだ、とグッド・フェアリは言う。

あの茂みに何かいるぜ、とショーティが叫んだ。何かが動いてるのが見えたぞ。

ウサギか黒い犬ってところでしょうよ、とプーカは言う。

とんでもねえ、と言ってショーティは手の平を額にかざしじっと見つめる。ズボンをはいていたんだぜ。

どれどれ、とスラッグもじっと見つめる。

まさかイタチじゃなかったんでしょうな、とグッド・フェアリはくっくっ笑いながら言う。

そこから出てこい。拳銃に手を伸ばしながらショーティが声を張りあげる。さあ出てこい、さもなきゃてめえの尻をぶっとばすぞ！

落着きなってことよ、とスラッグが言う。やあ、こんにちは。出てきませんか、姿を見せてくださいよ、別に心配ないんだから。

男だ、かなり年をとっている、とグッド・フェアリが言う。コートの布地越しに見てとれる。あなた、どうぞこちらへ、どなたにもせよさあどうぞ！

この布地越しじゃたいして目が利くはずないと思うけどな、とプーカは言う。なにしろヤード五シリング六ペンスの上物なんですから。

言われたとおりにしろよ。拳銃に当てた手をおどすようにひらひらさせながらショーティが言う。さもなきゃ一発くらって墓の下ってことになる。そこの木陰から出てこいよ、この糞ったれ！

片意地な小枝と頑強な若枝がしぶとく抵抗し、引き裂かれた大枝は鋭い苦悶の声をあげ、生気にみちた緑の葉は非情なまでの激しさで同士討ちを演じ、下生えにいたるまで鞭打ちの拷問に加担する。絡み合う野バラの茂みは悪魔を宿らせているかの如く激烈苛酷に鋭利な棘を突きつける。パチッ・ピシャッ・バリバリッ。

生い茂る葉陰から小柄な男が姿を現した。浅黒い年配の男で、頭には布地の帽子、喉元にはマフラーを巻きつけている。

ジェム、こりゃどうだ、ケイシー！　とスラッグ・ウィラードが言った。驚愕を表象する二つの現象として彼の両の手はだらり腰まで垂れさがり、そのあげく両の親指はガン・ベルトにかろうじて引っかかった。

こりゃまったくぶったまげたぜ！　とショーティが同調する。

ごきげんよう、とプーカは丁重に言う。

ケイシー、おまえさんてのはとてつもない男だな、とスラッグが言う。

どなたさんもごきげんよう、とケイシーが言った。まずは結構なお日和で。

ケイシー、おまえさんときたらまったく突拍子もねえチビ助だぜ、とスラッグが言う。そんなところにはまりこんじまってよ。レイディーズ・アンド・ジェントルメン、こちらはジェム・ケイシー、とびっきり上等の詩人、ブーターズタウン随一の吟唱詩人。

まことに結構、とプーカが言う。詩人にお目にかかれるとは光栄です。ケッコーなと言うよりは、ミスタ・ケイシー、むしろ限りなき栄光にみちたヒヨリと申すべきでしょうな。

いったいどうなってるんです、この声は？　とケイシーが言った。あがったりさがったり、まるっきり遊園地の舟形ブランコじゃないですか。

空模様に関する発言の件はわたしの全く与り知らない事なんです、とプーカは弁明する。あれはあたしのポケットの内なる妖精が発した声なんですから。

そのとおり、とスラッグが言う。

そういうことですかね、と詩人は言う。ここで耳にすることはなんでも信ずるとしよう。先程は石の下のウジ虫から声をかけられたような気がしたんですがね。何者にしろ、あなた、ポケットのなかのお方、ごきげんよう。ここは全くもって奇妙な場所だ。

冷徹なるわがケイシーよ、とスラッグが問いかけた。話してくれ、あの藪のなかであんた何をしていたのか？

あんたはどう思う？　とケイシーは問い返す。藪のなかで人は何を行うか？　あんただったら何をする？

だしぬけにショーティが奇声をあげた。

あたしだったらすることはきまってる、と彼は笑う。

この段階において一同のうちおおむね半数はすさまじい爆笑に唱和した。

誰にしたってあれをしないですむわけはない。たっぷり大笑いをしたあげくショーティは金切声を張りあげた。最上級のおえらいさんだってあればっかりは我慢できるもんじゃない。

彼は草むらの上に仰向けに引っくりかえり、自転車のペダルを踏むように足をばたばたさせながら、きゃっきゃっと大声で笑いつづける。

慎みのない人たちだ、とグッド・フェアリは慎み深い声でプーカに言う。慎みというか嗜《たしな》みの心得がないのだな。

プーカはうなずく。

自分では何事にも寛大なほうだと思っているけれど、と彼は言う。それでもわたしは卑俗低俗と一線を画しているつもりです、あのような言説は彼ら自身ならびに彼らを養育した両親の恥辱以外のなにものでもない。あれは彼らの家庭生活が貧困である証拠と看做しうるのですから。

ケイシーは一同を見据えた。その顔付きは打って変ってきわめて険しい。

このあたしが何をしていたか？　あのとき如何なる行為に従事しておったか？

彼の問いかけに答えるのはただけたたましい笑い声のみ。

よかろう、あのときの行為を話してきかせよう、と彼は重々しく宣言した。事の次第を語るとしよう。あたしは選り抜きのわが友人たちを前にして一篇の詩を朗誦していた。それがあたしのしていたことなのだ。諸君の猥雑なる臆測とは無縁の行為なのである。

詩はわたしの最も好むところのものです、とグッド・フェアリが言う。常日頃ミスタ・エリオット、ミスタ・ルイスさらにはミスタ・デヴリンの詩作に注目しています。すぐれた詩は強壮剤に似て気持をさわやかにしてくれるのです。あなたが朗誦していたのは花を主題とする詩篇だったのでしょうか、ミスタ・ケイシー？　ワーズワスは好んで花を歌う大詩人でした。

ミスタ・ケイシーはその種の題材に全く興味を示さない、とスラッグが言う。

猥雑なる臆測だとさ、ふん、とショーティは言う。

ミスタ・ケイシーはそんな甘ったるい題材なんぞ見向きもしないんだ、とスラッグが言う。

かの大詩人と同じくわたしも花をこよなく愛しておりましてね、とグッド・フェアリは言う。麗わしき花の香りは強壮剤に似て。花を愛でる、これぞまさしく美徳の大いなるあかし。

あたしが善しとするのは現実に即した主題なのだ、とケイシーは荒っぽく吐き出すように言い放つ。現実ばなれの洒落臭いもんなんぞ糞くらえだ。

彼はことさら荒っぽく草むらめがけて痰を吐きつけた。

あんたからみりゃ労働者なんてもんはどうでもいいってことなんだな、と彼は言い添える。

でもどういうものでしょうか、とプーカが丁重に問いかける。働く人というのは最も気高い存在だと思えるのですけれども。

考えてもみなさいよ、彼らときたらやたらにストライキをやってるじゃないか、とグッド・フェアリは切り返す。気高い存在か何かは知らないけれど、彼らが打つストのせいでこの国はすっかりがたついている。食べ物の値段にしたって、今では二ポンドのパンが六ペンス半もしているのだ。

猥雑なる臆測だなんてよく言うよ、とショーティはまだこだわっている。いえね、まったくの話、藪んなかであんたが何をやってたか、こちとらお見通しなんだぜ。

ベーコンにしたっておんなじだ、とグッド・フェアリが言う。あきれたことに一シリング九ペンスときた。

労働者なんてくたばっちまえ、あんたそう思ってるんだな、とケイシーは言う。くたばれ労働者ってところか。

働く人、仕事する人に大いなる敬意を抱いています、わたしは、とプーカが言う。

そのとおり、あたしもだ、とケイシーは声を大にして同調する。あたしは彼ら、あたしの仲間である彼らの思いを常に代弁している。あのときあたしが朗誦していたのは自作の労働者讃歌であった。ストもさることながら雇用条件条令というものまである、とグッド・フェアリが言う。階級闘争的な傾きのある立法だ。あきれたことに給料まるごと貰って休みがとれるというのだからな。資本家たちが国を出て行ってしまうのも無理のない話だ。おつぎは過激な革命的左翼がのさばるってわけか。わたしは働く人に限りない敬意を抱いている、とプーカが言う。彼らをそしる言葉なぞ聞きたくもない。彼らこそそれぞれの家族を支えるバックボーンなのだから。

ポケットにおさまっているそこの人、言っておくがね、減らず口を叩くのもいい加減にするがいい、とケイシーが荒っぽく言う。何様か知らんが高を括ってるとぶん殴ってやるぞ。

やれるものならやってごらん、あんたにゃ無理だろうけどね、とグッド・フェアリは応じる。

プーカは爪を長くのばした両手を広げ、毛むくじゃらの鼻の孔をふくらませ長々と鼻息を鳴らして執《と》り成し宥《なだ》めようとした。

まあまあ紳士がた、と彼は言う。喧嘩腰になるほどのことではありますまいに。

藪んなかでのことがあんたの言うとおりだってえなら、とショーティが言う。そんならさっさとその見本の一つ二つ聞かせてもらおうじゃないか。さあ、やってくれ。

詩人の険しい顔がゆるんだ。

ぜひにと言うのならやってもいいがね、と彼は言う。

詩の朗誦は誰でも出来るというものではない、とグッド・フェアリが言う。それ自体、立派な芸術なのだからな。ロンドンあたりでは韻文朗吟術と称しているくらいなのだ。

あいつの嫌味な台詞なんぞ聞き流せ、とスラッグが言う。さあ、やれよ、ケイシー。ワン、ツー……

ケイシーはまず腕を派手に振りかざしてから一本調子のがらがら声で自作詩を唱えはじめた。

集まり来たれ逞しき若者よ麗わしの乙女よ集《つど》えこぞりて
マクルームの若者よ来たれストラベインの娘と
聴けわが歌に耳傾けよ心して――
われは歌う、働く者こそ神の寵児なりと。

領主、貴族、権力ある人たちは知らぬ
見よ高き身分の優雅なる人びとを
栄華を誇る彼らは知らぬ
働く者こそ神の寵児なるを。

フランスよりスペインへ、華奢なる
オランダより遥かなる日本の岸辺へと
到るところにてわれらが仲間は唱える
働く者こそ神の寵児なりと。

大地に汗し荷馬車を駆る
見よ善良にして逞しく心ひろき仲間を
かたき握手をかわす彼らは知る
働く者こそ神の寵児なるを。

領主そして貴婦人たち、美しく装いなせる
高き身分に満ち足りし人びと
されどわれらがスローガンは宣言する
働く者こそ神の寵児なりと。

おみごと！　とスラッグが叫んだ。すばらしい、まったくたいしたもんじゃないか。

ブラボー、とプーカは如才なく付き合う。

ケイシーは両手を差し出して彼らを制し、静まったところで今度はその手をさかんにひらひらさせた。

結びの一節がまだ残ってる、と彼は声を張りあげた。さあ、諸君、声を合わせて。

仕事する人、働く者、フレーフレー、
労働者万歳フレーフレー、
大地に汗して励みに励む、
働く者こそ神の寵児！

いいぞ、いいぞ、とスラッグが激しく手を叩く音は森のなかの切り開かれたこの一画、陽光ふりそそぐこの一画に響き渡った。それに促されて一同拍手喝采するのであった。

いわゆるバラッドというやつですな、とグッド・フェアリは所見を述べ、ギリガン神父のバラッドなる詩を御存知かなとプーカに語りかけた。

たしか中学校の教科書に載ってたんじゃないかな、とプーカは言う。残念ながら読んでない。あいにく中学までは行かなかったもんで。

まことに好もしい宗教的作品なのだ、とグッド・フェアリ。

励みに励め、か。ショーティは立ちあがり服の汚れを払い落とした。

ミスタ・ケイシーの詩も拝聴したことだし、そろそろ出かけようではないか、とスラッグが言う。

出かけるって、どこへ？　とケイシーが訊ねる。

ちょっとした祝い事があってね、そのパーティへ出向くのさ、とショーティが言う。ポケット一杯の贈物、大地の実りを詰めこんで。

一同はゆっくりと歩き出した。詩人は先程まで秘密会を催していた藪のほうにちらり最後の一瞥を与えた。そこに集って詩人の歌のあれやこれやを歌いかつは吟じていたのは鋳掛《いか》け屋、香具師《やし》、高利貸し、乞食、どぶ浚《さら》い、掃除人夫、そのほか各種各様の下積み連中。

ポケットのなかのあんた、と詩人が呼びかけた。あんた飛べるかね？

まあね、とグッド・フェアリは答える。

じゃあひとっ飛びしてうちのかみさんに伝えてくれないか、あたしの晩飯はいらないって。やってくれるだろうな。

わたしをいったい何だと思ってるのだ、とグッド・フェアリはか細い声に精一杯の怒りをこめて切り返す。伝書鳩じゃあるまいし。

やつを怒らせたいんならイタチって呼んでみろよ、とショーティが言う。さっきそう言ったらおっそろしくむかついてたぜ。

どうでしょう、ミスタ・ケイシー、とプーカがとっさに口をさしはさむ。わたしの妻はカンガルーだってことあなたどう思います？

虚をつかれた詩人は目を丸くした。

何ですって？　どういうつもりなんです、そんな妙な質問をするなんて？

ただちょっと伺ってみただけでして、とプーカは言う。

カンガルーですって？　ニンジンみたいな赤毛ってことなら珍らしくもないでしょうがね。あんた本物のマースーピアルのことを言ってるのかな?

恐れ入ったね、とスラッグが言う。マースーピアルときた。

しっ、静かに、とグッド・フェアリがせきこんで一同を制した。あの木陰に人がいるぞ。

どこに? とショーティ。

遠すぎてあんたには見えまい。木々の幹を通し枝を透かしてわたしには見えるのだ。

それで、マースーピアルっていったい何なのです? とプーカが訊ねる。

見えはするのだが、はっきりとは分らない、とグッド・フェアリが言う。半マイルほど離れているのだ。マースーピアルというのはですね、有袋目の哺乳類のことです。つまり、生れつき袋がついていて、そこへ子供を詰め込んで歩きまわる、そのての動物のことを言うんですよ。

あんた翼があるんなら、と詩人は詰め寄る。ひとっ飛びしてくれてもいいじゃないか。そこのポケットに納《おさ》まって、あたしたちには見えないものについて話したり下らん講釈ぺらぺら喋り散らしたりしないでさ。

それがマースーピアルというものだとしたら、とプーカが丁重に問いかける。カンガルーとどこが違うんです? はっきり言ってカンガルーという言葉のほうが通りがいいと思うんですけれど。

わたしをいったい何だと思ってるのだ、とグッド・フェアリは切り返す。鷹じゃあるまいし。そりゃまあ気が向けばひとっ飛びくらいするけれど、さもなきゃお断りだね。ところでマースーピアルとカンガルーとの違いですけれど、前者は生物分類上の目《もく》を、そして後者は属を表わしている、つまり前者は総称、後者は特称という次第です。

木にカンガルーがへばりついてるなんてのはどうかな、とスラッグが言う。この国じゃカンガルーは木に登ったりしないがね。

事によるとあちらの木の上にいるのはわたしの家内かもしれません、とプーカが言う。あれには鳥と相通ずる点がありまして、ホーキの柄にまたがって空を行くことができるのです。そういう女ですからわれらが旅路の先を越すくらい難なくやってのけられるはずです。

ホーキの柄にまたがって空を飛ぶ鳥の話なんて聞いたこともないぜ、とショーティが言う。

家内が鳥だとは言ってません。

まるっきり魔女ですな、あんたの奥さんは、とグッド・フェアリが言う。今朝ほどあんた言ってましたね、かみさんを連れて行きたいって。

鳥ではない、カンガルーです、とプーカはおもむろに言う。カンガルーなんです。

もしかすると鳥じゃないかな、あの木にいるのは、とショーティが言う。

森に鳥は付き物だけどね、とスラッグが言う。

そうさな、とグッド・フェアリが不機嫌な声を出す。わたしの見間違いだ。人ではない。四十雀。シジュウカラか、もしかするとミソサザイ。

ショーティはさっと拳銃に手をやった。

あんたあの木のことを言ってるのか、と彼は叫ぶ。向うのあの木だな、そうだろ？　たしかに何かいるぞ、あの木には。

グッド・フェアリはうなずいた。

訊かれたことに答えたらどうだ、このちびのろくでなし！　とショーティがわめく。

そんなに声を張りあげなくてもいいじゃありませんか、とプーカは執り成し顔に仲に入る。そんな下品な言葉遣いをすることないでしょうに。たしかにあの木のことを言ってるのです。彼はうなずいたのですよ。頭をわたしの腰にぶつけたのですから。

黙ってないで自分の口でそう言えばいいじゃないか、と言いながらショーティはもう一挺の拳銃を抜いた。

わたしがこのポケットから出て行くとなればだな、とグッド・フェアリはか細い声で言う。そうなるとただじゃすまない、あんた痛い目にあうことになる。わたしの我慢にも限度というものがあるのだ。

そこの木から降りてこい、とショーティがわめく。降りてこいよ、ごろつきめ！

おさえて、おさえて、短気を起すな、とスラッグが言う。相手が誰であれ何であれじっとしてるものを射つなんてとんでもないことだぞ。

あれが誰であれ何であれ男ではない、と詩人が見解を述べる。ズボンをはいておらんのだから。マースーピアルかもしれないな。

わたしにはまだその区別がはっきりしないのですが、とプーカが遠慮勝ちに言う。勿体ぶったマースーピアルよりもむしろもっと親しみ易い言葉のほうがましじゃないでしょうか。

二秒待ってやる、さっさと降りてこい。どやしつけながらショーティは二挺拳銃の撃鉄を起す。さもなきゃ死体になって降りてくることになるぞ！　テンまで数えてやる。ワン、ツー……

肉体がないのはわたしにとってもっけの幸い、とグッド・フェアリが言う。この男みたいにいかれた暴れん坊ときたら射ち甲斐のあるものが目に入るやいなやそれが何であろうとみさかいなしに拳銃を振りまわすのだから。これでは誰にしたって無事にはすみますまい。ところでカンガルーなる用語は特称であるからして、マースーピアルつまり内包する意味の広い総称マースーピアルに包み込まれるのです。

ファイヴ、シックス、セヴン……

なるほど、とプーカが言う。マースーピアルには袋があってカンガルーはその中に包み込まれている、そういうことですね？

テン。ショーティの決然たる声。これが最後だ、さあ降りてこい。

密生する緑葉がさらさらと鳴った。夏の微風が麦畑を吹き渡るかのような耳に心地よい葉擦れ——ひそやかに動くもののかすかな気配。頭上から旅人たちに語りかける声がする。底知れぬ倦怠を漂わせ悲愁を帯びたその声は嘆きの歌を力無く口ずさむ。

われはスウィーニー、悲しみのイチイの枝にありて

瘦せ衰えしスウィーニー、
ここなる暮しは侘《わび》しさのかぎり、
哀れ哀れ愁いにみちて。

灰色の枝はわれを痛めつけ
わが腓《こむら》を突き貫く、
ここなるイチイの高き枝にわれは宿る
チェスの楽しみも女を愛する喜びもなく。

人間は信ずるに足らず
人の世の事は頼りにならぬ、
夕餉《ゆうげ》にオランダ芥子をとるほかは
この高みより降り立つことはあらじ。

こりゃぶったまげた！　とスラッグ。
ショーティはつばきをごくり飲み込むと二挺拳銃を頭上に振りまわした。
降りてこないってのか？

あの方なら知っていると思います、とプーカが丁重に口をさしはさむ。わたしの思い違いでないとしたら、あちらはたしかにスウィーニーとおっしゃる方ですよ。ふむ、それに相違ない。射つ？　射たない？　どうすりゃいい？　ショーティは円《まる》い当惑顔を一同の前に突き出し、彼らの検分に供した。

ラハンガンのスウィーニー一族のことを言っておられるのか、とグッド・フェアリが訊ねる。それともスウォンリンバーのスウィーニー一族か？

その物騒なしろものをおろしたまえ、とケイシーの鋭い声が飛ぶ。今のあの声、あれはまっとうな詩人の声であった。神かけて言う、あたしは声さえ聞けばそれがまっとうな詩人かどうか分るのだ。詩人に手出しするなかれ。あたしもまた詩をものしうる身であるが故に、同じ途を歩む人物に敬意を払うのだ。その拳銃をしまいたまえ。

違います、とプーカが答える。

それともキルティマーの亜麻色髪スウィーニー一族か？

かなりの年寄りだ、とスラッグが言う。あんな具合に老人が枝にへばりついているんだ。とても見過すわけにはいかんぞ。このまま通り過ぎてしまったら、ひとりぼっちの老人のことだ、いつなんどき加減が悪くなるかもしれんし、発作か何か起すかもしれない。それでも平気でほっておこうってのか？

へど吐くってこともあるだろよ、とショーティが言う。

それも違います、とプーカは丁重に答える。

ではファーンズとポリス・イン・オッサリのマクスウィーニー一族か？

そのときであった、深手を負った仔牛の悲鳴に似た胸も張り裂けんばかりの叫び声があたりの空気をつんざいたのは。揺れ動くイチイの枝が激烈な怒声を発した。目の細かい網さながらに密生する針状の葉を震わせて狂気の男がこぼれ落ちてきた。それはあたかも泣きわめきながら緑の雲を貫いて落下する黒い隕石、あるいは人間ハリネズミの如くであった。彼の右乳首はむきだしになり、傷だらけの背中には茨と小枝が一面にへばりついていたが、それでも苦痛にゆがみ芥子菜の切れ端がこびりつく口は聞き取りにくい声で奇妙な詩句を唱えつづけている。その体のあちこちに生え残る羽毛が擦り切れ薄汚れているのはこれまでの暮しの厳しさを物語っているのであった。

こりゃどうだ、降りてきた！　とスラッグが大声をあげた。

それも違います、とプーカは周囲の物音に負けじとひときわ高い声で言う。

となるとハロルズクロスのオスウィーニーか？

ジェム・ケイシーは痘瘡《とうそう》跡だらけの臀部をあらわにしている堕ちた王のかたわらに跪き、聞こえているのか否か定かではない彼の耳の孔につぎからつぎへと質問を吹き込み、恐ろしいほどの切傷を負った彼の胸にびっしり刺さっている小さな棘を心ここにあらずという風情で機械的に抜き取っている

——詩人に語りかける詩人、吟唱詩人仲間の棘を抜く吟唱詩人の図。

息遣いが荒いな、楽にさせてやれ、とスラッグが言う。

あの近くに寄ってくれないか、とグッド・フェアリはプーカに言う。巣から落ちた鳥みたいな男の様子をもっとよく見たいのだ。

承知しました、とプーカは丁重に言う。

あの男の名前は？　とグッド・フェアリが訊く。

プーカはじれったそうに親指を宙に鋭く突き立てた。

スウィーニー、と彼は答える。出血している脇腹につける薬はただひとつ――苔。たっぷり苔で包みこめば血もとまる。さもなきゃ死んじまう。

どんぴしゃそのとおり、とスラッグが言う。苔をたっぷりだな。

手当り次第に集めた苔やら新芽やら茎やら緑草やらを外科医が使うスポンジのようにスウィーニーの脇腹にぱっくり開いた傷口に当てる。ねっとりした血が滲み出す。スウィーニーはとりとめのない詩句めいたものを呟いている。

群衆のなかにありしわれ
ロナンを激しく罵りしとき
かの聖職者われに告げたり
鳥とともにこの地を去れと。

われはスウィーニー、痩せ衰えしスウィーニー、
苺《いちご》の深紅色、芥子菜の緑、
わが唇を彩るはただこの赤と緑のみ。

イチイの枝の只中にありしわれ
苦しみのあまり心乱れ、
非情なる枝に鞭打たれ、
心ならずも落ちきたれり。

大丈夫ですよ、あんた、とケイシーは男の苔だらけの脇腹を優しく撫でさすりながら言った。そのうち痛みも消えるから。大丈夫、よくなりますとも、心配しなくても大丈夫。

弾丸一発お見舞いすりゃ、すぐさま痛みが消えて楽になる、とショーティが言う。それが神さまの思し召しにかなうお慈悲ってもんさ。

神かけてお願いします、とプーカが丁重ながら力をこめて言う。あなた、その弾丸発射機を元の場所に戻して頂きたい。流血の惨事への渇望など抑制してもらいましょう。かわいそうにこの人、加減が悪い。それが分らないのですか？

悪いってどんな具合なのかな？　とグッド・フェアリが訊ねる。

こっぴどく落っこちたもんだから、とスラッグが気の毒そうに言う。もしかすると首の骨を折っちまったかもしれない、どうですかね、ミスタ・ケイシー？

神経の糸が裂けたってことかもしれないぞ、とケイシーは言う。

酔ってるのじゃないかな、とグッド・フェアリが切り出す。のんだくれを気の毒がるなんて埒《らち》もないことだ。そうじゃないかね、あんた？

時たま喉をしめらすくらいなら問題ないと思いますよ、とプーカが答える。適量であれば結構なもんです。酒びたりとなると、そりゃもちろん――

草の褥《しとね》に力なく横たわる傷つける男は身じろぎをすると呟いた――

サワンの地を思いてわが胸はうずく、
五月ともなればあまたの野鴨
暗き森に飛び来たりて
生い茂る木蔦《きづた》に群なす。

うるわしきグレン・ボルケンの湖水
耳を澄ませば飛びかう鳥の歌、
早潮のかなでるこころよき調べ、

ああ、かの湖中の島、清澄なる川の流れ。
ケル・ルーイーのかの樹木、
ひとけなきかの宿りをわれは思う、
夏のはじめに宙を舞うツバメたちよ――
その手をどけたまえ！

酔っぱらってるな、やっぱり、とグッド・フェアリが言う。ほっときたまえ。

そりゃないですよ、あんた、とスラッグが言う。ひとかどの人物にしてもちょっとした熱のせいで取りとめのないことを口走ったりするもんだし、頑健このうえなしの男だって急性肺炎にやられようもんならにっちもさっちも行かなくなるんですからね。あたしの伯父のことですがね、いつぞや土砂降りのなかずぶ濡れになって戻ってきたと思ったら、二時間もすると家も崩れ落ちんばかりの大声でわめき出したもんだった。まずこの人の脈をとってみよう。それに、熱を計りたいのだが、誰かサーモミタの持ち合わせはないだろうか、そう、体温計さ。

サングラスならありますけど、少しは役に立ちますかね、とプーカが丁重に訊ねる。

この老人に必要なのはアルコールだ、とグッド・フェアリが言う。一杯のジンとこくのあるビール一壜、さぞかし利くであろう。

あんたにはさぞかし利くんでしょうよ、とケイシーが言う。誰か手を貸してくれないか。この人を連れて行かなきゃならん。哀れな老人をこんな茂みに置き去りにしようものなら、あたしなんぞは恥ずかしさの余り死にたくなるってもんだ。さあ誰でもいい、手を貸してくれ。

仰せに従うとするか、とスラッグが言う。

頑強なるおのこ両名、健全なる身の幸せを思いつつ、筋骨隆々たる腕を手負いの王の腋窩《えきか》に当てがう。鼻息荒き両人の顔は紅潮し、踏みしめたる足は泥土に沈む。かくて狂気の人を引きあげ、萎えしその足にて立たしめんと力を尽す。

羽に気をつけろよ、とかすれ声のショーティが言う。おんどりの羽を逆立たせるのは禁物っていうからな。

狂気の人の目蓋は陽光の直射を受けてはためき、守り手二人に抱かれてゆらゆらふらふらよろめき歩く彼の口からはぶつぶつと何やら詩句めいたものが洩れ出るのであった。

あまたなる飛翔の果てに
わが着衣無きに等し、
ここかしこ山の頂にありて
われ心して独居を守りぬ。

おお　生い茂る羊歯《しだ》よ、
赤味を帯びて長きマントの如き葉よ、
見捨てられ流浪するわれに
せめてもの敷き藁を与えよ。

朝、祈禱の時に木の実と芥子菜を口にし、
昼、リンゴの枝より摘み取りしその実を、
夜、地に伏して冷たき水を——
痛いじゃないか、そんなにきつく腕を摑むな。

この男の口に緑の苔を詰め込みたまえ。グッド・フェアリの怒声が飛んだ。かかる話に耳傾けてわれらが生涯の残り時間を空費するつもりなのか？　このポケットはひどい臭いがするぞ。どうにもたまらん。いつもは何を入れておられるのかな、あなた？

別に何も、とプーカは答える。タバコだけで。

タバコにしては奇妙な臭いだな、とグッド・フェアリが言う。

一オンスにつき一ポンド六ペンスもする上物で、わたしは銀貨で支払います、とプーカは言う。パイプで吸いつけると結構な風合いだし、口に含んでも最高の味。いわゆる刻みタバコってしろものでしてね。

そりゃそうかもしれんが、とにかく奇妙な悪臭だ、とグッド・フェアリが言う。ここ、あんたのポケットのなかでむかついたあげく吐いたとしても、よろしいな、その始末はあんたにしてもらうことになる。

なんとかこらえてくださいよ、とプーカは言う。

速歩行進、さあ前へ、とケイシーがきびきびした口調で王を励ましている。その足を前へ踏み出すんです、そうすりゃ日暮れ前には寝床で横になれる。寝酒にウィスキーを一口あんたの喉に注ぎ込んであげましょう。

おまけにあんた、あったかくしたパンチ一杯とバターたっぷりのクリーム・クラッカー一袋にもありつける、とスラッグが言う。歩けば楽しみがあんたを待っているんだ、あんた、もっとしゃきっとしてくれさえすればね。

かくて二人は多弁駄弁のかぎりをつくす言葉の渦の只中にこの病者を巻き込み、甘言を弄し宥《なだ》めすかし、耳にこころよき美辞麗句を弁舌巧みに連ね重ねて言うことにはいずれ発酵蜂蜜酒メセグリンを飲ませてあげよう、ねっとりと黒ずんだ蜂蜜酒、山の蜂の巣から取り出した蜜に酵母を練りこんだ濃密なやつですよ、それにあらびき小麦粉製薄焼きケーキをじゃこうの芳香を発する蜂蜜酒とベルギー・シェリーに浸したのなんかどうです、そのケーキを口に運ぶとき滴り落ちる酒の一滴一滴に、果樹園そして蜜で腹一杯の柔毛をまとった蜜蜂の大群それから東方の国の穀倉から運びこまれた日に焼けて黄褐色に染まった穀粒がそれぞれ映し出されようというもんです、そしてタバコ、黒ずんだ強烈なやつを一服、それを吸いつけるパイプは桜材やら海泡石の上物、陶製パイプにヒッコリーの水ぎせる、スティールの柄つきパイプの火ざらはエナメル細工、このてのパイプの数々を光沢ある青ビロードの飾り箱やら大きなパイプ・ケースやらパイプ掛けやらに見栄えに工夫をこらしてずらり並べる。パイプ・ケースはがっしりしたヒマラヤ杉の枠組を良質の黒い人工皮革でくるみ、鳩の尾の形の線を連ねた縁取りをはじめとして精妙な細工を施した逸品で、良質セロファンに包み贈物として差し出そうものならどんなタバコ飲みだって心底しみじみ喜ぶだろうというしろものですぞ。二人はさらに甘い言葉を連ねて言うことには、いずれ豚の肋肉《ばらにく》ベーコンを食べさせてあげよう、生命の糧《かて》たるベーコンをたっぷりとね、それから肉汁したたるラム・チョップス、ずっしり実のいったジャガイモ、ブレスレットか花輪のように連なる褐色のソーセージ、バスケット二つに収めてあるのはメンドリの尻に手を当てて集めてきた生みたて最高の鶏卵だ。なおも二人は耳に快い言葉を重ねて言うことには、サラダとカスタードプディングも添えるとしよう、それから柔らかく煮こんだ大黄《だいおう》の根茎、これは整腸剤として飛びきりの卓効がある。オリーヴと団栗とウサギ肉のパイ、そして金串に刺してローストした鹿肉、おまけに肉厚のコップで濃いめの紅茶をたっぷりと。二人が言葉を続けて言うことには、弾性のあるイグサの上に白鳥の綿毛を注意深く敷きつめたふんわり柔らかい寝床を用意しよう、熊と山羊の毛皮をふんだんに使った天蓋付きの臥所《ふしど》だ、官能的悦楽をほしいままにする王にも似てオリーヴ色の豊満なる美女一千五百人を常時はべらせるとしよう、手にする大杯には渦巻き泡立つスタウトをあふれんばかりに満たして。眼前に跪くは鎖につながれし囚人たち、死一等を減ぜられんことを願って悲痛なる声をあげ、打ちひしがれし敵将は白目をむいて怖れおののく。寒夜にはさかんなる炉火に温められてゆったりと眠りに就き、心地よき忘却の時を楽しむ、そう、王侯にふさわしき夢幻の境に遊ぶのだ――二人はつぎからつぎへと語りつぎ、そして、一同は荒地の薄暗がりを縫って進み、不意に頭上が開けると明るい日差しを浴びたりもするのであった。

こいつはひどい、とグッド・フェアリが言う。このポケットの悪臭、とてもたまらん。

そういうことなら、とプーカが言う。ほかのポケットに移るなり、そこから出てきて歩くなりすればいいじゃないですか。

ほかのポケットの臭いにしたって、とグッド・フェアリは切り返す。ここよりもっとひどいかもしれないじゃないか。

一同はなおも歩きつづけていたが、夕闇が迫るころ暫く足をとめて栗の実とココナツを食べ森の泉の清澄な水で喉をうるおした。歩くときも食するときも、彼らは対位法的な会話に興じていた。すなわち、相互に関連のない複数の話題が同時に展開されたのである。スウィーニーもまたみずからの窮境を嘆く詩句吟唱に専念している。闇が色濃くなってきた。彼らは立ちどまりマッチを擦って火をつけた松明《たいまつ》を頭上にかざしつつ、またもや絡み合う枝をかきわけ草踏みしだいて先を急ぐ。松明の火に赤くきらめきながら流れ星のように眼前をよぎる蛾と蝙蝠は頭韻詩を思わせる快いリズムを刻む。燃えさかる炎に惹きつけられた梟やら甲虫やらあるいは針鼠の一隊が彼らを護衛するかのように暫くは同行していたが、それぞれに行先きのあてがあるとみえていつしか底知れぬ闇に姿を消すのであった。旅する一行は時として仲間うちの単調な話にうんざりすると懐しい古風な歌を唱和し、蠅が飛び交う空気を肺臓いっぱいに吸い込んで、眠りに就いている木々も目覚めよとばかりに声を張りあげた。彼らは歌った、「牧場のわが家」を、大草原を行くカウボーイお気に入りの歌の数々を。低くハスキーな声を合わせて彼らは歌った、耳になじんだ民謡を、生れ故郷に古くから伝わる吟唱詩歌を、一曲ごとにむせび泣きに似た思いをこめて。声を限りに輪唱歌、合唱曲、追復曲、謎かけ典則曲を歌った。「ティペラリ」と「ネリ・ディーン」と「古いリンゴの木の下で」を歌った。キューバのラヴソングと叙情的なマドリガルと名作オペラの数々を歌った。プッチーニ、マイアベーア、ドニゼッティ、グノー、マスカーニ、そしてバルフ「ザ・ボヘミアン・ガール」のアリア、さらにはパレストリーナの宗教声楽曲を彼らは歌った。シューベルトの歌曲二百四十二篇をドイツ語で歌い、かの「月光の曲」ベートーヴェンの「フィデリオ」のコーラスと「蚤の歌」とバッハ・ミサ曲を歌い、モーツァルトおよびヘンデルの軽やかな調べの数々を歌った。星空に向って（とは言っても絡み合う木の葉と枝が頭上を覆う屋根となっているので星は一つとして見えないのだが）、彼らはオッフェンバッハ、シューマン、サン＝サーンス、グランヴィル・バントックなど思い出せるかぎりの楽曲を雷鳴よろしき勢いで歌いあげた。さらにはカンタータ、オラトリオなど聖なる宗教音楽をつぎつぎに歌い継いだ——アレグロ・マ・ノン・トロッポ、ラルゴ、そして、アンダンテ・カンタービレ。

日が昇ってからだいぶたったというのに、音楽に心を奪われている一同は暗い藪の中を進みながらなおも意気さかんに歌い続けていた。いつもより早く目覚めたかと思われる太陽はすでに木々の梢の緑から夜の黒い名残りを拭い去っている。突然、開けた場所に出た彼らは昼の日差しに愕然として互いに激しく罵り合った。相手かまわずわけもなく生れが卑しいだの育ちが悪いだのと痛烈な毒舌をぶつけ合いながら遅い朝食をとろうとして酸塊《すぐり》やら山査子《さんざし》の実やらを集めては帽子のなかに詰めこんでいる。以上の叙述、暫時中断。

伝記的回想――その七。今でも憶えている。あれは早春のある晩のことだった。九時ごろ伯父の家に足を踏み入れたとき、それまで耽溺していたアルコール性液体の影響によりぼくの知覚能力の鋭敏な先端はいささか鈍化していた。周囲の状況をそれと明確に把握しないままにぼくは食堂の中央に佇んでいたのである。ぼくに向けられた幾つもの顔はいずれもいぶかしげな、もの問いたげな表情を浮かべている。そのなかにぼくはやっとのことで伯父の容貌を見出した。

容貌の特徴。赤色、猥雑、粗野、脂肪質。

四人の客たちのまんなかに席を占めている彼は刺すような目をぼくに向けている。ドアの方に戻ろうとするぼくに彼は声をかけてきた。

出て行くには及ばない。諸君、あたしの甥です。この際われわれにも書記が必要ですな。坐りたまえ。

おだやかな共感の呟きが聞こえた。その呟きはぼくが同席することをその場の全員がよしとしているあらわれなのだ。ぼくはテーブルにつき、胸ポケットから青エンピツを取り出した。伯父は黒いノートを暫く調べていたが、やがてそれをぼくの方に押しやりながら言った。

これを使うがいい。

それを手にしたぼくは見開きに記されている書込みに目を通した。伯父の角張った几帳面な筆跡である。

書込みの内容。焼きあげたパン十八。平鍋焼きパン二（平鍋一つ分か?）。チーズ三ポンド。ハム五ポンド。紅茶二ポンド（一ポンドと四オンス）。デコレーションケーキ二ペンスと三ペンス（四ペンス?）。ロックケーキ十八箇。バター八ポンド。砂糖、ミルク（各自拠出?）。松脂《ロジン》。D・W・Dウイスキーのボトル?・?・?・本。陶器類賃借料一ポンド。破損見越し高など予備費? レモネード。およそ五ポンド。

伯父は眼鏡ケースをぱちんと閉じて切り出した。

ミスタ・コナーズ、話の続きを……

ああ、そうですな、とミスタ・コナーズが応ずる。

ぼくの左側に坐っている締まりのない体つきの大男は発言に備えて体を引き締め気を引き締めようとしているようだ。彼の鼻の下には口髭が勝手気儘な茂みをなし、生気のない眠たげな眼はあたかも耳、鼻、口といったほかの造作すべてから仲間はずれにされて途方に暮れているかのようにのろのろとした動きを示している。身をもがくようにして彼はやっとのことで背筋を伸ばす。

さてあたしの考えではこういうことになる、つまりですな、厳密に過ぎるは大いなる誤謬なり、要するにあたしはそう言いたいのだ。何事にも寛容が肝要。あたしが要求しているのは昔なじみのワルツ、ただそれだけなのだ。ワルツを異国趣味、外国かぶれと看做すのは如何なものか。これもまたアイルランドのものなのだから。何事にも寛容が肝要。ゲール語同盟は……

異議あり、と別の男が言葉をはさんだ。

伯父はテーブルを激しく叩いた。

違法ですぞ、ミスタ・コーコラン、と彼は言葉を荒くする。議事規則を遵守したまえ。発言権は今ミスタ・コナーズにある。よろしいか、わが委員会は審議中なのだ。うんざりだな、これは正規の委員会であってしかも現在審議中なりと何回も念を押さなきゃならんとは。とにかく手続きってものが、議事規則ってものがあるわけで、なんにしても規則に準拠して事を進めなければならないのですぞ。ミスタ・コーコラン、あんたは議事手続きに関する問題について発言を求めておられるのか？

そのとおり、とミスタ・コーコランは言った。背が高く痩せぎすなミスタ・コーコランの色白の顔には見覚えがある。その薄茶色の髪は薄くてぱさぱさしている結構、議事手続きに関する発言ということであれば、まことに結構。手続き問題について発言を求めておられるのであれば問題はない。続行。

えっ？　とミスタ・コーコラン。

続行。続けたまえ。

ああ、そうですな。ワルツ。そうでしたな。あたしとしてはワルツには同意しかねる。そりゃもちろんそれ自体がけしからんと言ってるわけじゃありませんよ、ミスタ・コナーズ、ワルツそのものには不都合、不穏当な点はないんだが……

発言は議長に、議長に対して発言したまえ、と伯父が言った。

いずれにしてもケーリー（アイルランドにおけるダンスの集い）にふさわしくない。言いたいのはその一点だけです。ケーリーはケーリー。つまり、われわれにはわれわれ自身のダンス曲があるということなのだ。自前の衣服がたっぷりあるというのに、わざわざ通りを渡って向いの家に服を借りに行くなんておかしな話じゃないか。おわかりかな？　ワルツについてどうこう言うつもりはないが、われわれ向きじゃない、そういうことなのさ。あれはジャズに夢中の若者たちにまかしときゃいいんだ。あの連中が勝手に熱を上げようとこっちの知ったこっちゃない。

反論があればどうぞ、ミスタ・コナーズ、と伯父が言った。

問題の決着はそちらに任せます、とミスタ・コナーズは言った。こちらはひとつ提案しただけなのですから。ワルツには不都合、不穏当なところはない、何ひとつとしてない、それが分って頂ければそれでもう結構。若くはないがこのあたしもワルツを踊ったことがありましてね。こちらのミスタ・ヒッキーだって、そして、ほかの皆さんにしてもそうですよね。異国伝来のものなるがゆえに好ましからずとするのは理屈に合いませんよ。

あたしが踊ったって？　いつ？　とミスタ・ヒッキーが言った。

ミスタ・ヒッキーにかかわる描写的記述。顔色は黄ばみ、髪は黒、肉落ち、老人くさし。眼と顎の皮はたるんで垂れ下がる。発言はゆったり、生真面目。

質問の趣旨は個人的釈明要請なのですか？　と伯父が質問した。

そう、とミスタ・ヒッキーは言った。

結構。

二十三年前、ロータンダ・ガーデンで、とミスタ・コナーズが言った。たいしたもんでしょう、あたしの記憶力ってのは。

たいしたものです、とミスタ・ヒッキーは言った。

彼は穏やかに微笑している。口をすぼめてゆるい入れ歯をかたかたさせながら、過ぎ去った歳月をじっくり顧みている。握りしめた両手の白い甲を見つめる眼はふさふさとした眉毛の下にかくれていた。

ミスタ・フォガティ？　と伯父が言った。

ミスタ・フォガティは円満な円顔の中年男だ。値のはる上等の服を着用し、落着きはらって一座のそれぞれに満遍なくほほえみかけている。

そちらにお任せしますよ、ミスタ・フォガティにはおかまいなく、とミスタ・フォガティは軽やかに言った。

ゲール語同盟はワルツ反対の態度を示している、とミスタ・コーコランが言った。聖職者たちの意見も同じだ。

それはどうかな、そんなことないんじゃないかな、とミスタ・コナーズが言った。

違法ですぞ、静粛に、と伯父が言った。

そんな話なんて聞いたこともない、とミスタ・コナーズは言いつのる。あんたの言う聖職者ってのはいったいどちらの？

伯父はまた声を張りあげる。

静粛に、と彼は繰返した。議事規則を守りたまえ。

聖書にかけて、ミスタ・コーコラン、正確なところどの聖職者のことなんだ。

もういいじゃないか、ミスタ・コナーズ、そのあたりでもう。われわれは委員会審議事項にそろそろ賛否の決を採らなきゃならん。ワルツに賛成する諸君はアイと言ってくれたまえ。

アイ！

反対の諸君はノー。

ノー！

否とする者多数と認める。

挙手採決を、とミスタ・コナーズが声をあげた。

挙手採決の緊急動議、これを認め、書記を集計係に任ずる。賛否の決を採るにつき諸君の挙手を要請する。

挙手採決集計結果は賛否いずれも一票ずつであった。有権者の一部は棄権したのである。

あたしのキャスティングボートは、と伯父は声高に言った、否決に賛成。

これで一件落着か、とミスタ・コナーズは失意の吐息をつく。

適切なる処置がとられた以上さらなる時間浪費の要はない、と伯父が言った。さて、彼の到着はいつになるのか？　ミスタ・ヒッキー、詳細はあんたが心得ているはずですな。

不意をつかれてどぎまぎしながらミスタ・ヒッキーは顔をあげ、質問に答える。

彼が乗った定期船はコークに十時、ということはつまりキングズブリッジには七時ごろ着くということになる。

なるほど、と伯父は言った。ということはつまりホール到着は九時ごろになるということですな。ひといき入れてひとくち食事するとしても九時には到着か。それまでには——さよう、九時までには準備万端整えて——さてと、歓迎委員会の件だが。次の諸氏をその委員に任命する、すなわちミスタ・コーコラン、ミスタ・コナーズ、そしてあたし自身。

あたしはなおも要求する、ミスタ・コーコランが問題の聖職者の氏名を明示するようあたしは敢えて要求するものである、とミスタ・コナーズが言った。

その要請は議事手続きに反する、と応じた伯父はぼくの方に向き直って言った――歓迎委員の名前は書き留めたか？

ええ、とぼくは答えた。

結構。さて、彼の来場に当ってまずあたしが簡潔な歓迎の辞を述べるべきでしょうな。短く、しかも要を得た挨拶。出だしはもちろんアイルランド語。ふたこと、みことアイルランド語で切り出すって寸法だ。

なるほど、とミスタ・コーコランが言った。それから階段には赤いカーペット、これもお忘れなく。慣例ですからな。

伯父は眉をひそめた。

それはどうかな、と彼は言った。どんなものかな、赤いカーペットというのは少しばかり……

同感ですな、とミスタ・ヒッキーが言った。

なんというか少し……そう、ほんのちょっと……

わかる、わかる、あんたが何を言いたいのか、よくわかります、とミスタ・コーコランが言った。

わかってくれるかな、あんまり仰々しいのは如何なものか、あたしが言いたいのはそこんところなのだ。とにかく異境をさまよっていたわが同朋の帰郷を迎えるのだから……

そう、彼にしても大袈裟なのはかえって迷惑かもしれないし、とミスタ・コーコランが言った。

あんたの赤カーペット発言だが、自分の意見を率直に述べるのはもちろん望ましい次第ではある、と伯父は言った。さて、これで決まりだな。親しみのあるアイルランド的歓迎といこう。ところで考慮すべき重要案件がもう一つ残っている。すなわち、内なる胃の腑《ふ》にかかわる件だ。われらが信頼すべき書記にあたしが作製した必要品目見積り表を読みあげてもらうとしよう。ここに書記の発言を許可する。

ぼくは委託された黒いノートブックの内容をか細いながら明晰な声で朗読した。

あたしの考えではそれに加えてウィスキー一壜それにスタウト二ダースかそこらを記帳したほうがいいのではありますまいか、とミスタ・ヒッキーが言った。どっちみち無駄にはならないでしょうからね。

いや、まったく、とミスタ・フォガティが言った。お説のとおりです、たしかに。

それにしても彼は飲み物に口をつけないのじゃないかな、と伯父が言った。その点まことに厳しい人物と聞いているのだが。

そうは言ってもそんな人間ばかりではありますまい、とミスタ・ヒッキーは語気を強めた。

たとえば誰？　と伯父が問い返す。

たとえばも何もないじゃないですか、とミスタ・ヒッキーはむっとして切り返す。

ミスタ・フォガティの高笑いが張りつめた空気を震わせた。

書き加えたらどうです、議長、と彼はなおも笑いながら言った。書き留めておきなさいよ。われわれにしたってスタウトの一本くらい欲しいところだし、知人もかなり来るでしょうからね。まずは書き留めといて一件落着としたらどうです。

そうしますか、と伯父は言った。結構、まことに結構。

ぼくは会計元帳にこれら追加項目を書き加えた。

そうそう聖職者と言えば——いえね、議長、これは議事進行に沿った話なんですよ——ある聖職者をめぐって、とミスタ・コナーズは唐突に発言した。先日おもしろい話を耳にしたんだ。ミーズ州の教区司祭の一件でしてね。

よろしいか、ミスタ・コナーズ、あんたの話を聴いているのは同じ宗派の人たちだけじゃない、そのところを心得てくれたまえ、と伯父は厳しい声で言った。

心配しなさんな、とミスタ・コナーズは笑顔で請合った。その司祭がですね、若い聖職者を二人、食事に招いたんです。その二人ってのはクロンゴウズかどこかの助任司祭でして、よく見かける小利口な連中です。さて三人は食事にとりかかった。テーブルには丸々と太った若鶏が二羽、三人に若鶏二羽……

結構なもんですな、まったく、とミスタ・フォガティが言った。

妙な当てこすりは禁物ですぞ、と伯父が注意した。

心得てますよ、とミスタ・コナーズは応じた。さて、料理に手をつけようとしたまさにその時、教区司祭のところへ重病人に終油礼をとの依頼が飛びこんできた。司祭は二人の客人にあたしのことは構わないから存分にお食べなさい、あたしの帰りを待つには及ばないから、と言い残すと白馬にまたがって病人の許に駆けつけた。

結構なことで、まったく、とミスタ・フォガティは言った。

一時間あまりして戻ってきた尊師がそこに見出したのは皿に盛りあげられた二羽分のトリガラの山であった。肉はきれいさっぱりしゃぶり取られて一口分たりとも残っていない。彼は怒りを呑み込むしかなかった。なぜって。呑み込みたくても怒りのほかは何も残っていなかったからだ。これはこれは何とも恐れ入った助任司祭たちですな、と伯父はおどけた身振りで驚いてみせながら言った。

そういうこってす、とミスタ・コナーズが言った。しばらくするとこの二人、腹ごなしに少しばかり歩いてみたいと言い出した。そこで三人そろって裏庭に出た。時は夏、いい気候です。

結構なもんですな、まったく、とミスタ・フォガティが言った。

そこへ教区司祭のオンドリがやってきた。色あざやかな尾羽をかざす実にみごとな大ぶりのやつでして。堂々として得意げなオンドリを飼ってらっしゃいますね、と助任司祭の一人が言う。すると教区司祭はくるり振り向くとその若者をまともに見すえる。得意げなのも当然でしょう、と司祭は言う、光栄にも息子が二羽ともイエズス会士の身内におさまってるのですからな！

結構なこった、まったく、と言ってミスタ・フォガティは弾けるように笑い出した。

一同はそれに唱和して吠えるような笑い声をあげ、ぼくも爆笑の渦にひっそりとした笑いをまぎれこませた。

うまいじゃありませんか、とミスタ・コナーズは笑いながら言った。教区司祭はくるり振り向くと助任司祭をじっと見すえて言う――得意げなのも当然ですよ、光栄にも息子が二羽ともイエズス会士の身内におさまってるのですからな！

まったくうまいこと言うもんですな、と伯父が言った。ところでわれわれとしてはきれい好きできちんとした女性三名にパンの切り分け作業を依頼する必要がある。

あの、その件についてですがね、とミスタ・コーコランが言った。ミセス・ハナフィンとミセス・コーキーとはすでに話がついています。貧しくはあっても卑しからぬきれい好きできちんとした御婦人たちです。

清潔であること、これが何よりも肝心、と伯父が言った。誓って言うが、パンについた親指跡くらいおぞましいものはないからな。その点、大丈夫でしょうな、ミスタ・コーコラン？

ええ、まことにきれい好き、かつ、きちんとしてましして。

ああ、まことに結構、と伯父は言った。この件はあなたに委せるとしよう。

彼は宙にかざした指四本を一本ずつ折り曲げて委員それぞれの役割確認にとりかかる。

サンドイッチと飲物、ミスタ・コーコラン、と彼は言う。ミスタ・ヒッキー、楽団員取りまとめ。

ミスタ・フォガティ、司会ならびにホーンパイプ吹奏。そして主賓接待はあたし。これですべてきまりですな。何か質問は、諸君？

われらが有能なる若き書記に感謝決議を、とミスタ・フォガティがほほえみながら言った。

ああ、なるほど、と伯父が言った。感謝決議、満場一致にて可決。ほかに何かないかな？なし。

まことに結構。本日の会議これにて終了。回想、以上の如し。


二項目遡上、叙述継承。旅するプーカとその一行にかかわるさらなる叙述。午後の四時をおよそ二十分ほど過ぎたころ彼らはレッド・スワン・ホテルに到着し、一階にある女中部屋の窓から人目につくことなく室内に入った。足音ひとつ立てず敷物に散り敷くほこりひとつ立てることもなく、すばやく彼らはミス・ラモントが出産の時を待つ寝室に隣接する小部屋に向う。その小部屋の壁際に彼らは多彩な進物・贈物の山を手際よく積みあげる――黄金色の大麦大束、大量のチーズ、酸塊《すぐり》と団栗とヤマノイモ、メロンとカボチャと栗の実、蜂蜜壺とオート麦パン、白ワイン入り陶器と泡立つラガービール入り磁器、酢漿草《かたばみ》とバタークッキーと粗挽き粉製ケーキ、冷やしたキューリ、麦わら編みの籠におさめたニワトコ酒の壜とその酒を注いだ海緑色のエッグカップ、壺形桶に入れた糖蜜と瑞々しい褐色のキノコ――いやまったく、かくして彼らは豊饒なる大地が産み出すありとあらゆる作物のあらんかぎりを供物として捧げたのであった。

切りがついたところでひといき入れようじゃないか、とスラッグが言った。誰か暖炉に火をつけてくれ。ミスタ・ケイシー、そこのドア、ノックしてみたらどうだい。その時が——分るだろう、どういう意味か——その時が来たかどうか確かめてみてくれよ。

このツルコケモモの実だがね、と言いながらショーティは褐色の親指を立てる。こいつを幾つか食っちまうってのは作法に背くってことになるのかね。

当然です、とグッド・フェアリが言う。手を触れるなんて論外です。それにどっちみちこれはツルコケモモではない。

ツルコケモモじゃないだって。利いた風なこと言うじゃないかお前さん、とショーティは切り返す。よく言うよ、この小利口な下司野郎！

ドアは錠がおりている、とミスタ・ケイシーが言った。

ツルコケモモではありません、とグッド・フェアリが言う。

残念なことです、とプーカは丁重な口調で言った。招き入れられるまでここで待機しているほかないようですな。どなたかアメリカ製マスターキーなど持ち合わせておられないだろうか？

一発ぶちこめばすっきり片がつくだろうよ、とショーティが言った。

そりゃまあそうだろうが、とスラッグが言う。だがね、ここでの発砲さわぎはご法度《はっと》、いいかそれを忘れるなよ。

とにかく鍵のたぐいは持っていない、とグッド・フェアリが言う。もっとも旧式懐中時計用の巻きねじは別です。ニキビを突つき出すのに重宝してますがね。

次第に勢いを増してきた暖炉の火は時に炎を高く舞い踊らせてカボチャの脇腹に横たわるブドウの房の黒く滑らかな肌を赤く染めた。

われわれとしてはですね、とプーカが切り出した。彎足を座部の下に隠すようにして肘掛け椅子に坐る彼はひとかどの政治家なみの慎重な微笑を浮かべている。われわれとして採るべき方策は率直にして柔軟なるものでなければならない、すなわち静観政策であります。

カードでひと勝負ってのはどう？　とショーティが言った。

なんだって？

ほんの時間つぶしにさ……

悪くない趣向ですな、とグッド・フェアリが言った。

わたしとしてはですね、とプーカが言う、金がからむ勝負事は如何なものかと思っているのですが。顔をそむけたまま彼はひっそりとひたむきにパイプにタバコを詰めにかかる。

ゲームにはずみをつけるためにわずかな金を賭けるというのであれば、と彼は言う、そりゃもちろん話は別ですよ。大して悪いことではありません。

なによりもまず時間つぶしにはもってこいですからな、とケイシーが言った。

とりあえずポーカーをひと勝負、とグッド・フェアリが言う。カードを配ってもらいましょうか。いいゲームというのはこたえられませんよね。

トランプ持ってるな、ショーティ？　とスラッグが訊いた。
カードはこの手に、とショーティが言う。みんな近くに寄ってくれ、あたしの腕の長さは一ヤード
もありゃしないんだから。ところで何人？
スウィーニーはどうするのかな、とケイシーが言う。あんた、やりますか、スウィーニー？
金は持ってるのか、スウィーニー？　とスラッグが訊く。
六人、とグッド・フェアリの穏やかな声。楽しみはみんな揃って。
ポケットのなかのあんた、と呼びかけるショーティの吠えるような声。ゲームに一枚加わろうって
んなら、あんた、そりゃとんでもない考え違いだぜ。
放心の態《てい》で椅子にもたれかかる狂気のスウィーニーは乳頭に口を開く切傷から頼りない手つきで血
に固められた苔を引きはがそうとしていた。目蓋をぴくつかせながら彼はせめてもの思いをこめて詩
句を絞り出す。
道急ぐ彼らわが眼下をよぎりぬ、ベン・ボルへの雄鹿たちよ、その枝角は空を引き裂きて、ええ、
やりますとも、もちろん。
で、あんたは？　とプーカはポケットに手を差し入れながら訊いた。あんたどうする？
ええ、やりますとも、わたしだって、とグッド・フェアリは声を張りあげた。もちろんやりますよ、
当り前じゃないですか。
金を賭けるんですぜ、とショーティが荒っぽく言う、どんな保証があるってんだ、あんたがその

……払えるかどうか。

わが名誉にかけて、とグッド・フェアリは言った。

たわいのないことを、とショーティが言う。

あんたにゃ手がないんだろ、とすりゃカードはどうやってとるんだ、それにポケットもないのに金はどこに入れてある、さあ聞かせてもらおうじゃないか、とスラッグが厳しく問いつめた。

諸君、とプーカは丁重に言葉をさしはさむ。難問題を論ずるに当ってわれわれは過度に辛辣かつ激烈なる言辞を弄せざるよう心しなければなりますまい。わがポケットの内なる当事者は非の打ちどころなき人物なりとこのわたしが認めないかぎりその場に留りえないのです。カード・ゲームを行うに際してイカサマあるいは債務不履行にかかわる容疑はいつのときもきわめて重大な意味を持つものですから軽々に告発するのは如何なものでしょうか。気品ある共同体であるならばその構成員は互いに相手の誠実さを額面通りに容認すべきであって、その反証があげられないかぎり異を唱えてはなりますまい。ではトランプをこちらに。あたしが配ります、六人ですな。そのうちの一人分はあたしのポケットに滑り込ませるとして。ところでダーモットとグラニアにまつわる昔話を聞かせたことがあったかな?

あんたが配りたいんなら、ほら、受け取るがいい、と吐き出すようにショーティが言った。額面通りだなんてよく言うよ、そいつには顔面《がんめん》もないんだろ。まったくねえ、面なし男とはみじめな奴じゃないか。

いいや、とグッド・フェアリが言う。そんなのは聞いたこともない。それが淫らな話であるならば、わたしとしてはもちろん聞く耳なしです。

爪の長いプーカの指がぎごちなくカードを切り混ぜている。

さあ、さっさと配ってくれ、とスラッグが言った。

下卑た話なんかじゃない、とプーカは言う。アイルランドの古い説話の一つなのだ。ずっと以前のことではあるけれど、このわたしもその話のなかでちょっとした役割を演じていてね。今ここでゲームをやっていると、昔のあのことがふと思い出されて——何人に配るのだったかな？

六人。

六人に持札五枚ずつ、三十か。偶数ってわけですな。このダーモットというのは女癖の悪い最悪の悪党だった。たまたまダーモットと同じ町に住んでいるとしたら、あんたの妻君にしたって決して無事にはすまないことになる。

さっさと配ってくれよ、とスラッグが言う。

だからと言ってまさか、とグッド・フェアリが言う。その男あんたのカンガルーと駆け落ちしたってわけじゃありますまい？　さあ急いで、ここにいるわたしにもカードを。さあ、さあ。

さてこれでよし、とプーカが言う。みんなに渡ったな。いや、あの男それはやらなかった。この話はわたしの結婚のめでたき日より以前の出来事なのだから。あの男、何を仕出かしたか——事もあろうにグラニアと駆け落ちしたのだ、フィン・マックールの妻君たるグラニアを連れ出しちまったのさ。

あんな大それた事をやってのけるなんてまったく大した男よ。

まったくひどいもんだ、ここの明かりときたら、とグッド・フェアリが言う。手札がほとんど見分けられないのだから。

だからってそこでマッチなんか擦りなさんなよ、とプーカが言う。わたしにとって火というのはまったく好ましからざるものなのだから。諸君、不用な手札を切ってもらいましょう。ミスタ・ケイシー、あんた何枚？

三枚。

三枚そちら行き、とプーカが言った。彼はさほど遠くまで行ってなかった、言うまでもなくその時すでにフィンは全速力で彼を追っていたのだ。冬のさなかの厳しさに恋する二人の逃避行は先を急げど意のままにはならなかった。

緑なす葉を束ねたる樹上の臥所《ふしど》は、とスウィーニーは語る。地に敷きたる酢漿草《かたばみ》、団栗《どんぐり》そして芥子菜の床にまされり、しこうしてわれ三枚を欲す。

ほらあんたに三枚、とプーカが言った。

手をあんたのポケットに差し入れてくれ、とグッド・フェアリが言う。左側のカード二枚を引き抜いて、それから二枚新しいのを入れてくれたまえ。

いいとも、とプーカが言う。ある闇夜のことだ、さすらう二人、かの婦人とダーモットはわたしの洞窟に迷い込み、一夜の宿を乞うた。よろしいか、当時アイルランド西部を仕事場としていたわたしの洞窟は海に面していたのだ。

あんたいったい何をしゃべくってるんだ？　とショーティが言った。賭けはまず三ペンスといくか。

いろいろとあったのだが、とプーカは続ける。そのあげくダーモットとわたしは問題の女性を賭けてチェスを一番さすことになった。グラニアはまったくのところおそろしくいい女だった。賭けは五ペンスにレイズといこう。

よく聞こえないぞ、とグッド・フェアリが不機嫌な声をあげた。何を賭けているんだ――女か。わたしは女なんぞに用はない。

五ペンスか、くそったれ、受けてやろうじゃないか、とショーティがわめく。

ダブルにしよう、とグッド・フェアリが言う。倍額十ペンス。

この段階で何人かは勝負からおりるとの意を表明した。

という次第でわれら二人はチェス盤についた、とプーカが言う。首尾よく白をもったわが客人はまずキングズ・ビショップ・フォーにポーンを進めた。どうやらバード流の序盤戦形をとる模様だ。これはロシアの名人たちが得意とする布局である。えーと、では一シリングといくか。

一シリング六ペンス。間髪を入れずショーティが言う。

同じく一シリング六ペンス、とグッド・フェアリが言う。

わたしの応手はすんなりキングのスリーにポーン。これは相手の出方を見きわめるため間合いをはかる一手で、然るべき実力者が一人ならず妙手なりと高く評価してくれたものだ。わたしもミスタ・

アンドルーズと同額一シリング六ペンスの賭けに応じましょう。

よかろう、あんたたち二人とも一シリング六ペンスでコールというわけだな、とショーティが言う。ほら、あたしの手役はスリー・キングズ、王様三人勢揃い。

悪くはない手のようですが、お気の毒ながら上には上がありましてね、とグッド・フェアリは喜びに声を上擦らせる。ポケットの中のここにはハートのフラッシュがおさまっている。さあ、取り出してしっかり見てくれたまえ。ハートのフラッシュだ。

ふざけた真似なんかするなよ、とショーティが怒鳴る。金がかかってるんだ！　妙な細工なんかしやがるとただじゃおかねえぞ。その手は食わんからな！　きたねえ手を使いやがったら、えり首ひっつかんでそのポケットから引きずり出して急所にけりを入れるからな！

彼が次にどんな手をさしたと思う？　とプーカは問いかける。誰にしたってとても信じられんでしょうな――キングズ・ナイト・フォーにポーン！　ところで、わたしのはフルハウス。場にさらせ。見せてくれ。

十が三枚と二のワンペア、とプーカは落着き払って言う。それに対してわたしがためらいもなく打ったのはルーク・ファイヴにクィーンの一手。一丁あがりってわけだ。さあ、諸君、きれいに払って頂こうか。そんなに浮かない顔をしなさんな。

いとしの一シリング六ペンスよ。ズボンのポケットを手探りしながらショーティは低く唸った。ルーク・ファイヴにクィーン、これでもちろん王手。二手詰み、世界記録なんだな、これが、とプーカが言った。おいおい、そんなに引っ張るなよ、ポケットが裂けちまうじゃないか。

あの、ちょっと、とグッド・フェアリは声をひそめて話しかける。ほんの二、三分でいいんだけれど、廊下に出て二人きりになれないかな。個人的なことで話し合いたいんだ。

なにぐずぐずしてるんだ、さあ、もうひと勝負、とスラッグは両手をもみ合わせながら言う。今度はこっちにつきが回ってくるからな。

ほらよ、一シリング六ペンス、とショーティが言った。

こりゃどうも、確かに、とプーカは丁重に言った。恐縮ですが、諸君、暫時の中座をお許し頂きたい。フェアリとわたしは個人的問題について廊下で話し合う必要が生じまして。もっとも隙間風吹き通るあのあたりは高雅なる会談にふさわしい場所ではありませんが。話がすみ次第二人して戻ってまいります。

彼は席を立って一礼し、部屋を出た。

どういうことですか。廊下に出ると彼は愛想よく訊ねた。

勝負に勝って問題の女性を獲得したあんたはそれから彼女をどうしたんです？　とグッド・フェアリは言う。差しつかえがなかったら知りたいのだけれど。

知りたいって、あんた、そんなことでわざわざ？

いや、その。実はですね……

一文なしなんだ、あんた！

仰せの通り。

かかる嘆かわしい行為をあんたは如何ように釈明するのか?

あのですね、カードで負けたためしがないんですよ、わたしはね……

だからどうなんだ、きちんと説明したまえ、きちんと。

そんなに大きな声を出しなさんなよ、とグッド・フェアリは驚きあわてて言う。みんなに聞こえちまうじゃないか。あの連中の前で恥をかくなんてとても耐えられない。

生憎《あいにく》なことに、とプーカは冷ややかに言う。わたしとしてはこの件を伏せておくわけにはいかない。公けにするのはわたしの義務なのだ。これがわたし個人にのみかかわる問題であるならば、もちろん別の態度をとることもできよう。しかし現在の状況においてはこうするより仕方がないではないか。仲間たちがあんたをゲームに参加させたのはわたしの推薦があってのことなのだ。ところがあんたはあつかましくも信頼を裏切り、わたしの名誉を汚した。かくなるうえは彼らがさらにあんたの食い物にされるのを黙って見ているわけにはいかない。したがって……

お願いだ、見逃してくれ、何が何でもみんなには言わないでくれ、そんなことになったらわたしはとても立ち直れない、わたしの母さんの寿命だって縮んじまう……

身内を思う気持は分らぬでもないが、今となっては言うも詮《せん》無い事だ。借りはきれいさっぱりお返しする。

いつ?

時を貸して欲しい、もう一度やり直させてくれないか……

くだらん！　のらりくらり言い逃れようとしたってそうはいかない、あんたって人はただ……

お願いだ、ねえ……

これから直ちに事の真相をすっぱ抜かれるのはいやだというのであれば、そのかわりにもう一つの対応策を考えてやってもいい。それに従うか否かはあんた次第だ。あんたが次の条件を満たすならば、あんたの債務を水に流したうえさらにもう六ペンス融通してやってもいい――つまり全部で二シリングということになるわけだ。ところで肝心の条件というのはだな、あの部屋で今まさに生れ出ようとしている赤ん坊に影響を及ぼしその行動を左右する一切の権利をあんたは放棄しなければならない――無条件にだ。これが条件だ。

なんだって！

好きなほうを選ぶがいい。

げす、卑劣きわまる下司野郎！

プーカが骨張った両肩を大きくすくめたのでポケットはぴくり撥《は》ねあがった。

どっちにする？　と彼は迫った。

くそったれ、くたばっちまえ、とグッド・フェアリはいきりたつ。

よかろう、どっちにしてもわたしにとっては同じことなんだから。さあ、戻るとするか。

ちょっと、あんた、それだけはちょっと……待ってくれ。

それで？

わかった、あんたの勝ちだ。だが、いいか、神かけてこの仕返しはする。たとえ一千年かかろうと、はたまたこの身が縛り首になろうとも、復讐せずにおくものか。復讐はわれにあり、おぼえてろよ！

まことに申し分なき贖罪の行為ですな。彼独特の丁重さを取り戻したプーカは愛想よく言った。疑いもなくあんたは正しいことをなさった。その堅忍不抜の信念に敬意を表する次第です。さあ割増し金六ペンス、どうぞ。

見ていろよ！　たとえ一千年かかろうとも、今に見てろよ！

チェスの名手たるわたしが勝ち得た女性のその後について知りたいとあんたはおっしゃったが、紆《う》余《よ》曲折を経たあの件の顛末は話せば長いことながら、とりあえず――さて、中に入りましょうか？

さっさと入るがいい、いまいましいったらありゃしない！

穏やかな微笑を浮かべてプーカは部屋に戻った。

札はもう配ってある、とスラッグが言う。ぐずぐずするなよ、時間に限りってもんがあるんだからな。

時間をとってしまって恐縮です、とプーカは言った。

ポーカーが再開された。

程よい長さの時間が経過したころ高級エール錠がかちりと音を立て、寝室のドアが開け放たれた。カードから顔をあげ好奇の目をそちらに向けた一同にガス灯の蒼白い光が注がれる。燦然たる光の束は、不可思議な紫のくすんだ輪に縁取られ、赤と緑の星屑を散らしたかのようにきらめいている。控えの間に流れ込んだ光が波打ち渦巻いて薄暗い部屋のすみずみに満ち溢れるさまは、さながら孔雀が華麗な尾羽を広げつつあるかのようであった。燦爛《さんらん》たるその美しさは陽光にきらめく玉虫色の雪か、はたまた沸き立ち盛りあがるミルクの泡か。以上の叙述、暫時中断。

構成あるいは叙述にかかわる困難についての覚え書。ミスタ・トレリスの非嫡出子誕生の描出描写を試みるに当って、ぼくはそれが技法および構成上の障害、つまりは文学上の困難に満ちているのを知った――実際のところそれはあまりにも困難なものであるためぼくの力のとても及ばぬところと思い知ったのである。ぼくはすでにかの新生児の誕生および彼が病弱の母とかわした父親に関する悲哀に満ちた会話から成る十一ページに及ぶ叙述を書きあげていたのだが、右に述べた困難の深刻さに思い到り衆目の一致するところ疑問の余地なき凡作たるこの一節の破棄を決断したのだ。

その一節は、しかしながら、友人知己の間に感覚＝精神＝優生学をめぐる活発な論議を誘発することになった。その論理的帰結としてすべての作家が自作中の女性登場人物を誘惑し、その結果として準架空的性格の子女の生誕をみるような事態になるとするならば如何なる混乱状態が招来されるであろうかという問題が論じられたのである。さらに次なる問いも発せられた、すなわち、トレリスは何故かの妊婦に然るべき処置を求めなかったのか――通例トイレに常備されている消毒液の飲用を彼女に強いることによって彼女自身および彼女が惹起しつつあった悶着に過激な終止符を打つことができたのではあるまいか。この種の問いに対してぼくは次のように答えた、すなわち、当該作家の自作への関心は稀薄の度を増しつつあり、しかも彼は昼も夜も一瞬の懈怠《けたい》もなくひたすら睡眠行為に専念していたのである。この説明は喜ばしいことに質問者たちを即座に満足させ、そのうちの少くとも一名によってきわめて精妙かつ巧妙な釈明なりと評価された。

釈明ついでに、かの妊婦が産むことになった息子について念のためひとこと断っておきたい。当初ぼくは熟慮のすえこの息子に身体の半分を付与することによって彼の半人間的属性を目に見える形で明示するのが至当であろうと考えついたのであった。しかしここでも大いなる困難に遭遇した。かりに上半身のみを付与する場合、輿《こし》すなわち椅子付きの駕籠《かご》あるいは担架を用意する必要が生ずるであろうし、それを担わせるために少くとも二名の下僕あるいは下男を付けなければなるまい。新たな作中人物二名の強引な導入は思わぬ紛糾の原因となるであろうし、それがもたらす影響の程度は予測し難い。一方、下半身すなわち脚部および腰部のみを付与するとなれば、かの息子の正当なる特性は不当に狭隘化され、事実上彼の活動領域は歩行、疾走、膝行および蹴球に限定されることになる。以上の理由でぼくは外見上の特徴を明示すまいとの最終的決断を下すに至った。そのことによって、ぼくの作品にはどこか無理なこじつけがあると言い掛りをつけられるかもしれぬ如何なる危険をも前以て回避したのである。いずれ判明するであろうが、この段階における数ページ分の割愛が物語の進行を実質的に攪乱するが如き事態は生じないであろう。

二項目遡上、叙述継承。光彩に包まれて朧《おぼろ》に浮かぶ頑健な体軀が蒼白い光の束を一瞬さえぎって控えの間に入ってきたずんぐりした若者は、暖炉のまわりにたむろしてトランプを楽しんでいる人たちに物問いたげな優しい視線を向けた。仕立てのよい服の黒は彼の顔の病的な鮮紅色と著しい対照をなし、額には六ペンス大の吹出物、そして物憂げな厚ぼったい目蓋は眼球を半ば覆うように垂れさがる。その場に佇む彼の身辺には緩慢、倦怠、そして限りない嗜眠の気配が外套のように纏いついている。

椅子をずらして立ちあがったプーカは軽く会釈した。

三十万回の歓迎の意を表します、と彼はよく通る声で言った。この場にてお迎えできたのは光栄の到りです。床の上なる贈物をお受け頂ければこれもまた光栄に存じます。大地が産み出しうる最上等最上級の品々であります。わたくしならびにわが友人たちからの心尽しの贈物をどうぞお納めくださるように。われら全員慎んで御挨拶申しあげ、この地への恙《つつが》無き旅路を祝し、あわせて母上の御健勝をお祈りする次第です。

皆さん、と新来の若者は低い声に感謝の念をにじませて語り出した。わたくしは深く感動しております。あなた方の暖かいお心遣いのおかげで、これまで感じていた不安は払拭されました。この世への新来者は誰にもせよ人生は空虚にして無意味、まことに取るに足らぬものであって敢えてそこに入りこむ労苦に値しないと思いこんでいるものですが、そのような不安感は少くとも今のわたしの心から消え去っているのです。改めてみなさんに心からの謝意を表します。みなさんからの贈物、なんと言うかこれはまことにもって……

適切な言葉を空中から引きずり出そうとするかのように彼は赤い手を差し伸ばした。

いいえ、別にそれほどのことでは、とグッド・フェアリが言う。いろいろ取り揃えましたが、さほど手間がかかったわけではありません。喜んで頂ければなによりです。

ろくに手を貸さなかったくせに、あんた、よくもまあそんな口が利けるな、とショーティのとげとげしい声。

初対面の人の前で聞き苦しい口を利くとはまっこと卑俗なる無作法のきわみ、とグッド・フェアリが言った。かかる子息を育てた親御は恐るべき苦難の十字架を負っていたに相違ない。

あんたのたわごとなんか聞きあきた、とショーティが言う。

それにしてもこの世界はすばらしいものですね、とオーリックが言った。どなたもそれぞれ違う顔をしていて、ひとりひとり違う口の利き方をなさってる。あの、あなた、と彼はプーカをまともに見て言い添える。あなた、服の中にとても変った小さな口を持ってらっしゃるんですね。わたくしの口は一つだけ、顔のここに一つあるだけなんですが。

その件についての御不審、御懸念は無用です、とプーカは言った。わたしのポケットには小さな天使がおりまして。

はじめまして、とグッド・フェアリは愛想よく言った。

小さな天使？　オーリックはあっけにとられて聞き返した。小さいって、サイズはどれくらい？

いいえ、サイズ無しなんです、とプーカが言った。

あたしはユークリッド幾何学における点のようなものでして、とグッド・フェアリが事情を説明した。位置はあれどもサイズは無しというわけなんです。五ポンド賭けませんか、あんたが指一本でもあたしに触れることができたらあんたの勝ちだ。

この指が触れるかどうか、五ポンド賭けるのですか？　得心が行かないままにオーリックは聞き返した。

よろしかったら今は目に見え手に触れられることに話題を限定しようではありませんか、とプーカが言った。何事にも順序というものがありますからね。さあ、大地の恵みの数々を御覧ください、ほら、そこの床の上の……

たとえばアイルランド・リンゴ、とグッド・フェアリが言う。広い世界のどこに行ってもこれほどのものはありますまい。独特の風味はこたえられません。

ささやかなものではありますが、お納め頂いてわれら一同光栄に存じます、とプーカは慎み深く言った。あなたはまことに心優しい方ですな、ミスター……

母の言うところによれば、とオーリックは言う。わが名はオーリック。

オーリック・トレリス？　とプーカが確かめた。

ショーティはさっと脱いだソンブレロを頭上にかざし打ち振る。

オーリックのために三唱、と彼は声を張りあげた。オーリック・トレリスに万歳三唱！

もう少し静かに、とプーカは助言して頭をぐいと寝室のほうに傾けた。

ヒップ・ヒップ……フレー！　フレー！　フレー！

一同満ち足りた面持ちで暫く沈黙。

よろしかったら聞かせてくれませんか、とスラッグが控え目に切り出した。これからの計画はどうなっているんで？

まだ何も決めていません、とオーリックは答えた。まずはあたりの様子をじっくり見まわしたうえで自分の立場を見きわめなければなりません。実のところこの場に父がいてわたしを歓迎してくれるものとばかり思っていましたので、彼の不在は大いなる驚きでした。いてくれると期待するのは当然じゃありませんか。父の件について母に問い質しましたところ彼女は顔を染め、すぐさま話題を変えてしまいました。何もかも訳のわからないことばかりなので、いろいろ調べまわらなければと思っています。どなたかタバコを一本頂けないでしょうか？

どうぞどうぞ、とスラッグが応じた。

バスケットに入ってるやつ、あれは酒壜なんで、とショーティが言った。

口を切って一口やろうではありませんか、とオーリックが言う。

この際ささやかな祝賀の儀は疑いもなく望ましき次第ですな、とグッド・フェアリが賛意を表した。

あのね、とプーカはポケットに手を差し入れながら小声で話しかけた。暫くの間わたしのポケットから出て行ってくれないか。主賓と二人だけで話したいのだ。あんた、例の合意事項を忘れちゃいないだろうな。

いないとも、とグッド・フェアリは不機嫌な声を出した。そりゃまあいいとして、わたしに何処へ行けって言うんだ？　わたしを床の上に置くつもりか、そうなりゃ踏みつぶされちまう。踏みにじられて一巻の終りだ。そうはさせないぞ、わたしはドアマットじゃないのだから。

なんだって？　とスラッグが言った。

お黙んなさい、とプーカは低い声で話しかける。マントルピースなら文句あるまい。

まあね、とグッド・フェアリのむっとした声。ドアマットじゃないんだ、わたしは。

これできまりだ。あんたをポケットに戻すまでその上の時計によりかかっていればいい。

彼はさりげない足取りで暖炉に歩み寄った。それから優雅な身のこなしで振り返り主賓のほうに目を向けた。ショーティは数々の贈物の上に身をかがめ、熱心に陶製の壺や小樽や緑の酒壜の品定めをしていたが、やがてそれらを撫でまわし栓をあけ、黒みがかった御神酒《おみき》を肉厚の古風な白鑞《しろめ》の杯に注いだ。

あんまり待たせるなよ、とグッド・フェアリはマントルピースから声をかけた。

それには耳をかさずプーカはさりげなく言った。ところであなたと二人だけでお話したいのですが。

わたくしと？　とオーリックが応じた。いいですとも。

結構、とプーカは言った。では廊下に出ませんか。

丁重な親しみをこめてオーリックと腕を組んだ彎足の彼は、相手と足並みを揃えようと努めながらドアに向った。

あんまり手間取りなさんな、とケイシーが言う。飲みごろの酒が待ってますぞ。

ドアが閉まった。彎足プーカのびっこをひく足音が聞こえる。低い声で話しながら廊下を歩く。プーカとオーリックの二人はいつまでも行きつ戻りつしている。以上の記述、以上の如し。

伝記的回想――その八。以上および以降の記述を多かれ少かれ典型的例証として提示しうる文学的余暇活動に従事しながら、ぼくは退屈ではあるものの居心地は悪くない生活を送っていた。普通の読者であれば次に記すぼくの日常的諸活動スケジュール概略に多少なりとも興味を覚えるであろう。

日々の生活摘要あるいは活動予定。九時三十分。起床、洗面、髭剃り、そして朝食。以上の手順は伯父の強硬なる要請に従って定められている。一家の太陽なりと自認している伯父は彼自身の起床と同時にすべてが覚醒状態にあるのは理の当然としているのである。

十時三十分。寝室復帰。

十二時。天候が許せば大学へ。友人あるいは偶然出会った知人と多種多様な話題について差障りのない会話をかわす。

二時。昼食のため帰宅。

三時。寝室復帰。文学的余暇活動または読書に従事。

六時。伯父とともにハイティーをとる。彼の話に対応を促される際はお座なりに応答する。

七時。寝室復帰。闇に包まれて休息。

八時。休息続行。さもなくば知人たちと公道にたむろし、あるいは盛り場の然るべき店に集う。

十一時。寝室復帰。

細目。喫煙本数、平均八・三。スタウトあるいはそれに匹敵するアルコール性飲料摂取杯数、平均一・二。排泄回数、平均二・六五。勉学時間、平均一・四。余暇あるいは英気回復時に追求する対象項目数、六・六三、流動的。


日々の過し方に関する類似的記述。ミスタ・クーパー著『人文ならびに自然科学概観』第十七巻よりの抜粋。わが生活状況に関心が示され、とりわけて日々の過し方の細部についての問い合わせを受けたのは当方の光栄とするところである。娯楽のたぐい、つまり世に言う楽しみ事の一切はわれらにとって無縁のものなのだ。言うまでもなく此処ハンティントンの地は娯楽に満ち溢れており、カードとダンスは当地の身分ある人びとほとんど全員の公然たる関心事である。われらはその種の娯楽への関与を拒否する。楽しみに淫して貴重なる時を費消するが如きは論外であって、われらはいわば時間謀殺の共犯たるをいさぎよしとしないのだ。かくてわれわれは堅物メソジストなる呼称をかちえたのである。われわれが何に時間をかけないかについて述べたうえで、何にかけるかを次に語るとしよう。われわれは通例八時から九時の間に朝食をとる。十一時までは読書。聖書あるいは聖なる秘義を説く説教集を読む。十一時、礼拝式に臨む。これは日に二回執り行われる。十二時から三時までは各人個々に好むがままに過す。この三時間をわたしは自室での読書、あるいは散策、乗馬、または園芸に費やす。三時に午餐をすますとわれわれは天候が許すかぎり庭園に散る。わたしはそこで通例ミセス・アンウィンならびに彼女の子息とティータイムまで信仰にかかわる会話を楽しむ。降雨または強風のため散策がかなわぬ場合には、室内に留って談話を交すなり賛美歌を歌うなりする。その際ミセス・アンウィンによるハープシコード伴奏のおかげでかなり聞きごたえのあるものとなる。心中ひそかに自分たちは最高の歌い手だと思ったりもするくらいである。ティーのあとでわたしたちは散歩に出掛ける。これは相当にきついもので、足の達者なミセス・アンウィンと連立っておよそ四マイルは歩く。日脚が短い季節には一日の前半つまり礼拝式のあと午餐までの間にこの遠出を行う。日が暮れてから夕食までは例の如く読書と談話の時を持ち、通例は賛美歌と法話と祈禱によって一日を終える。以上の記述、以上の如し。

日々の過し方に関するさらなる類似的記述。フィンの生涯のある一日。フィンの一日かくの如し。日の三分の一、少年たちを注視——五十三名が彼の中庭にて球戯を楽しむ。日の三分の一、辛口白ワインを楽しむ。日の三分の一、チェスの魔術的魅力を楽しむ。以上の記述、以上の如し。

さらなるレジメ——これまでの要約——はじめて読む方のために。プーカ・マクフィリミ、卓抜なトランプ術によってオーリックに対する支配権をわがものとした彼は檜《ひのき》の森に建つ自宅にこの若者を招き入れ、六か月を越えない期間Ｐ・Ｇ（すなわち、下宿人）として逗留するよう説得する。半年近くかけて若者の心に邪悪、反逆そしてノン・セルヴィアム（すなわち、ワレ仕エズ）の種子を播付《まきつ》けようとの魂胆である。さてその一方――

トレリスはミスタ・シャナハンによってひそかに投与された薬物の影響でほとんど絶え間ない昏睡状態に陥っているので創作の筆は遅々として進まない。その結果――

ジョン・ファリスキーは妻（ミセス・ファリスキー）との至福の結婚生活をほとんど中断されることなく享受しえている。ところで――

ミスタ・ラモントおよびミスタ・シャナハン両名は相も変らず多彩にして放埒な暮しを送っている。

さあ、休まず先をお読みなさい。

ファリスキー家における懇親の夕べについて叙述する原稿からの抜粋、オラーチオ・レクタ。いの一番は声なんだ、とファリスキーが切り出す。人間の声、これが飛び切り重要、ナンバー・ワンなのさ。そのほかは何にしたって声の亜流にすぎない。おわかりかな、ミスタ・シャナハン？

言い得て妙ってところだ、ミスタ・ファリスキー。

たとえばヴァイオリンはどうか、とファリスキーが言う。

いいですねえ、ヴァイオリンは、とラモントが言った。ヴァイオリンほどすてきなものはない。ルーク・マクファデンのような男が弾くのを聞いたら誰だって子供みたいに泣けてきます。ナンバー・

ワンは声、わたしもそれは敢えて否定しません。でもねえ、ヴァイオリンが奏でる名曲、その調べのすばらしさときたら。弓の激しい動きに四本の弦は響き合い、転調そして装飾音、陽気に歌う軽快なリズムに乗って足は勝手に踊りだします。まったくのところヴァイオリンが最高。ミスタ・ファリスキー、あなたは声もよしとされている――それはそれで結構。それはさておきヴァイオリンと弓、それからあの旅する鋳掛け屋ルーク・マクファデンの絶妙な腕前――これだけ揃えばわたしとしては言うことなしです。もっともあの男の服の臭いことといったら誰でも気絶しかねませんがね。ともかく彼こそはアイルランド随一のヴァイオリン弾き、この国の東にも西にもあれほどの男はおりません。

たしかに西の方にもヴァイオリンはあるんでしょうな、とファリスキーが言った。

ヴァイオリンてのは持ち運びにひどく厄介なしろものだ、とシャナハンが言った。扱い易い形とはとても言えない。持つには腕を折り曲げてなきゃならん、そうじゃないかね？

どっちにしてもヴァイオリンは、とファリスキーが権威ある者のような口振りでゆっくりと言葉を続ける。ヴァイオリンはだな、声の次に位するナンバー・ツーなのだ。異存はないでしょうな、ミスタ・ラモント？　アダムは歌を……

しかり、まさしく、とラモントが言った。

歌った。しかしながら楽器を演奏したであろうか？　神かけて、いな、である。あの二人どうしたでしょうかね、ミスタ・ラモント、エデンの園に住まうわれらが始祖にヴァイオリンを手渡したとするならば、彼らはそれを……

帽子掛けにしたでしょうよ、もちろん、とラモントは言った。それにしてもやっぱりあの甘美な音色は最高です。もちろん弾き手が良ければの話ですが。あの、恐れ入りますが、ミスタ・ファリスキー、それをこちらに。

砂糖入り砂糖壺が手から手へ手際よく手渡された。紅茶はかき回され、手早くバターを塗られたパンは三等分された。ズボンの折目が整えられ、椅子の位置が調整された。たまたまクリーム入れとミルク皿がかたんと鳴ったのが合図となって気楽な会話が再開された。

ジョンはとても音楽好きなんですよ、とミセス・ファリスキーが言った。彼女の目は美味なる軽食の下拵《ごしら》えをしている十本の指の動きを注意深く追っている。このひとの声そのものはすてきなんです。ただ、練習不足が残念ですけど。あたしが聞いてないと思うと、このひとやたらに歌ってます。

誰かがくすりと笑い、そして、くすくす笑いは次から次へと伝わり広がった。

あまりお気に召さないようですね、とラモントが言った。ご主人はどんな歌が得意なんですか、ミセス・F？　民謡のたぐいでしょうか？

うちの人が歌う歌には歌詞がないんです、とミセス・ファリスキーは言った。節回しだけ、ただそれだけ。

あたしが歌うのをいつ聞いたと言うのだ、おまえは？　とファリスキーは妙に静かすぎる声で訊いた。むっとしながらも辛うじて平静を装い、険しい表情をこわばらせて返事を待つ。

彼のことはほっておきなさい、ミセス・F、とシャナハンは声を張りあげた。気にするには及びまぜんよ、わざと怒ったふりをしているだけなんだから。その手に乗ることはないじゃありませんか。聞こえたわよ、下で髭を剃りながらあんたときどき歌ってるじゃないの。いえ、わかってます、ミスタ・シャナハン、うちのひとったら怒ったふりなんかして。あたしこのひとの下手なお芝居には慣れてますから。その気になれば主人だってヒバリみたいに歌えるんです。

節回しだけだなんてよく言えるな、とファリスキーは指を突き出し、一拍おいてから言いつのる。今朝がた歌が聞こえたとおまえは言いたいのだろうが、あのときほんとは便所で鼻をかんでいただけなんだぞ。見当違いもいい加減にしろよ。

まあ、なんてはしたないことを、とたしなめながらもミセス・ファリスキーはくすりと笑って会食者たちのくすくす笑いに和した。お食事の席でそんなこと口にするなんて。ミスタ・ファリスキー、あんたってお行儀が悪いったらありゃしない。

W・Cに痰唾はいて咳払い、それがあんときの歌の正体さ、と彼はミセスの気持を逆撫でするように下卑た笑い声をあげた。まともに歌えばこれでもすてきなテナーなんだがね。

とにかく時には歌のひとつも歌えないようではつまりませんものね、とラモントは巧みに話をつなげた。誰にしても持ち歌の一曲くらいはあるものですし、誰も彼もがルーク・マクファデンのようにはなれないわけですから。

そのとおり。

人間が作り出したすべての楽器のなかで、とファリスキーが言う。最も好ましいのはピアノだ、飛び抜けている、断然、何にもまして……

ええ、誰でもピアノは好きです、とラモントが言った。それに異を唱える者など一人としていません。ピアノとヴァイオリン、この二つはうまく釣合ってます。

あたしがこれまで聞いたことのある曲のなかには手が二本しかない人間にはとても弾きこなせないようなのがあった、とシャナハンが言う。あれはたしかに最高の作品だったんでしょうよ、古典的な構成とかなんとか難しげなやつでね。頭が痛くなったもんだ。ウィスキー一パイントくらったあとの二日酔いなんか比べもんにならないほどひどい頭痛だった。

誰も彼もが楽しめるというわけにはいかない、とファリスキーが言う。人にはそれぞれ好みというものがあるのだから。それにしてもさっき言ったようにピアノは優れた楽器であって、人間の声に次ぐナンバー・ツーなのだ。

姉はピアノに十分な心得があったと思います、とラモントが言った。ピアノとフランス語、御存知のように修道院ではこの二つが重要視されていますからね。彼女の腕前はなかなかのものでした。

左手の親指をチョッキの袖ぐりに引っかけ、足をぶざまに投げ出して椅子に坐るファリスキーは、かすかに眉をひそめてカップの中で浮遊する茶の葉をティースプーンのへりで掬《すく》いあげようとしている。

ピアノと言ったがそれでは事の半面を語っているにすぎない、と彼はもったいぶって告げた。めりはりのない半端な物言いだな。正しくはピアノフォルテと言わねばならん。

その言葉、前に聞いたことがある、とシャナハンが応ずる。正にあんたの言うとおりだな。フォルテというのは左手側の低音を表わす。ピアノってのはもちろん右側のやつを意味してるのだ。

あれをピアノと呼ぶのは間違っているとおっしゃるのですか？　とラモントが問いかける。その口調は慇懃なる当惑といった風情で、目蓋はぴくぴくと震え、下唇は力なく垂れている。

いや、別に……間違ってはいない。間違ってるとまで言うつもりはないんだ。しかし……

どういうつもりでおっしゃったのか、お話の趣旨はよく分っています。

啓発、開明、さらには互譲の精神に基いて当面の問題は一同の得心ずくで友好的な解決をみた。

得心して頂けたのですな。ミスタ・ラモント？

納得しました。たしかにあなたのおっしゃるとおり、ピアノフォルテ。

一瞬、満ち足りた静寂。茶碗がちりりんと陽気な音を立てる。

あたしの考えでは、とシャナハンがいわくありげな口調で切り出す。歌よりも楽器のほうがあんたに向いている、あたしはそう考えるんだ。聞いたところによれば――嫌味で言うわけじゃないんだ、わかってくれるね――あんたヴァイオリンにかけちゃ素人ばなれの腕前だって聞いたぜ。それってて本当かい？

なんですって、どういうことなんです、これは？　とラモントが問い質す。その驚愕ぶりは実のところかなり芝居掛かっている。彼は背筋を伸ばし身を乗り出した。

あたしには話してくれなかったのね、ジョン、とミセス・ファリスキーは弱々しくほほえみながら言ったが、その悲しげな青い目には夫を責める思いがこめられている。

まったくの嘘っぱちだ、諸君。椅子をがたつかせながらファリスキーは言った。聞いたって言うが、シャナハン、いったい誰から聞いたんだ？　そうか、おまえ、またいつもみたいに作り話を言いふらしたのか？

まさかそんなこと。

あれには優れた音感が、言ってみれば、いい耳が必要なのです、とラモントが言った。あれをやる人が百人いるとすれば、ちゃんと弾けるのはわずかに一人くらいなものです。で、本当のところ、あなたヴァイオリンをお弾きになる？

いや、本当のところ、答はノー、いな、です、とファリスキーは目を大きく見開き、真顔になって答えた。ちょっとやってみようかと思ったこともありますがね。小手調べに少し弾いてみてどんな具合か手先の調子を試してみた――その程度のことですよ。そりゃもちろん多少の練習は……

それなりの努力はしたわけだ、とシャナハンが言った。

大事なのはいい耳です、とラモントが所見を述べる。指が擦り切れるほど弾きまくったところで耳がよくなくてはとてものことに物になる見込みがありません。耳さえよければあとは心掛け次第というわけです。ところで、偉大なるヴァイオリン弾きペガサスを御存知ですか？　あれほどの名手はいないと思います。

会ったおぼえないな、とシャナハンが言った。

そうでしょうとも、今どきの人じゃないのですから、とラモントが言う。話によれば彼と悪魔はある取決めをしたそうです。まあ一種の労働協約というところでしょうね。

なんとまあ、と言ってファリスキーは顔をしかめた。

でも本当の話なのです。この人はヴァイオリン弾きナンバー・ワンになりました。取決めは取決め、誰にしたってなすべき事はきちんとやらなきゃなりません。というわけで、この人の死すべき時が来たその夜、例の悪魔はきちんとベッドのわきに控えておりました！

自分の取り分を取りに来たんだわ、と言ってミセス・ファリスキーは頷いた。

自分の取り分を取りに来たのです、ミセス・ファリスキー。

ここで内省と黙想の一瞬の沈黙。

たしかに奇妙な話ではある、とシャナハンが言った。

奇妙な話の最も奇妙な点はこうです、とラモントが言う。生きている間、彼は一度も音階を奏でなかった、たったの一度だって練習なんかしなかった。彼の指は勝手に動いた、つまり、誰かの意のままに動いた。おわかりでしょう、それが誰なのか。

まったく奇妙な話だな、とシャナハンが言う。奇妙という点にかけては疑問の余地なしだ。そのおかしな男の脳味噌はどぶ泥みたいになってるんじゃないかな、ミスタ・ラモント？

ヴァイオリン弾きでまともな頭の持主はきわめてまれです、とラモントが言う。まったくのところほとんどいないのです。もちろんこの家の御主人は別ですけれど。

咳き込むように笑い声をあげたファリスキーはすばやくハンカチーフを取り出すと高々と頭上に打ち振った。

あたしは別ということにしてくれ、と彼は言った。この家の御主人とやらは考えに入れないでくれたまえ、諸君。もちろん妙な連中はたくさんいるが、なかでも極め付きの悪党はわれらが親愛なるネロだ。誰がなんと言おうと、あの男こそ一番の大物さ。

おそろしく力のある権力者でした、あの人は、とミセス・ファリスキーが言った。軽食を優雅にしかも手早くすませた彼女は食器を形よく積み重ねると、わずかに身を乗り出してテーブルに両肘をつき、組み合わせた手に顎を預けた。

あたしの聞き間違いでなけりゃ、とファリスキーは言う。彼を力のある権力者と呼ぶおまえはひどく賞《ほ》めあげたことになるんだぞ。言うまでもなくあの男、飲み騒ぐのが大好きなろくでなしだった。

誰にしたって人間として完璧ってわけにはいかない、とシャナハンが言う。あの男のことでもあんたの言うとおりだと思うよ。

ローマが、とファリスキーは言葉を続ける。あの聖なる都、カトリック世界の中心にして中枢なるあの都が炎上したとき、数知れぬ人びとが路上で焼けただれたあのとき、宮廷に立つかの男は冷然として顎にヴァイオリンを当てがっていた。彼のドアから程遠からぬところで、人びとは……焼けただれ……生きながら……男も、女も、そして子供たちも最悪の死を迎えつつあった、考えてもみろよ、ひどいもんじゃないか！

ああいう人って道徳的な節操なんか持合せてないんでしょうね、とミセス・ファリスキーが言った。火に焼かれて死ぬ、いいか、これはまったく只事じゃない。溺れて死ぬほうがもっとひどいそうですけど、とラモントが言った。分ってないようだな、とファリスキーは言う。火にあぶられるくらいなら三回溺れるほうがずっとましさ。そうさ、神かけてそうなんだ。水を張った洗面器に指を一本突っこんでみたまえ。どんな感じだ？　なんということもあるまい。でも火の中に突っこむとなると！

なるほど、そんなふうに考えれば、いかにも、とラモントは頷いた。

おわかりかな、ミスタ・ラモント、話がまったく違うのだ。事情が根っから違う。毛色の違う馬みたいにまったくの別物ってことさ。ああ、そうとも。

神さま、あたしたちみんなベッドで死ねますように、とミセス・ファリスキーが言った。

死ぬのはいやにきまってるが、とシャナハンは言う。でもね、どうせ死ぬんなら銃がいい。心臓に一発、それで片がつく。痛いもなにもあらばこそ、あっというまに一巻の終り。いい加減なところがこれっぱかりもないのが銃ってもんだ。てっとりばやくって、苦しまないし、おまけに奇麗事ですむ。

分ってくれるだろうな、火にあぶられるくらい恐ろしいことはないのだ、とファリスキーが言った。

そう言えば昔から毒薬なんかもありましたね、と思案顔のラモントが言う。有毒な植物からつくったもんです——ほら、命取りになるイヌホオズキのような。そのせいで内臓がいかれてしまいます。ここ、鳩尾《みぞおち》がやられるんです。あれを飲むと三十分ほどはすばらしくいい気分になるようで。でも、やがてむかつきだし、そのあげく腹の中のものをすっかり吐き出して、あたり一面反吐《へど》だらけ。

なんとまあ！

ひどいもんです、まったくの話。連射連射よろしく反吐吹き出して、とどのつまりはすっからかんの空袋。

こう言っちゃなんだが、とシャナハンが話の切れ目に狙いをつけて彼なりに当意即妙の矢を射ち込む。同じ飲むなら例の百薬の長にかぎるってことさ。

間合いをはかるようにして誰かがくすりと笑ったが、周囲の気配に押し戻されてすぐさまひっそりと呑み込まれた。

わたしは毒薬へムロックについて語っているのです、とラモントが言った。大蒜《にんにく》その他を調合してつくります。ホーマーは毒杯をあおってこの世の生を終えました。ひとり独房で飲み干したのです。

あれもまたろくでなしだったわ、とミセス・ファリスキーが言う。あの人たしかキリスト教徒を迫害したはずですもの。

御時勢ってものがあるんだ、とファリスキーが言う。その点は斟酌しなくてはね。あの頃はキリスト教徒を取っちめない奴はそれこそろくでなしって見られていたんだ。進めキリストの兵士たちよ、われとわが滅びに向って突き進め！　とか言ってどやしつけたものなのさ。

だからといって何の言訳にもなりません、とラモントが言う。よく言うじゃありませんか、知らなかったと言訳したところで遵奉すべき掟から免れる理由にならないって。ホーマーは偉大な詩人でした。偉大な詩人ということで多くの悪業が帳消しになっているのです。彼の『イリアッド』は今も読まれています。地球上の何処へ行こうともそれが文明開化の地であれば必ずやギリシアの栄光ホーマーの名を耳にします。ええ、そうですとも。ホーマーの『イリアッド』には優れた詩句、いくばくかの美辞麗句があると聞いております。あなた、お読みになったことは、ミスタ・シャナハン？

飛びっ切りの大物だったんだ、あの男は、とシャナハンは言った。

たしかあの人は、とファリスキーが目に指を当てて言う。まるっきり目が見えなかったはずだ。眼鏡を掛けようと掛けまいと、鼻の先さえ見えなかったってことだ。

まさにおっしゃるとおり、とラモントが言った。

つい先日のことですけど目の見えない物乞いの不思議な振舞いを見ました、とミセス・ファリスキーは眉をひそめて記憶の内部に探りを入れる。ほら、あの公園、スティーヴンズ・グリーンでのことです。その男は街灯柱に向って真直ぐ歩み寄っていました。あと一ヤード、あわや柱に衝突と思えたところで彼はひょいと向きを変えて巧みに擦り抜けたのです。

分っていたんだ、とファリスキーが言う。そこにあるのを彼は心得ていたんだよ。

そいつは補償作用とかいうやつじゃないかな、つまり埋合わせってことさ、とシャナハンが言う。どっちに転んでも同じこと、一勝一敗でおあいこってわけだ。よく言うじゃないか、口が利けない者は利ける奴より二倍も耳がいいってね。片一方が六だとすれば、もう一方は半ダース、結局はうまく折合いがついてるんだ。

不思議なものね、とミセス・ファリスキーは呟き、改めて公園での出来事を入念に吟味したうえで記憶の内部に押し戻した。

ハープの名手には目の見えない人が多い、とラモントが言う。すぐれたハープ奏者は大抵そうです。以前わたしの知合いにシアソンというせむしの男がおりました。街頭でハープを弾いて生計を立てていたのですが、いつだって黒眼鏡を掛けていたものです。

目が見えなかったのですね、その人?

そう、たしかに。生れたその日から彼は一筋の光さえ感じとれなかった。でも憐れむには及びません、その埋合わせはついていたのですから。得意のハープでうまくやっていけたのです。彼はみごと試練に耐え抜きました。誓ってもいい彼はすばらしいハープ奏者でした。その演奏はみなさんを感嘆させたでありましょう。音楽にかけては本当に大した男でした。

ほんとに?

本当ですとも、あれこそ音楽の醍醐味というものでした。

考えてみれば音楽って本当にすばらしいものですわね、とミセス・ファリスキーは感想を述べ、優しい表情を浮かべた顔を真直ぐ上げたので一同はその容貌をまともにじっくり見つめることになった。

そういえば、長いことみんなに聞きたいと思っていたことがあってね、とシャナハンが言った。黒面麭《めんぽう》の治療には何が効くだろう?

硫黄、とミセス・ファリスキーが言った。

黒面皰ってつまりニキビのことですね？　とラモントが確かめる。時間がかかりますよ、あれは。ひと晩できれいさっぱりとはいきません。

おっしゃるとおり、ミセス・ファリスキー、硫黄はとてもよく効きますよ。でもあたしの思い違いでなければあれは胃腸に効くんじゃなかったですかね。

ニキビを一気に始末しようと思ったら、とラモントは言葉を続ける。朝はやく、それも非常にはやく起き出さなければなりません。

聞いた話だと顔に湯気を当てるのがいいそうだ、とシャナハンが言う。そうすると毛穴が開くってわけさ。湯気をたっぷり、ニキビにはこれが一番のようだ。

わたしの話を聞いてもらいましょうか、とラモントが言う。悪い血、これが諸悪の根源なのです。血の質が一級品でないと、かのニキビ群が吹き出してきます。これは自然が発する警告なのですよ、ミスタ・シャナハン。鼻汁が融けて流れ出すまで顔に湯気を当てたにしても、体内の状態に留意しないかぎりあなたの言う黒面皰はびくともしないでしょう。

ニキビには硫黄って聞いていたんですけど、とミセス・ファリスキーが言う。硫黄とそれから下剤がいいって。

この国の結核患者数も減少するでありましょう、とラモントは話し続ける。人びとが自分の血により多くの関心を抱くようになれば必ずそうなります。現状はどうでしょうか、わが民族の血は劣悪化しつつあります。医者は誰でもそう告げるはずです。民族の血の半分は毒されております。

ニキビなんてものは取り立てて言うほどの問題ではない、とファリスキーが言った。問題なのは首筋に出来たでっかい根太《ねぶと》さ。こいつは神に救いを祈るしかない大問題なのだ。考えるだけでもおぞましい、恐るべきやつだ、根太ってのは。

妙なところに出来ると何とも始末の悪い出来物です。

根太男が町を行く姿はまるっきり首の骨を折った男さながらの体たらくだ。体を折り曲げているので、鼻汁が膝頭にぽとりという始末さ。根太のせいで五年間も首にカラーを着けられなかった男を知っている。考えてもみたまえ、五年もの間だぜ！

そうだわ、硫黄はそれにも効くのよ、とミセス・ファリスキーは言う。それで苦しんでいる人の家にはきまって硫黄入りの壺が備えてあります。

言うまでもなく硫黄は血流を冷やす働きがあるのです、とラモントが補足した。

もうだいぶ前のことですけど、とミセス・ファリスキーは記憶の内部にまた探りを入れながら話し出した。ある屋敷に奉公している娘がいましてね。彼女の話だと銀の器やら壺やらなにやかやそのての物がたくさんあるお宅だそうです。彼女はいつも硫黄でそれを磨きあげていたそうですよ。

ああ、それにしても根太ってのはかなわない、と言ってファリスキーは膝頭を平手でぴしゃりとやった。あいつにかかると背中まで折れ曲っちまうんだからな。

かなわないって言えば膝が痛むのも困ったもんらしいな、とシャナハンが言う。具合が悪いときは膝なんかないほうがましだって思うそうだ。膝を痛めりゃ墓場は近いってね。

膝に水がたまったらってことか？

そうとも、膝に水ってのは困りものだと聞いてる。それに膝の皿にひびが入るってこともある。笑い事じゃすまないぜ、皿が割れちまったらな。

膝が両方ともいかれてしまったらどうなる？　とファリスキーが言う。

あたしの知合いなんだが、ちょっと前に死んでね、バートリー・マディガン、名前はバートリー・マディガン、とシャナハンが言う。いい奴だった。バートリーの悪口はこれっぽかりも耳に入らなかった。

ピーター・マディガンなら知ってるわ、とミセス・ファリスキーが言う。背が高くてがっしりした体つきの人でね、田舎から出てきたの。十年ほど前に死んでしまったけど。

さて、このバートリー、ドア・ノブつまり取っ手にがちんとやって膝頭にひびを入れちまった……なんだって！　ドア・ノブにぶち当てるにしても膝頭とは妙な話だな。いやまったく、巨体を誇るボクサーか何かだったのか、その男？　ドア・ノブだって！　ちょっと待ってくれよ、よっぽど背が高かったのか？

それはですな、諸君、毎度のことのように問いかけられ、しかもあたしとしてはお答えしかねる難問なのであります。しかしながらわがバートリーが受けたのはたしかに膝の皿への痛烈なる一撃であった……一説によればその際なんらかの策謀がからんでいたとのことなんだが。これはもう話したかな、事故現場は酒場であったたってことを？

聞いてませんよ、とラモントが言った。

で、どうなった、とファリスキーが話の先を促す。

どうなったかお聞かせしよう。わが頑健なるバートリーは膝に痛撃を受けても怪我したというそぶりはいささかも見せなかった。弱音はひとことも吐かなかった。家路に向う電車のなかではじめて彼は苦痛を訴えた。その晩、彼は死んだ、みんな彼を死んだものとあきらめたのだ。

まさかそんな！

まさかどころか、諸君、みんなはほんとにそう思ったのだ。ところが傷を負っても不死身のバートリー、死んでたまるか、どっこいおいらは生きている！

死んだんじゃないんですか？

死んでたまるか、死ぬもんか、と彼は言ったのさ。たとえ殺されたって死にゃしない、死神なんぞ糞くらえ、そう彼は言ったのだ。そして彼は生きた、それから二十年も生きた。

ほんとですかね？

それから二十年も生きた、その二十年間ベッドで仰向けになったまま生きていた。膝から上は麻痺したままだった。ひどい話じゃないか。

死んだほうがましだったのだ、とファリスキーが厳しい口調で断言した。

体がきかないとなると確かにおおごとでしょうね、とラモントが感想を述べた。二十年……ベッドで……寝たっきりですって？　毎年クリスマスになると弟にかつぎ出されて浴槽に入れられる、そんな具合だったんでしょうね。

死んだほうがましだったのだ、とファリスキーが言う。ベッドよりも墓におさまってるほうがましだったろうに。

二十年だなんて長すぎるわ、とミセス・ファリスキーが言った。

まったくねえ、とシャナハンが応じる。二十回の夏そして二十回の冬。おまけに床ずれだって並じゃない。その足を見ただけで、あまりのことに吐気を催すくらいだった。

哀れなものだ、とファリスキーは痛々しそうに眉をひそめる。膝をやられるとそういうことになる。頭に一撃をくらったほうがよっぽどましだろう。頭の骨が割れる、それですっきり片がつくってわけだからな。

わたしの知合いにハンマーでやられた男がいます、とラモントが言う。不注意な事故だったのですが、一撃をくらったのが、その何と言いますか下の方の、お分りでしょう、肝心なところだったのです。どれくらい生きていたと思います？

あたしの知ってる人かしら？　とミセス・ファリスキーが訊ねる。

ほんの一瞬、一秒の何分の一かの間でした。玄関口であっという間に崩れ落ちた。どこかが、お分りですね、肝心なところがいかれてしまったのです。あそこが、何と言うか、とにかくあれが破裂してしまった——検死した医者はそう言ってました。

ハンマーはおっそろしい凶器になる、とシャナハンが言う。当りどころが悪いと命にかかわるんだ。

なんとも皮肉な話ですけれど、とラモントは続ける。このハンマーというのがその朝届いたばかりの誕生日の贈物だったのです。

哀れな奴だな、その何とかいう男は、とファリスキーが言う。

手で口を隠したシャナハンが何やらひとこと呟くと、ひっそりとした笑いがそれに応えた。

剣に倒れたりっていうのはあるけれど、ハンマーにという言いかた聞いたことある？　ミセス・ファリスキーは唇に指を当て、眉を寄せた当惑顔を一座のひとりひとりに向けた。

ないね、とファリスキーが答えた。

あたし何か思い違いをしてるのかもしれない、と思案顔の彼女は言った。ハンマーによりて倒れたり——なるほどねえ。そう言えば、バゴット・ストリートのあの店には石炭用の大きなハンマーが置いてあるんだけど、一シリング九ペンスもするのよ。

一シリングにしたって高すぎるんじゃないかな、とファリスキーが言った。

とにかくハンマーってのはおっそろしいものなんだ、とシャナハンが話をむし返す。話は違うが、顔を合わせたらただじゃすまないっていうおっそろしいお方がいるぜ。向うからやってくるのを見たら横丁に逃げこんでやりすごすにかぎるってものだ。

それっていったいどなたかしら？　とミセス・ファリスキーが訊ねる。

どなたにもなにもいったん家にあがりこまれたらかしこまって応対しなきゃならん、と応じてファリスキーは意味ありげに目くばせした。そうじゃないか、ミスタ・シャナハン？

たしかに、とシャナハンは言う。そうなりゃありがたいお説教をたっぷり聞かされるはめになる。このとき戸口を叩く大きな音がした。それに応えてミセス・ファリスキーが静かに部屋を出る。ミスタ・オーリックに違いない、とシャナハンが言った。昼間会ったときの話だと今晩ちょっとした書きものをするということだったがね。以上の記述、以上の如し。

伝記的回想――その九。夏の終わり。湿っぽく蒸し暑い。心身を快適、清新に保つことの困難な季節だ。ベッドに横になったぼくは窓際に立つブリンズリーと気のない会話を交していた。その声の調子からすると彼はぼくに背を向けているようだ。ボール遊びに興ずる少年たちを窓越しにぼんやり眺めているらしい。ぼくたちは小説技法について論じ、高尚にして良質なる文学の領域におけるアイルランドおよびアメリカ作家の優越性について語り合った。ぼくの原稿のこれまでの部分を精読した彼はファリスキー、ラモント、およびシャナハンそれぞれの特色が判然としない憾《うら》みがあると言い、これら三者の精神的身体的独自性が曖昧であると指摘し、真の対話は精神の融合ではなく相克によってこそ成立すると主張し、高級なる前衛的現代文学における性格描写の重要性に言及したうえで、右の三人はつまるところひとりの人物と看做しうるのではないかと述べるのであった。

きみの意見は皮相的にすぎる、とぼくは反論した。彼らは見掛けも喋り方も相通ずるところがあるかもしれないが、その実、深甚なる相違点があるのだ。たとえば、ミスタ・ファリスキーはプラキサファリック（短頭型）に属し、ミスタ・シャナハンはプログナスィック（突顎型）なのだ。

プログナスイック？

投げやりな口調でさりげなく話を続けながらも、ぼくは普段ほとんど使わない言葉を放りこんでおく精神の片隅を突つきまわしていた。話の区切りがついたところでぼくは辞書と参考図書の助けを借りて詳細に論点を吟味し、その結果を覚え書の形にまとめあげた。諸者の便宜をはかって今ここにそれを書き写す。

ファリスキー、ラモント、そしてシャナハンそれぞれの識別に資する特性あるいは特徴——

頭部——短頭型・円頭弾丸型・突顎型。

視力——近視・外斜視・夜盲症。

鼻梁——段鼻・獅子鼻・乳房状。

些細なる肉体的障害——眼瞼下垂症・消化不良・湿疹。

性癖——パンあるいはくずれやすい食物を口に運んだのちに気取った仕草で指をひらひらさせ、あるいはパチンと鳴らす・涎を吸い込みネクタイの結び目をひねくり回す・ピンあるいはマッチで耳をほじり口をすぼめる。

上着——濃紺ウーステッド地ダブル・褐色サージ地シングル（二つボタン）・同上（三つボタン）。

下着類——ウールのコンビネイション前開き型・手製チョッキ型下着、冬は綿毛交織地、夏は綿と絹交織地・腹帯あるいはコルセット。

ワイシャツ布地――綿平織・亜麻布・薄地モスリン。
足部特徴――足指変形・ナシ・魚の目。
手掌特徴――角質硬化・胼胝《たこ》・ナシ。
好みの花――カミルレ・ヒナギク・カッコウソウ。
好みの灌木――ウツギ・バンクシャ・スイカズラ。
好みの料理――ドジョウ・コードゥル・ジュリエンヌ。覚え書、以上の如し。

ノックもなしにドアが開き、伯父が入ってきた。玄関わきのホールスタンドにブリンズリーのノートが置いてあるのに気づいたらしく、一家の主人にふさわしく愛想のよい笑みを浮かべ、いつでも客に勧められるよう十本入り六ペンスのタバコの箱をすでに手にしている。窓際に客人の姿を認めると足をとめ、如才なく驚きの声をあげた。

ミスタ・ブリンズリー！

ブリンズリーは優雅な社交儀礼にのっとってそれに応じ、改まった口調で今晩はと言った。

心のこもった握手を交すやいなや伯父はどうぞと言ってタバコを差し出す。

このところあまりお目にかかりませんな、と彼は言った。

マッチを探そうとするぼくたちの機先を制して彼はいちはやく火をつけた。仰向けの姿勢から身を起していたぼくはベッドのふちに危なっかしげに坐っている。マッチの火を慎重にかばいながら近寄ってきた彼は言う——

ささてさて今夜はご機嫌いかがかかな？　相も変らずベッドにご執心とみえる。この男、どう扱ったらいいもんですかね、ミスタ・ブリンズリー？　あたしにはさっぱり分らんのですよ。

ぼくは無言のまま彼に分らせた、この部屋には椅子が一つしかないということを。

つまり一日中こうしてベッドで横になっているのはどういうわけか、そこのところが分らないとおっしゃりたいので？　と何食わぬ顔でブリンズリーは言った。別に悪気のない口調ではあったが、伯父を相手に物分りのよい調子でぼくの個人的習癖を話題にすることによって実はぼくを貶《おとし》めようとしているのだ。

そのとおりですよ、ミスタ・ブリンズリー。熱をこめ力をこめて伯父は言う。まさにそのとおり。誓って言いますが、若者の場合これはまことに好ましからざる徴候です。まったくもってわけが分らん。あなたはどう思います？　あたしの見るかぎり健康そのものなのだし。これが年寄りとか病人とかであれば別ですが。この男、至極壮健、ぴんぴんしているんですからねえ。

伯父はタバコを持った手を頭に当て、お手あげだと言いたげに閉じた右目の目蓋を鉤形に曲げた親指の関節でこすった。

いやはや、これはもう到底あたしなんぞの理解の及ばんところでして。

ブリンズリーは控え目な笑いで応じた。

そりゃまあ人間というのはもともと怠惰なものではありましょう、と伯父は度量の大きいところを見せた。なにしろそれはわれらが第一の先祖以来受けつがれてきた遺産なのですから。誰にしたってそうなんです。人それぞれ格別の努力をするか否か、そこが問題。

彼は洗面器台をこつんと叩いて自分の話に合の手を入れた。

誰にしたってそうなんです、と彼は声を大にして繰返した。高潔の士も低劣な奴もその点では変りがない。それは確かだ。でも伺いますがね、ミスタ・ブリンズリー、それにもかかわらずわれわれは格別の努力をしているだろうか？

していますとも、とブリンズリーが言った。

している、そうとも、確かに、と伯父は言った。していないとしたら、この世はひどく住みにくいところになる、ああ、間違いなくそうなります。

同感です、とブリンズリーが言った。

自分自身に向ってこう言うことだってある、と伯父は続けた。今は休もうと。やがてこう言う、もう十分に休んだ、さあ、立ちあがろう、神に与えられた力を能《あた》うかぎり揮《ふる》うのだ、人生におけるわが務めを果すために全力を尽さねばならぬ、と。倒れて後やむ――そのときはじめて人はわれとわが身に語りかける、もはやこれまで、と。

なるほど、ブリンズリーは頷いた。

怠惰は――ああ、主よ、われらを護りたまえ――怠惰はこの世に生きる者に課せられた恐るべき十字架なのだ。人はみなこの十字架を担う、この重荷に耐える……きみも、きみの友人も……きみが交わる男、女、そして子供もすべて。怠惰は七つの大罪のうち最悪なるものの一つ、疑いもなくそういうことなのだ。

最悪の一つではなく最悪そのものじゃないですか、とブリンズリーが言った。

最悪そのもの？　まさにそのとおり。

ぼくをまともに見て伯父は言う——

伺いますがね、おまえ、それでも本の一冊くらいは開けてるのかね？

開けてる、日に何回も開けたり閉じたりしてる、とつっけんどんに答えた。此処、ぼくの寝室で勉強してる、静かで具合がいいんだ。試験なんぞは楽にこなしている。ほかに何か文句あるの？

なんだそのふくれっつらは、と伯父は言った。何もふくれることはないじゃないか。まあいいだろう。好意に発する忠告に賢人は快く耳を傾く、それくらいはおまえだって心得てるだろうな？

あまり厳しく問いつめないほうがいいのでは、とブリンズリーが言った。とくに勉学についてあまり強く言うのは如何なものでしょうか。もう少し運動でもすればぐっとましになるでしょう。メンス・サーナ・イン・コーポレ・サーノ。つまりそういうことなんです。

ラテン語は伯父の知らないところである。

疑いもなくそういうことなのだ、と彼は言った。

健全なる精神は健全なる身体に、つまりですね、精神をうまい具合に働かそうと思ったらまず体の調子をよくしとかなきゃならない、そういうわけなんです。もうちょっと多めに運動をすれば勉強のほうもぐっと楽になる、わたしはそう思うんですけど。

当然ですな、と伯父は言った。まったくのところこの男にいつもそう言ってるのですよ、口うるさく口やかましく口癖のように。

ブリンズリーのお為《ため》ごかしの意見にはぼくへの底意地の悪い嫌味、当てこすりが見てとれる。まともに彼を見てぼくは言う——

そりゃそうだろうよ、きみにとってはね。なにしろ運動好きなんだからな——ところがぼくはそうじゃない。毎晩きみは長いこと散歩している。それが気に入っているからだ。いやだね、ぼくは、そんな押し付けがましいことなんかお断りだ。

ほう、散歩がお好きなんで、ミスタ・ブリンズリー、と伯父が言った。それは結構。

ええ、まあ、とブリンズリーはあやふやな調子で応じた。

いやまったく、あなたは健全にして賢明なお方だ、と伯父は言った。あたしはですね日暮時にいつだってたっぷり四マイルほど歩くことにしている、降ろうと晴れようとおかまいなしに歩きまわります。分って頂けるでしょうな、一日も欠かさずにですよ。おかけで調子がよろしい。絶好調です。散歩抜きの人生なんて考えられませんな。

散歩するにはもう遅すぎるんじゃないかな、とぼくは言った。

心配無用、遅かろうと早かろうと気にすることはない、と彼は言った。一緒にどうです、ミスタ・ブリンズリー？

出て行った、二人そろって。夕闇に包まれてぼくはゆったり横になった。以上の記述、以上の如し。

レジメ――これまでの要約――はじめて読む方のために。オーリック・トレリスはプーカ・マクフィリミ宅における研修課程を終了し、一市民としての生活を送りつつある。彼が下宿先として選んだのは――**ファリスキー**宅である。現在ファリスキー夫妻は新しい生命の誕生を待ち設けている。話変って――

シャナハンとラモントはトレリスに与えた薬物の効果が間もなく薄れるであろうと懸念している。いずれトレリスは事の真相を察知する能力を完全に回復し、彼らをはじめとする不逞の輩を厳罰に処するであろう。かくてはならじとこの両人は何らかの対応策を講じようと絶えず心をいためている。ある日のことファリスキー家の居間で二人は何かの原稿と思われるものを発見する。それはオーリック・トレリスの原稿で、作者の博識を誇示するかのように数々の画家とフランス・ワインの名前が頻出する高級小説である。これを検討した二人はオーリックが父親の文学的才能を受け継いでいるとの結論に達する。大いに興味をそそられた彼らはオーリックの才能を活用しようと考える。いわばテーブルを引っくり返して形勢を逆転させるのに彼の才能が役立つのではあるまいか、つまり、トレリスを主題とする小説を彼に書かせることによって自分たちが受けているこの理不尽な仕打ちのしっぺ返しができるではないか。この提案にオーリックは同意する――わが身に私生児という汚名を刻印し母を辱しめ死に追いやったトレリスに対してくすぶり続けていた恨みが、破壊と転覆をよしとするプーカの教えと相俟《あいま》って、今や一挙に燃えあがったのである。ある晩、彼の下宿先の一室に本件の関係者一同が集まる。彼らの面前にオーリックの原稿が提示される運びとなるのである。休まず先をお読みなさい。

O・トレリスの原稿からの抜粋。第一部第一章。ダンドラムとフォスター・アヴェニューを通り抜けて到来した火曜日は、海路はるばる運びこんだ新鮮な塩気とカラス麦を思わせる黄色の陽光を以て早くも蜜蜂たちを目覚めさせ、羽音も高く一日の労働に立ち向わせるのであった。小さな家蠅は窓枠の隅で軽やかに舞い、斜めに差し込む陽光のスポットライトを浴びながら、恐れを知らぬ空中ブランコ曲芸師よろしく華麗な演技を披露している。

ダーモット・トレリスは眠るでもなく目覚めるでもなく目には薄明の微光を宿してベッドに横たわっていた。両の手は太股に力なく憩い、伸ばした両の足は関節がはずれているかのようにベッド枠に投げ出されている。彼の横隔膜はメトロノームさながらに正確に脈動し、その息づかいのテンポに合わせて上掛けがゆるやかに盛りあがり沈みこむ。概して言うならば彼は静穏のなかにいるのであった。

ここに一人の聖職者がいて、頑丈な梯子のトネリコ材横棒を一段一段踏みしめ窓際まで登りつめるとガラス越しにそっと覗き込む。その金髪は陽光に照り映え後光の如くに輝いている。懐中ナイフを取り出した彼は窓枠に差し込んで掛け金を慎重にはずし、力をこめて下窓を持ちあげ、踵《かかと》まで達する長い法衣の裾を巧みにまとめて片足を、ついでもう一方の足を差し入れ、難無く部屋に入りこむ。柔和な物腰の彼は閉まる窓がたてるかすかな音も聞きもらすまいと全身を耳にする。疱瘡《ほうそう》に損なわれたあばた面ながら厳しい精進のあとを思わせて額は清澄な美の面影をわずかに留めている。顔の造作のそれぞれが青白く弱々しく生気に欠けているのは血の流れの薄さのゆえである。しかしながら、造物主が配列された個々の造作のありようの総体はおのずからなる静謐と威厳を漂わせ、年を経た墓場の物悲しき静寂を想起させる。身に纏う短白衣の袖口と襟元には星と花とトライアングルから成る複雑な模様が巧みに刺繡されている。蠟のように青白い指がしっかと握りしめる棍棒はこの国のどこにでもあるトネリコ材。こめかみには香りがつけられている。

控え目に、しかし、丹念に、彼は寝室を検分した。なにしろはじめて入る部屋なのだから。陶器製水差しに棍棒で触れる。鈍い音がする。サンダルが床を軋《きし》ませる。

トレリスは目覚めた。両肘に体重をゆだね、上半身をわずかに持ち上げた。顎は鎖骨のくぼみに沈み込み、充血した両の眼は赤い望楼に立つ番兵が奇襲を受けたかのように大きく見開かれた。

彼は問い掛けた——だれ？　喉元に痰がからまっている。それゆえ声の調子は満足すべきものではなかった。問い掛けに続いて一瞬の間も置かず激しく咳きこんだ。おそらくは不完全な発声の修復を試みたものと思われる。

モーリングと申します、と相手は名乗った。さざ波のような微笑が顔一面に広がった。わたしは聖職者、神に仕える者です。のちほど御一緒に祈りを捧げると致しましょう。

トレリスの頭に湧きあがり群がりつつあった不審の雲は黒い憤怒に縁取られている。彼は眼球沿いに目蓋を引きおろした。視野が甚だしく狭隘になったその目は強烈な日差しのなかを飛ぶ家蠅のそれの如くであった。すなわち、糸を引いたような目の隙間は一インチの千分の一ほどもなかったのである。空咳《から》きをして喉の調子を確認したのちに彼は声を張りあげ、またもや問い掛けた。

どうやって入ってきたのです？　御用の向きは？

諸天使のお導きのおかげです、と聖職者は答えた。そしてこの窓まで登る際に用いた梯子は天使のうちなる名工が最高級木材を用いて作製されたものでして、空中運搬車によって昨夜のうちにわが寮舎に運びこまれたのです。正確に言うならばあれは午前二時のことでした。今朝こちらにお邪魔したのは契約を交すためであります。

契約を交すためにここへ。

あなたとわたし、われら二人の間で取引きをするためです。床の上のそれ、実に見事な細工物ですな。取っ手の丸さ加減がなんとも言えない。

なんですって？　どういうことなんです？　どなたとおっしゃってましたかね、あなた？　あの音は？　なんだ、あの音は？

侍祭の鈴です、わたしの侍祭が鳴らしているのです、と聖職者は事もなげに言った。その声のさりげなさは目の前の細工物の丸み、星の光のきらめきに似た美しさにすっかり心を奪われているせいであった。

なんですって？

わたしの侍祭たちがこちらの庭に控えているのです。

話の腰を折るようで、あの、なんですけど、とシャナハンが口をはさんだ。あたしどもにはどうも高尚すぎてぴんとこないんですけどね。いえね。話の運びがゆっくりで凝りすぎみたいだけれど、そこんところをはしょるなり切り詰めるなりして頂けませんか？　あの男に一服盛るとか心臓あたりの静脈瘤を破裂させるとかいった手を仕組んで、さっさと片をつけるってのはどうでしょう？

オーリックは上唇の中央にペンを当て、頭もしくは手あるいはその両者を動かすことによって軽度の圧力を加えたので、唇は上向きに押しやられた。


結果。歯列および歯齦《しぎん》露呈。


わたしの狙いが分っていないようですね、と彼は言った。いったん持ち上げておかなければ落としようがないではありませんか。お分りですか？

なるほど転落死ってのもあるわけだ、とシャナハンが言う。

頭の中、脳味噌あたりの静脈瘤って手もあるな、とファリスキーが言う。あれがいかれちまったら間違いなく一巻の終りさ。

いつか見た映画にこんなのがあった、とシャナハンが言う。コンクリート・ミキサーってやつだ。

お分りでしょう、ミスタ・オーリック。若い男が三人、そこへ落っこちた、地獄のハンマーみたいにすごい勢いで回転している混合機のどまんなかにだぜ。

内服用混合剤、毎食後服用のこと、とラモントが笑いながら言う。

性急に過ぎるのは如何なものでしょうか、諸君、とオーリックは感想を述べ、ほっそりした白い手をひらひらさせて注意を喚起した。

コンクリート・ミキサーにかぎる、とシャナハンが繰返す。

すてきな考えがある、こう言っちゃなんだが飛び切りのやつだ、とファリスキーは自分のすてきな思いつきに顔を紅潮させ熱っぽく切り出した。あの男をコンクリート・ミキサーから引きずり出したら、念のため道路に仰向けに寝かせるんだ。それからスチーム・ローラーを全速力で発進させる……

そいつはいい、とシャナハンが調子を合わせる。

飛び切りいい考えだろ、ミスタ・シャナハン。だがね、ローラーが彼の死体の上をごろごろ通り過ぎてもだな、まずいことにぺちゃんこに押しつぶされないのが一つ残ってる。それどころか逆にローラーが持ち上げられちまうんだ——十トンもあるローラーがだぜ！

まさか、そんな、とオーリックは眉を上げる。

たしかに一つは残る、とファリスキーが指を一本突き立てた。ローラーを転がして行っても腹黒いあいつの心臓だけはその場にでんと控えてる。ぐじゃぐじゃになった死体の只中に何事もなかったようにおさまり返ってる。押しつぶせないんだ、あの心臓は！

なんとも……どうも……しぶといもんだ！　とラモントが嘆声を発する。どうです、ミスタ・オーリック。なんと言うか、心に響く話ではありませんか。

いかにもまったく、とオーリックは調子を合わせる。

押しつぶされないそうですからね、あの心臓は！

それにしてもスチーム・ローラーを使うとなると高くつくな、とシャナハンは思い直す。いっそ膝に針ってのはどうだろう？　彼がうっかりその上に膝をつく、深く食いこんだ針は折れちまって抜き取れなくなる。編み針か帽子の留めピンなんかだとこりゃ効くぜ。

膝裏にカミソリの一閃という手もある、とラモントはしたり顔にウィンクする。やってみるだけのことはあると思うがね。

オーリックはひっそりと考え込み、彼独自の学識の断片をあれやこれやと組み替えていたが、やがてこれまで交されてきた議論にわずかな隙間を見出し、そこへ学識の一端を差し込みにかかった。

肉体的苦悶の浄化は大脳組織ならびに知覚神経の精緻なる調整作用によって規制されております、と彼は説きはじめた。この調整作用は厳正なる理性の確固たる保持に相反するすべての情緒、感覚および知覚の記録を排除し、肉体の諸機能、諸作用を抑制します。無謀なる、あるいは、常軌を逸するほどに激烈なる感覚の受容は理性の許容しないところなのです。われに苦悶を与えよ、理性の領域内なる苦悩を与えよ、と「理性」が言います。さすればわれその苦悶をわが身に引き受け、それを分析し、それが然るべく受理されたる旨を表明し、しかるのち適切に対処するであろう――「理性」はそのように語るのです。お分りですかな?

いみじくも言いえたりってところでしょうかね、とシャナハンは言った。

しかしながら合法的に合意されたる一線を越えたる場合においては当方の関知するところにあらず、と「理性」は言います。われは灯火を消し鎧戸をおろし店を閉じ全活動を停止してその場を立ち去るであろう。時を置きて適切に対処しうる然るべき事態が提示されるならばわれ再び立ち戻るであろう
――「理性」はそのように語るのです。お分りですかな?

騒ぎが治まってから御帰還ってわけですね。

しかしながら魂、自我、内的人格は肉体とは大いに異なる特性を備えています、とオーリックは委細かまわず話し続ける。魂は迷宮に似て複雑なものです。肉体の時制は直接法現在ですが、魂は過去と現在と未来との重層的な絡み合いなのです。わたしはミスタ・トレリスに与えるきわめて深刻な苦痛の数々を考えています。つまり、過去完了時制を以て彼を刺し貫くのです。

過去完了ねえ、そりゃまあ結構でしょうよ、とシャナハンが言った。その件について異議を申し立てる者がいるとしたら、そいつはビー・ダブルオー・ケイ・エスなどあまり手にしたことのないやつ、書物とはなじみのない連中にきまってる。あたしとしちゃあ異議も異論もありませんがね。それにしてもあんたの御高説は高級すぎて雲の峰にお高くとまってるって感じだ。あんたはそれでいいんだろうが、あたしたちには梯子が必要ってことになる。そうじゃないかね、え、ミスタ・ファリスキー?

少くとも四十フィートのが欲しいな、とファリスキーが言う。

しばらく考えこんでいたラモントは片手を差し広げるとミスタ・オーリックに低いが熱のこもった声で語りかけた。

すっきりと分りやすい話も捨てたものではありますまい、と彼は言う。何か事を始めるに当ってはその手の筋立てのほうがぐっと具合よく行くと思いますよ。カミソリですっきり剃り込んだような単純明快なやつってことです。そういえば膝裏にカミソリ一閃なんてのは最高じゃありませんか。

オーリックの右手は顎のあたりに固定された。


言及されたる手の構えに関する解釈。極度に集中せる思考の外的表示。


認めます、諸君、と彼はついに言った。諸君の見解には妥当な点もかなりあると認めます。時として……

忘れてもらっちゃ困るんだが、とシャナハンは自説のさらなる展開をはかって強引に割り込む。つまりですな、ごくごく普通の世間並の連中のことも考えてもらいたいんですよ。あんたの言うことはこのあたしには分る、ミスタ・ラモントにも分る、ミスタ・ファリスキーだって分る――でも並の男の場合はどうですかね？　普通の連中にも分ってもらいたいのなら、あんた、ごくごくゆっくり手間をかけて話してやらなきゃねえ。カタツムリの歩みだってあの連中にとっては速すぎる、とても追いつけるもんじゃない。

オーリックは顎から引き離した手で額をゆっくり撫でた。

もちろん最初からやり直すという手も考えられますけれど、と彼はいささか持て余し気味に言った。でもそうなると話の妙味がかなり損なわれることになります。

そりゃもう最初からやり直したほうがいい、とシャナハンが言った。損も害もありゃしない。あたしはあんたよりずっと長いことこの世に生きてきた。そのあたしが言うことだ、聞いて損はあるまいよ。つまりね、出だしをまずったからって恥ずかしがることなんかこれっぱかりもない、そういうことなのさ。なんでもやってみるにかぎる、そうだろ、みんな？　やるだけのことはあるんだ。

やるだけのことはあるな、とファリスキーが言った。

やれやれ、それでは、まあ、とオーリックは言った。

ダンドラムとフォスター・アヴェニューを通り抜けて到来した火曜日は、海路はるばる運びこんだ新鮮な塩気とカラス麦を思わせる黄色の陽光を以て早くも蜜蜂たちを目覚めさせ、羽音も高く一日の労働に立ち向わせるのであった。小さな家蠅は窓枠の隅で軽やかに舞い、斜めに差し込む陽光のスポットライトを浴びながら、恐れを知らぬ空中ブランコ曲芸師よろしく華麗な演技を披露している。

ダーモット・トレリスは眠るでもなく目覚めるでもなく目には薄明の微光を宿してベッドに横たわっていた。両の手は太股に力なく憩い、伸ばした両の足は関節がはずれているかのようにベッド枠に投げ出されている。彼の横隔膜はメトロノームさながらに正確に脈動し、その息づかいのテンポに合わせて上掛けがゆるやかに盛りあがり沈みこむ。概して言うならば彼は静穏のなかにいるのであった。

グランド・カナル沿いに建つ彼の邸宅は宏壮なること宮殿を思わせ、正面には十七の窓があり、裏側にはおそらくその倍はあろう。彼はおおむね邸内に閉じこもっており、ドアを開けて外に出ることも外気と光を室内に入れることも絶えてない。昼間は常に寝室の窓の鎧戸を下ろしている。目敏《めざと》い人であれば気づくだろうが、晴れ渡った日でさえ室内にはガス灯がついているのだ。彼と直接会った人はほとんどいないし、たとえ以前に会ったことのある者も年のせいで記憶がおぼろげになっていてどんな人物であったか想い出せない始末である。托鉢修道会士なり門付け音楽師なりがドアを叩くことがあっても彼は一切無視するし、通りすがりの人に向ってさえ時には鎧戸越しにどやしつけたりもする。常軌を逸した奇人であるとの悪名が高い彼のことであるから、その彼の日光嫌いを聞いたくらいで驚くのはよほど物知らずのお人好しに違いない。

彼は神の掟など全く意に介しない。次に記すのは外出することもあった頃に彼が犯した悪業の抜書きである――

女学生たちに猥褻な話を語り聞かせ邪悪な詩を朗誦することによって彼女たちの敬虔なる思いを汚した。

聖なる純潔を軽侮した。

抜書きってことだけれど、だいぶ長くなるんですかね、とファリスキーが訊ねた。

もちろん、とオーリックが答える。始めたばかりなんですよ。

いっそ一覧表にしてみたらどうです？

一覧表にまとめるというのはいい考えじゃないですか、とラモントが同調する。いろいろと照らし合わせるのにも便利だし。どうです、ミスタ・オーリック、どう思います？

彼の罪業一覧表ねえ。そういうことですか？　とオーリックは聞き返す。

どういうことかお分りでしょうに、とファリスキーが気遣わしげに言う。

分ってます。それでは……**飲酒**――アルコール中毒。**貞潔**――欠如。この調子ならお気に召すわけですね、ミスタ・ファリスキー？

いい調子じゃないですか、とラモントが言う。卑見によれば、諸君、まことに結構。近頃の読者というものはえてしてこの種のいかがわしい話題を好みますからね。それにしても、ほんのちょっと手直しするだけでずっとましになるんじゃないかな。

ではそうしましょう、とオーリックは言った。

彼は神の掟など全く意に介しない。次に記すのは外出することもあった頃に彼が犯した悪業の抜書きである――

アンスラックス（炭疽）――この急性伝染病に冒された家畜の移動を規制する条例無視。

ボーイズ――町の不良たちとの親密なる交際。

カンヴァセイション――女性電話局員（特に名を伏す）を相手とする電話による卑猥なる会話を好む。

ダーティネス――あらゆる種類の精神的・知的・肉体的不潔嗜好。

アルファベット順に列挙するこの一覧表を完成するには慎重なる考慮と探求が必須ですから今はこれまでと致しましょう、とオーリックは所見を述べた。いずれ数々の不正行為の汚水だめをあさるとしても今この場はふさわしくありますまい。

ミスタ・オーリック、あなたは賢明なおかたとお見受けする。ですからエックスまで行ったらどうするつもりか楽しみにしていたんですがね。そうやってうまく切りあげるなんてなかなか食えないおひとですな、まったく、とシャナハンが言った。

お次のイーは邪悪のイーヴィルか、とファリスキーは続ける。

ミスタ・オーリックの言うとおりだ、とラモントが言う。本題に入りたがっているのが分らないのか、そうでしょう、ミスタ・オーリック？　いつまでも一覧表にこだわっていたら話がちっとも進まないじゃないか。

そりゃそうだ、とシャナハンが言う。謹聴！

ある日のこと、ふと窓から庭に目をやった彼は陽光きらめくなかに一人の聖者の姿を目にとめた。聖者に付き従う司祭と侍祭たちは鉄鈴を鳴り響かせ典雅なラテン語を唱える。逆上した彼は怒りの声をあげるや大股に五歩庭へ踏み出した。朝方この庭で神聖冒瀆行為があった――要するにそれが事の起りであった。トレリスは聖者の骨ばった腕を摑んで強引に走った。聖者の頭は石塀に激突した。邪悪なるこの男は聖者の日読祈禱書――かつての聖ケヴィン御愛用の書――を取りあげ怒りにまかせて引き裂こうとした。彼はさらなる罪業を重ねた。すなわち、若き聖職者――正確な記述を期するならば若き侍祭――を石塊を揮って打ちのめしたのである。

思い知ったか、と彼は言った。

邪悪のきわみですぞ、あなたが今朝この場所で執り行った所業は、と聖者は痛む頭に手をやりながら言った。

しかしながらトレリスの心は憤怒によって黒ずみ、聖なる闖入者《ちんにゅう》たちに対する憎悪の毒に染まっているのであった。無残な姿になった祈禱書のページの皺をかろうじて伸ばすと、聖者はこの邪悪なる者への呪いの言葉を詩の形に整えて朗誦した。三聯から成るその詩句は類いまれな典雅さときらめく陽光に似た清澄さを備えており……

言い淀《よど》んだオーリックは一息入れてから耳に快い声で切り出す――どうやら話がまた回り道に入りかけているようです。どう思います、諸君？

そう思うとも、まったく、とシャナハンが言った。気を悪くしないでもらいたいが、あんたの話は道草ばかり食ってるじゃないか。

教会攻撃に手間取っていたら道のりは大してはかどるまいよ、とファリスキーが言った。

察するところ精根を傾けたわたしの苦心作も諸氏の賛同するところではないようですね、とオーリックは言った。彼はかすかにほほえみ、わずかに開いた唇の隙間を利してひとしきりペンで歯を軽く叩いた。

あんたならもっとうまくやれる、とラモントが言った。そうとも、心を注ぎ精根を傾ければ二倍もうまくやってのけられるはずだ。

プーカ・マクフィリミの協力を要請するという手も考えられますけれど、とオーリックは言った。とにかく急いで取り掛ってもらいたいもんですな、とファリスキーが言う。さもないとトレリスをやっつける前におれたちのほうがやられちまう、やつに叩きのめされてしまうぞ。急いでくれ、ミスタ・オーリック。プーカを呼び出してすぐさま仕事につかせるんだ。ただじゃすまないぜ、おれたちのたくらみが彼にばれようもんなら……

手始めにこんな手はどうだろう、とシャナハンが乗り出す。腰のくびれにでっかい根太を膿《う》ませるんだ、彼の手が届かないあたりにね。誰にしたって身に覚えがあろうが、背中がかゆくても自分ではどうにもかけないところがある。ほら、ここらあたりさ。

猫の爪とぎ棒みたいな引っ掻き棒があるけどね、とラモントが言う。

まあまあ、皆さん、お静かに、とオーリックが言う。

ダンドラムとフォスター・アヴェニューを通り抜けて到来した火曜日は、海路はるばる運びこんだ新鮮な塩気とカラス麦を思わせる黄色の陽光を以て早くも蜜蜂たちを目覚めさせ、羽音も高く一日の労働に立ち向わせるのであった。小さな家蠅は窓枠の隅で軽やかに舞い、斜めに差し込む陽光のスポットライトを浴びながら、恐れを知らぬ空中ブランコ曲芸師よろしく華麗な演技を披露している。

ダーモット・トレリスは眠るでもなく目覚めるでもなく目には薄明の微光を宿してベッドに横たわっていた。両の手は太股に力なく憩い、伸ばした両の足は関節がはずれているかのようにベッド枠に投げ出されている。彼の横隔膜はメトロノームさながらに正確に脈動し、その息づかいのテンポに合わせて上掛けがゆるやかに盛りあがり沈みこむ。概して言うならば彼は静穏のなかにいるのであった。

耳もとで慎ましやかに発せられた咳払いが彼の理性を覚醒させた。夜明けの赤い望楼で不意を衝かれた監視兵のように両眼は次なる情報を彼にもたらした、すなわち、かたわらの飾り箪笥の上に坐るプーカ・マクフィリミの存在である。彼はぴったりとしたズボンの膝に黒檀材の高価なステッキを小粋に横たえ、こめかみは高級芳香油の繊細な香りを漂わせている。首筋を飾るクラヴァットに点在しているのは嗅ぎ煙草の細かい粉である。床にはシルクハットが逆さにして置かれており、その中に黒ウールの手袋が形よく収められている。

おはよう、とプーカは歌うような語調で声をかけた。おめざめになったあなたは夜明けの爽やかさを満契されることでありましょう。

トレリスはニキビをまさぐった。これは彼の心のうちなる驚きの強さを物語る仕草である。

これはまことに意表を突く来訪である、と彼は言った。雄牛も時には雌牛たりうるやもしれず、小ガラスが論客となり、雄鶏が産卵は雌鶏の特技ならずとの仮説を立証することもあろう。しかしながら下僕はいついかなるときも変ることなく下僕たるにとどまる。あなたをわが賓客として招いたおぼえはない。しかもわたしが眠りの影にあって意識なきを常とするこのような時刻であるのに。もしや根太治療用に調合された妙薬を持参されたのでは？

然らず、とプーカは答えた。

では薬草から抽出したシラミ根絶特効薬であろうか？

鋭く固い指先を組み合わせた思案顔のプーカはおもむろに語りだす。畜牛の雌雄にかかわる疑念はその幼時においてのみ生ずるのであって、探針あるいは消息子《しょうそくし》のたぐい、さらには倍率二十倍の拡大鏡を使用するならば容易に解決しうる問題なのである。ラテン語あるいは船乗り語法によって談論し思いを述べるを常とする小ガラスは迂闊《うかつ》にもすべての質問に対して同一の返答を与える結果われにもあらず自らの才能の質を露呈する。かくしてその法外なる無知もしくは無限の英知が明示されることになる。雄鶏がその体内より鶏卵を分泌しうるとするならば雌鶏もまた夜明けの四時三十分に刻《とき》を作りうる。空飛ぶ鼠はこれまでにも観察され、糞尿から蜜を採取する蜜蜂もいるであろう。無性生殖哺乳動物は交雑受精方式によって無生物的蜘蛛形綱《こう》の異形を産むとされている。下僕は下僕たるにとどまるとの説は誤謬ではない。しかしながら真理は奇数であるから、一人の主人に仕えるときは身動きがとれぬ。わたし自身は二人に仕えているのだ。

交雑受精方式ならびに蜘蛛形綱についてはわたしも知るところがある、とトレリスが言う。しかし無生物的なる用語にあなたが付与した意味はわたしにとって必ずしも分明ではないのだが。

生命の欠如、生物的痕跡の欠落、とプーカは答える。

的確にして簡明なる定義ですな、とトレリスは言い、賓客との交誼を楽しむ早朝の微笑を浮かべた。夜明けの風合いを添えた知の一粒は精神にとって望ましい朝食です。わたしはこれから眠りの闇に再び入り、目覚めとともに新たな吟味に取り掛る所存です。ここからの退出口については下女が御案内するでありましょう。巧智にして知謀に富む鼠であれば鳥の飛翔術の心得ありという点に関していささかの疑念も差しはさまぬわたしではありますが、この窓の隙間から覗き見るかぎり遺憾ながらそのような飛翔を目撃したおぼえはありません。では失礼して休ませて頂きます。

丁重なる御挨拶ながらお受けするわけにはいきません、とプーカは応じた。そこに認められる告別の趣きはこの際それこそまことに遺憾ながら穏当を欠くからです。広汎にして多様なる肉体的苦痛懲罰、そして耐え難い苦悩をあなたに経験させる――それがわたしの果すべき使命なのです。あなたが苦しめば苦しむほどわたしの使命は完成の域に近づくのだ。鼠の飛翔も目撃しえぬ窓など肝心の家屋を持たぬ裏庭に等しいと言うべきでしょう。

あなたの話はいちいちわたしを驚かせる、とトレリスは言った。その使命とやらの実例を三つ挙げたまえ。

背部の根太、眼球破裂、足萎え悪感、鉤裂き耳朶、以上実例四項目。

待ってました、とファリスキーが大声を発し、発止とばかり膝頭を打ち叩いた。さあ、ついに開戦のとき到る。徹底的に戦い抜くぞ。正々堂々の決戦だ。

さあ、みんな、カミソリを研ごうぜ、とシャナハンはにやりとする。ミスタ・ラモント、すまないが暖炉に火かき棒を突っこんどいてくれないか。

笑い声が起きた、不揃いの、底意地の悪い、甲高い笑い声。

まあまあ諸君、とオーリックが言う。まあまあ諸君、そんなにいきりたたないで。

景気よくやろうぜ、とファリスキーが言う。背中の皮を剝いでやる。ひどいことになるぞ、あいつ。

まことにおぞましい話ですな、とトレリスは言った。あと五つばかり例を挙げて頂こうか。

軽く会釈するとプーカは爪の長い左手五本の指を垂直に立て、それを一本ずつ右手で水平に倒しながら苦痛の数々を逐一列挙した。

指ささくれ深部への矢尻挿入、膝裏カミソリ切り、乳頭締めつけ、鼻環吊り、背中に鋸横挽き三回、薄暮の鼠咬、小石食いと豚尿飲み——以上で八例。

これら八つの責苦はたとえ宝物箱をくれると言われても御免蒙ろう。到底耐えられるものではない。そのなかでもどれが最悪であるか、それを言うには蜘蛛の巣の如くに入り組んだ思考の迷路を辿ってひと冬を過さねばなるまい。一杯のミルク、立ち去る前にこの珍味を味わいたまえ。

あなたが味わうのはこれらの、そしてさらに多くの容易ならぬ苦しみなのだ、とプーカは言った。あなたが最悪と思うもの、それについては後刻わたしの耳もとに囁いて頂こう。これはわたしの好意と思って頂きたいが、責苦の時に備えて起きあがり服を整えるだけの余裕をあなたに与えよう。一杯のミルク、それは胃弱なわたしにとって好ましからざる飲料である。団栗《どんぐり》と腰肉パイ、これがわたしの朝食時の楽しみなのだ。さあ、起きたまえ、さもないとこの鋭い爪があんたの乳頭を痛めつけることになる。

プーカのズボンの尻が大きく波打ち揺れ動いた。これは尻尾とそれを包む尻尾状シャツとがゆるやかに競い合い渦巻き跳ねまわっている証しである。彼の顔は（その色に関して言えば）灰色であった。

トレリスの顔の色、例外はニキビ先端。白。

近づくな、このバリバリ野郎、とトレリスがわめいた。ええい、くそっ、その手を近づけようものならおまえのはらわた部屋一杯に蹴散らかしてやる！

これら恐るべき懲罰はそれぞれ単独にあなたを苦しめるのではありません、とプーカは妙に丁重な口調で言った。三幅対が次から次へと襲いかかるのでもない。三々五々どころか三十五十が束になって一挙にあなたを攻撃することになる。なにしろ真理は一つなのだから。

かくしてプーカ・マクフィリミは不可思議な魔力のすべてを発揮した。すなわち、角《つの》の如くに硬い親指をよじって自然界の静的均衡状態を攪乱し、それまで隠れ潜んでいた厖大なる霊力の驚くべき発現を促したのである。数知れぬ超自然的事象が一斉に惹起した。ベッドの男を包囲するカミソリの鋭い刃は乳頭、膝裏、そして腹部を襲撃し、頭皮の下で鉛のようにこわばっていた動脈はにわかに怒張し、血流は激流と化し、眼球は流血し、背中の到るところに波打ち盛りあがる根太と腫瘍はその数六十四に達しあたかも飾り鋲を鏤《ちりば》めた盾の如き様相を呈した。臓腑は攣縮《れんしゅく》し五臓六腑が反転した結果、未消化の肉片がベッドに、いや、正確にはベッド上掛けに噴出した。身体のみならず彼の部屋そのものも激変した。それは純物理学理論によっては解明不能の超自然的現象であって、起重機用張り綱や滑車装置などの操作によっては到底達成不可能であるのはもちろん、ドイツ製組立て壁面の取り外しというくらいでは説明のつく事態ではない。さらに部屋自体の動きにしても重力作用研究の成果たる弾道学が確証するところの投射物運動軌跡にかかわる如何なる法則とも合致しない。実際まことにすさまじい惨状であった。壁は裂け彼方に飛び散ったかと思うや轟音とともに舞い戻り、もうもうたる石灰の塵埃を舞い上げ、四角四面の壁面が時には六角形に変貌する。明と暗とが唐突に交錯し、嘔吐に似た聞くに堪えない騒音が絶え間なく反響する。室内便器はあたかも金蠅の如くにあてどもない放物線を描いて空中をさまよい、衣装箪笥をはじめとするずっしりと重い家具類は何の支えもなしに宙に浮かんでいる。時計がせわしなく時報を告げ続けているのは時間の自然な流れさえ異常をきたしている証拠である。これらの音と入りまじって地獄の祈禱を唱えるプーカのくぐもった声と受難者の悲鳴が聞こえる。どんよりとした空気は筆舌に尽し難い悪臭を放つ。

とどのつまり次のような事態となった。すなわち、息も絶え絶え、狂気の眼差し、全身根太だらけのトレリスは汗まみれの寝間着姿のまま窓ガラスを突き破って飛び出し、通りに走り出るや舗道の玉石にぶっ倒れたのである。片眼は飛び出し、片耳は押しつぶされ、骨折二か所——これが思わぬ転倒によってもたらされた災厄であった。鼠飛翔術の達人プーカは黒いマントを雨雲の如くに広げてひらひらと宙を舞い地上に降り立った。そこでは目を回したかの男が正気を取り戻そうともがいている。それがさらなる禍を避けるため彼に許されたせめてもの自衛手段なのだ。以下はこの二人が演じた脇芝居の大要である。

地獄の豚め、この瘡掻《かさか》き野郎！　血まみれの口に当てた五本の指の隙間から洩れ出てくるトレリスの声は奇妙に上ずっている。泥水のたまった道路に横たわる彼のシャツには鮮血がじっとり滲み出す。このかさっかきの死神反吐野郎！

静まりかえった夜明けの町並みではまだ夜と昼がひそかな秘密を分け合っている。プーカは両の鼻孔のそれぞれに指を当て大気の微妙な香りを探った。それによって空模様の成行きを予知しようというのである。

この反吐野郎、とトレリスは繰返す。

罵声を浴びせかけられた当人はそれでも丁重な口調で応じる。暖かいベッドを放棄する、それもゴールウェイ産厚手大外套に守られることなしに立ち去るとはとんでもない失策でした。その結果として肺疾患にかかわる懲罰的応報に見舞われるおそれありと申せましょう。嘆かわしき転倒の激甚度をお尋ねしたいところですが、これは時機を得ぬ質問でありましょうか？

最低の腹黒下司野郎だ、おまえは、とトレリスが言う。

あなたの発言は耳に快いものではありませんな、とプーカは応じる。階級間の障壁をひときわ際立たせるたぐいの言説です。苦悩の時にも甘美なる言葉を、人間的悲哀の極みにありてもあえて典雅なる洗練を――これもまたあなたの頭に叩き込む必要のある教訓です。さらに、数に関する不体裁なる偏頗《へんぱ》を回避し均衡を保つために、頭に加えて左胸中枢に位置する膿みただれた部分にもこの教訓をしかと刻みつけるべきでしょう。

つまりあんたはわたしの精神の働きについて文句をつけたいんだな、とトレリスは言った。しかし痛むのはそれだけじゃない。痛めつけられた体のほうも忘れてもらっては困るのだ……

ちょっと待ってくれ、とシャナハンが言った。あんた忘れてることが一つある。袋の中に身をひそめた猫みたいに肝心なのが残ってるぜ。

というとどんな猫が飛び出すんでしょうね？　とオーリックが訊ねる。

まずは頼みの男の登場。結構な話の筋立てだ。仕事に取掛る。これまた結構。部屋が跳ねまわる。悪臭と騒音。結構ですな。部屋の立て付けはがたがた。だがね、一つ忘れてる。気まぐれな猫みたいに身をひそめている一番の大物を忘れちゃいませんかねってんだ。つまり、諸君、あたしは天井のことを考えているのだ。あの寝とぼけ男の頭上に天井落下とは如何になんでも法外だ、なんて紳士気取りで言い出しゃしないでしょうな。

ああ、そいつは如何にも途轍もないおおごとだ、とラモントが言う。わたしの友人に首の、ほら、ここのところに漆喰の塊の一撃をくらったのがいるんだが、ぺちゃんこになってもう少しで死ぬところだった。

どうだ、あたしの言ったとおりだろう、とシャナハンが言う。

死にそこなったんだ、もうちょっとで一巻の終りってところだった。

どさっと天井が落っこちる、それがあたしの狙いなのさ、とシャナハンが言う。あんたどう思う？　寝とぼけ男にどすんと漆喰一トン落っことすのさ。

今さら話を巻き戻すのは如何なものでしょうか、とオーリックはどんなものかと思案顔でテーブルを軽く叩く。

あの男、聖母病院に一週間入っていた、とラモントが言う。あれから一年ほどはあいつの話でもちきりだった――あんたの耳にも入ったんじゃないかな。まったくねえ、あいつ身動きひとつ出来なかったんだ。

つまりは二人をまた家の中に逆戻りさせるということになる、とオーリックが言う。

そうするだけのことはある！　とファリスキーはてかてか光るズボンの膝頭をぴしゃり叩く。そうとも、そうしなさいよ。

とんぼ返りさせるんだ、とシャナハン。ごちゃごちゃ言ってないでさっさと送り返してくれ。

再考は愚考にあらずと申しますな、と言いながらプーカは丁重に嗅ぎタバコ入れをトレリスに差し出す。考え直せばわれら二人して人目なきあなたの寝室に立ち戻るのが賢明の策と思えるのです。天井崩壊、迂闊にもその一点を忘れていました。

あんたが妙に持って回った言い方をするものだからこちらとしてはなかなか真意がつかめない。

われら二人が関与してきた気散じを全うするにはあなたの寝室への復帰が肝要にして不可欠なのです。

結構な企画ではある、とトレリスは言った。どのようにしてこの街路から退去するのか？

到達したのと同様の手段によって、とプーカが言う。

ますます結構、とトレリスは言う。彼の片目から滲み出した涙が顎に達し、見るも痛ましい痙攣が背骨を伝って走った。

かくてトレリスの髪をつかんだプーカは飛翔するカツオドリさながらにマントの下に四肢を優美に包みこんで宙に舞い上り、例の窓敷居に舞い戻った。飛翔する二人が交した会話の主題は次のとおりである。すなわち、眼下に張りめぐらされた路面電車用通電線は町全体を封じこめる檻の如くに思えること、三輪車は完璧なる奇数性を備えていること、奇妙なことではあるが足に関するかぎり邪悪にして罪深き犬も放尿時三本足になるときは神聖なる美質を体現すること。

この窓の石造り敷居に留まり憩う、それがわたしの心積りです、とプーカはトレリスの耳元に語りかけた。あなたに関して言うならば、石灰に覆われ乱雑をきわめてはいるものの静穏なるこの寝室に憩うあなたの姿を見る、これは夜明けの奇矯なる情動を抱くわたしのなしうる優雅なる譲歩と思って頂きたい。

なんとか入りこめそうだ。鮮血に染まった寝間着姿のトレリスは室内に這いずりこみながら言った。少し時間をくれたまえ、傷ついた足は歩みののろい巡礼者だし、肩の関節も接続を失っているのだから。

床に這い寄ったとき、天井が彼の頭を襲った。強烈な衝撃に頭蓋の一部が陥没した。石灰の粉塵をまきあげる落下物に埋もれた死体がそこに転がっているかと思われた。しかしプーカが五分間という期限付きで超自然的な力を貸与したおかげで、彼は背中にのしかかる一トンもの漆喰を持ち上げ、辛うじて抜け出し、白い石灰まみれの投擲物と化して窓を突き抜けることができたのである。彼は落下した。またもや玉石に激突した。それまで体内に残っていた血液の半分は周辺に飛び散り彼の体を染めた。

ここでファリスキーが手を挙げて話の進行を中断させた。

少し厳しすぎるんじゃないか、と彼は言った。人はえてして相手が持ちこたえられる以上の苛酷な刑罰を与えたがるものだからな。

おいおい、まだほんの手始めなんだぜ、とシャナハンが言う。

諸君、お願いだ、万事わたしにまかせて頂こう、とオーリックは気色ばむ。不慮の死といった不幸な事態にはならないと請け合います。

殺人とは一線を画したいものだ、とラモントが意見を述べる。

うまくいってると思うんだけど、とシャナハンが言う。

まあいいだろう、先を続けようじゃないか。でもね、あの男、心臓が弱いってことを忘れなさんな。彼が持ちこたえられるぎりぎりのところまでにしてやってくださいよ。

その点は御心配なく、とオーリックは答えた。

然る間プーカは角の如くに硬い二本の親指を組み合わせ、ただならぬ角度に捻《ひね》るや高級カシミヤ地の細身ズボンにこすりつけて新たなる妖術を使った結果、次のような事態が招来された。すなわち、暗黒の憤怒に取り付かれたトレリスは絶え間ない不安にゆらめきぐらつき、旧知の場所への嫌悪感と未知の領域への憧憬の念に衝き動かされ、萎えた手足を物ともせず目を怒らせ心激して狂気の鳥さながらに上空を目指した。鮮血に染まるシャツ棚引かせて飛ぶ彼に雁行するのは鼠飛翔術の達人プーカである。

東に向って飛び夜と昼との継ぎ目を見る、これはまさに審美的悦楽です、とプーカは語りだす。ゴールウェイ産のみごとな厚地外套、カーキ色裏地付きのあの外套、あなた寝室再訪の際あれを着てくるべきでしたね。

飛翔術の心得も着陸という姉妹技術を欠くときはなんとも心許ないものだ、とトレリスは応じた。喉が渇く、五分間以上はもたない。すぐにも泉の水を飲まなければ、わたしは死ぬ。われら両人直ちに着陸するにしくはあるまい。仰向けに横たわるわたしの内臓に、あんた、帽子に満たした水を注ぎこんでくれ。首のここのところに穴が開いている。注がれた水の半分はその穴から溢れ出し、その残りしかわたしの胃には流れ込むまい。

ここでオーリックはペンを置いた。

水と言えばミスタ・ファリスキー、この家の付属施設のありかを教えて頂けまいか、つまり、手洗いのことだが。

あなたの言う重要なる個室はですな、とファリスキーはしかつめらしい声で応じる。そこを左に出て二階にあがる最初の踊り場に位置しています。見落とすおそれはありますまい。

なるほど。そういうことであれば、ここで小休止としますか。今のわたしには瞑想と祈りの時間が必要なのです。ここでひとまず幕を降ろすと致しましょう。では諸君、アディオス！

待ってますぞ、とシャナハンは声を張りあげ、手を振った。

オーリックはゆらり立ちあがり、指を櫛がわりにしてさっと髪を撫でつけた。ポケットから小さな箱を取り出したラモントはそれを開け、中には疑いもなく一本のタバコしか入っていないことを一同に開示した。石油蒸気の可燃性を頼りに有効性を発揮する小型器具の助けを借りて彼は唯一無二の紙巻きタバコに火をつけた。肺臓の最深部まで煙を吸い込んだ彼はテーブルにその煙を吹きつけながら語り出した。

快調ですな、事の運びはまったく快調です。あの男、悔しがっているでしょう。今頃は悔し涙に暮れてるに違いない。

こんなひどい目にあった男の話なんて聞いたこともない、とファリスキーはゆったりした口調で言い切った。これほどすさまじい懲罰はまさしく前代未聞ってところだ。

諸君、とシャナハンが切り出す。あの男を休息させるのはまずいんじゃないかな。息継ぎの余裕を与えるなんてとんでもない話だ。

一息入れて盛り返すおそれありってことか。

そこでだな、ひとつ提案がある。あたしの手であの男を少しばかり痛めつけたいのだが如何なものだろうか。言ってみれば本筋に付けたりの余興ってわけさ。どうだこの動議、可決承認とみていいだろうな。

どんなもんでしょうかね、とラモントが言う。あわてることはないでしょう。よけいな手出しは無用じゃないですか。今のところ万事好調なのですから。

そうでもないぜ、まあ聞いてくれ、自前のを一席やるから。

空飛ぶ二人は大魔王の言いつけでだしぬけに立ちどまった。プーカはそのまま宙に浮いている。どうしてそんなことが出来るのか分らないんだが、とにかく浮いてるんだ。もう一方のやつは半マイルほども落っこちて地べたに鼻っ柱をぶっつけた。足は二本とも折れちまうし、十四本の肋骨はひびだらけ。おっそろしい落っこちぶりだ。しばらくしてプーカが舞い降りてきた。パイプをくわえ気楽な調子で何やらとりとめのないことを話しかける。少しは慰めになるとでも思ってるらしいのだが、当の相手は屠畜係に長ナイフで喉を突かれた豚のように血を噴き出し、罰当りの口汚ない罵詈雑言を浴びせ続けている。その悪態のすさまじさに太陽さえもそそくさと姿を消すほどだった。

いいかげんにしなさいよ、あんた、とプーカは口からパイプを離しながら言った。悪態をつくのはそれくらいにするがいい。いっそこれが気に入ってるとでも言ってみたらどうなんだ。

とにかくとんでもなく突拍子もないことばっかし、とトレリスが言う。お笑い草もいいところ、おかしくって死にそう。生れてからこのかたこんなおかしな思いをしたことなんかない。

そいつは結構、とプーカが言う。せいぜい楽しむがいい。楽しみついでに横っ面に一発というのはどうかな？

どっちがわの横っ面？　とトレリスは言う。

ひだりがわ、とプーカが言う。

あんたってまったく気のいい人だ、とトレリスは言う。たいした付き合いもないのにそんなに気をつかってもらえるなんて恐縮。

どういたしまして、と言いながらあとじさりしたプーカはパイプをかざしてどっとばかりに襲いかかり、横っ面を蹴とばした。その一発で蹴あげられた男の顔の半面は空中高く舞いあがり、クロドリの巣に引っかかった。

こいつはいい、とでも言ってみたまえ、と彼はトレリスに言う。

こいつはいい、とトレリスは首に開いた穴から言った——彼としてはそう言うより仕方がなかった、月並み紋切り型ながら長い物には巻かれろと言うではないか。とにかくこいつはいい、妙におかしな気分だ。

これからますます妙におかしなことになる、とプーカは言い、眉をしかめ力をこめてパイプをふかした。すぐにもおそろしくおかしな事が起きる。そこの草の上に転がってるのはあんたの骨じゃないかな?

そうとも、とトレリスが言う。あれはあたしの背骨から飛び出したやつだ。

ちゃんと拾っておきたまえ、とプーカが言った。どのパーツにしても一つだって失くしたくないのだから。

そう言い終ると彼はタバコ汁のまじった茶色の唾をわずかに残ったトレリスの鼻に吐きつけた。

どうもどうも、とトレリスは言う。

あんた、一人前の男であることにうんざりしてるんじゃないかな、とプーカは言った。

今のところ半人前なんですからいっそのことちょっとした美女にしてもらいたいわ、とトレリスは言う。そしたらあんたと結婚する。

鼠にしてやる、とプーカは言った。

まったくのところその言葉に偽りはなかった。彼が例の如く親指で魔力を発揮すると、トレリスは雄の鼠に変身していた。黒く尖った鼻づら、鱗《うろこ》に覆われた尻尾、鼠色の体にはダニとシラミがびっしりへばりつき、さらにはペスト菌をはじめとしてありとあらゆる病原菌にまみれている。

どうだ、今の気分は？　とプーカが言った。

鼠の気分、と鼠は言い、嬉しそうに尻尾を振った。そうせざるをえなかった、そうするほか仕方なかったのだ。哀れな鼠です、と彼は言った。

プーカはふかぶかとパイプをふかす。

そこまで、とファリスキーが言った。

なんだ、なんか文句あるのか？　とシャナハンが問い返す。

文句はない、あんたよくやってる、とファリスキーは言う。でもね、ここらあたりで微力ながらこのあたしも少しは貢献したくなったんだ。さて、諸君、話の続きは果して如何なることに相成りましょうか、まあ聞いて頂こう。

プーカはふかぶかとパイプをふかす。これは非常に高度の魔術的効果をもたらす振舞いであって、彼は縮れ毛エアデールテリアすなわち時の始めからこのかた鼠の天敵たる恐るべき猟犬に変容しおおせたのである。ひと声吠えるやむさくるしい鼠を疾風の如くに追い立てた。いやまったくすさまじい追跡シーンであった。追いつ追われつここかしこ、悲鳴と怒声が入りまじる。理の当然と言うべきか鼠は追いつめられ、喉元に食いつかれ、振りまわされ、震えわななき、もはやこれまでと観念するのであった。彼は草地にほうり出された。見るも無惨なありさまで、筋も骨もすっかりいかれてしまっていた。

このあたり文句はないでしょうな、とファリスキーは言い添えた。鼠の骨ってのはひどくもろい、おっそろしくやわなんだ。ちょっとしたことでへたばっちまうんだから。

創作と文学的余暇活動に従事する一座に雑多な意見が乱れ飛び手がつけられなくなったが、冷静かつ巧妙に事態を収拾したのはラモントであった。

要するにこういうことになるんでしょうね、と彼は言う。つまりプーカはまたもや魔力によって自分たちを元の姿に戻し、十五分前と少しも変らず二人は宙を舞うのです。苛酷な試練の痕跡も留めていませんでした、とまあこんな具合です。

オーリックが戻ってきた。注意深くドアを閉じる。さっぱりした表情、物静かで丁重な物腰。タバコの煙のなごりが薄い雲となって肩のあたりに漂っている。

待ってました！　とシャナハンが言う。最高最良の話上手の御帰還だ。待ちかねて喉がひりひりしてますぜ。さあ、例のやつをもう一丁。

オーリックは話上手の黄金の口をほころばせ喜びにきらめく微笑を浮かべた。なにやら自分の思いにとらわれているのであろうか、その微笑は顔に貼りついたままである。

一段とスリルに満ちた話の続きを所望されるのか？　よろしい、と彼は言った。

さあ先を急いで頂きましょう、とラモントが言う。

深遠なる思索に耽っていたところなのですが、とオーリックは言う。ついにある考えが思考の深奥なる部分から浮かびあがってきました。極め付きの筋立てを案出したのです。この着想に従えばわれらの物語は偉大なる文学の最高位に祭りあげられること必定でありましょう。

極め付きはいいけれどあんまり凝りすぎないでもらいたいな、とシャナハンが言う。

すべての人に受け入れられる筋立てです。とりわけて諸君の意にかなうこと請合いだと思いますよ。

裁判と復讐とを組合わせるという構想なのです。

結構な趣向じゃないか、とシャナハンは言う。凝りすぎ気取りすぎってんじゃなけりゃね。

額に寄せた皺の重みに耐えかねたかのように難しい顔をうつむけてラモントが暗い声で言った――これまでのところせっかく面白い話をでっちあげてきたのだから、少しでも興醒めな筋書きにしようものならただじゃすまない。シャベルを揮ってお命頂戴ってことになる。そうじゃないか、え、みんな？

一同賛同。

まずは聴いてもらいましょう、とオーリックは言う。では、諸君――

二人はクルェン・オーの樹に憩った。トレリスの塒《ねぐら》は細い枝。上掛けは肌刺す茨、絡み合う野バラ。プーカはと見れば例の親指魔力によってズボンの尻から帆布地テントを取り出す。香り立つ松の木槌を揮って匂いさわやかな大地に木釘を打ちこむ。ヒナギク鏤《ちりば》めた草地は彼の絨緞。テントを立ておわるや、ズボンの倉庫からまたもや驚異の品を引き出す。すなわち、フランス製寝具付きヒッコリー材枠組高級折畳みベッド。ついで地に跪き祈禱の姿勢をとる。舌と角の如くに堅い親指が発する音は樹上にとまる傷ついた男を震えあがらせるに十分であった。祈禱を済ませるや優雅な東洋風絹地パジャマを身に纏う。腰部には色鮮やかにして豪奢なる飾り房。遥か東方の偉大なるサルタンがハーレムで着用されるにふさわしい衣裳である。彼はトレリスに声をかけた。

森を吹き渡る微風の気配から察するに、明後日は雨模様となるだろう。樹上のあんたに夜の挨拶を送る。高みを流れる新鮮なる大気はあんたの体力回復に資するであろう。あたしは蒲柳の質であるからしてテントにて睡眠をとる。

度重なる災厄のためトレリスの五感は衰え弱っていたので、彼が発した丁重なる応答も茂る木の葉の隙間を縫って地表に達する頃にはそれと聴きとれぬほどのかすれ声になっていた。

作物にとって雨は天の恵みとなりましょう。おやすみなさい。あなたには天使の恵みがありますように。

プーカは海泡石パイプの火皿から赤い火の塊を叩き落とし、平らな石で燃えさしを注意深く圧し潰し、完全なる消火を見とどけたうえでやおらテントの中に引き退いた。わが国土の快適なる環境を守り愛する者であれば誰にもせよ恐るべき破壊力を発揮する火災に関して油断なく気を配るのは当然の心構えなのである。その夜の二人について述べるとするならば次の点だけは確言しうる、すなわち、その一人は夜通し健やかなる大鼾《いびき》をかきつづけていたのであった。

夜が過ぎた。朝はまず平野と平地を覚醒させ、それから木々の茂みを訪れてプーカのテントの垂れ布を軽く叩いた。彼は起きあがり、祈り、肌身離さず持ち歩く完全な球体をなす黒い小壜に収めた高価な芳香油をこめかみに塗りつけた。それが済むとポケットからオート麦をはじめとして幾種類もの精選食材を取り出し、口当り軽く滋養に富む甘美なるパンケーキを焼きあげた。森の木蔭での優雅な朝食にとりかかる前に彼は樹上の男に向って食卓を共にするのは如何かなと声をかけた。

朝食ですって？　トレリスの虚ろな声が森の上空から落ちてきた。彼は抜きんでて高い樹の頂きにとまっているのだ。

当らずといえども遠からず、とプーカは答えた。たしかに食卓を共にしないかと誘いはした。しかしながら、ただ一度の誘いに乗るのは如何にもはしたない振舞いであるからして、あんたとしてはこの招待を謝絶すべきでしょうな。

お誘い感謝します。でも御相伴は辞退致しましょう、とトレリスは言った。

残念ですなあ、とプーカは応じ、きれいに剃った顎を動かし口をゆがめて茶色に焼きあがったパンを嚙みしめた。食事を抜くなんてとんだ心得違いですがねえ。

プーカがパンケーキをのこらす胃袋の底深くに収めおえるまでにはたっぷり二時間を要した。その間、樹上の男の五感のそれぞれは順次衰え失われ、そのあげく全くの人事不省となった彼は枝から枝へと衝突しながら落下して地表に激突し、これまで以上に深い昏睡の闇に落ち込むことになった。彼の体に埋め込まれた棘を精査するならばその数九百四十四本をくだるまいと思われた。

　プーカは彼に珍味すなわち豚尿一パイントを与えて人心地をつかせた。かくて先を急ぐ二人の足は合計わずかの三本である。

　一面に敷きつめた枯葉と朽ちかけた団栗《どんぐり》を踏みしめて二十六パーチ（約百三十メートル）ほど進んだ二人は（まことに思いがけないことに）樫の古木の蔭から歩み寄る一人の男の姿を認めた。プーカは（まことに喜ばしいことに）それが誰あろうかの著名な哲学者にして才気に富むラコントゥール（話上手）、ミスタ・ポール・シャナハンその人であると知ったのである。

　このときシャナハンがタバコで茶色に染まった指を物語の織地に差し込んだので、重ね書きの話の進行に欠落が生じた。

　待ってくれ、と彼は言った。ちょっと待ってくださいよ。あんた今なんて言った?

　オーリックは微笑した。

微笑の性質。 意外、怪《け》訝《げん》、邪気なし。

著名なる哲学者にして才気に富むラコントゥール、ミスタ・ポール・シャナハン。彼はゆっくり繰返した。

ファリスキーは顔がシャナハンのそれに接近するよう首の向きを調整した。

なんか不都合でもあるのか、と彼は問いかける。どうだって言うんだ？　文句なしじゃないか。褒めあげてくれたんだぜ。最後の言葉の意味、わかってるんだろうな？

もとはフランス語なんだろ、あれは、とシャナハンが言う。

どういう意味か教えてやろう。ラコントゥールってのは文句なしって意味なのさ。わかるかね？　男に会った・人柄を見た・文句なし申し分なしの男だと思う――つまりこういうことなんだ、わかるね？

心配無用、気にすることなんかなんにもないんだから、とラモントが言う。

シャナハンは肩をすくめて言った――

いいだろう、わかったよ。あたしとしてはどっちかといえばこの話に組み込まれたくなかった、まったくのところ関わりを持ちたくはなかったんだ。でもね、こうして組み入れられてしまったからには、まあいいだろう、結構ですよ。あんたのことは信用してますからね、ミスタ・オーリック。

オーリックは微笑した。


微笑の性質。満足、納得。

たとえ一日中歩きまわろうともミスタ・ポール・シャナハンほどに押出しの立派な人物に出会うことは到底望み得ないであろう。男盛りの栄光は完璧なる均整を誇る体軀のあらゆる部分に刻印されており、筋骨逞しき競技者さながらに闊歩《かつぽ》する身のこなしは華麗なる青春の律動にほかならぬ。たとえ不注意きわまりない観察者あるいは単なる行きずりの者であろうとも彼の広き肩幅、隆々たるその胸郭を目にするときはこれぞ難攻不落の要塞、限りなき力の湧き出づる源泉にほかならぬと思い知るのである――力、それは粗暴なる振舞いもしくは埒《らち》もない虚名を博さんとして行使される力ではなく、弱者を守り圧制に反逆する力であり、すべて善なるもの汚れなきもの高潔なるものを助長し振興するために発揮される力なのだ。顔色は曇りなく眼は清澄、これは清らかな生活の証しである。しかしながら、完璧なる体軀の持主であるにしても、彼の魅力は身体的(あるいは純粋に肉体的)局面にかぎられているとするのは誤謬のおそれありとしなければなるまい。人生の諸問題諸課題に処するに彼は当意即妙の機知とユーモア感覚を以てする――全天暗雲に覆われ一筋の陽光もささず世は闇に沈むときでさえもあえて物事の明るい面を見出しうる稀有の能力、広やかな心の持主なのである。不朽不滅のギリシア・ローマ古典はもとより事実上すべてのヨーロッパ言語をわがものとする広汎なる教養、豊かなる表現力により彼は如何なる問題が論じられようと、また如何なる意見を持つ人物が参加していようと一切かかわりなくすべての会話会談においてその中心となり人びとはおのずから彼に引き寄せられるのである。心優しく常に相手の気持を思いやる美質(実のところこのほかにも数々の美点を備えているのだが)のゆえに彼を知る人すべてに慕われた。限りなき寛容の人たる彼は一言にして言うならば廉直なる傑物であって、嘆かわしいことに近来きわめて稀有な存在となりつつあるタイプなのである。

彼が旅する二人の視野あるいは視界内に到達するのと殆んど時を同じくして新たなる人物が合流した。多くの点で彼と酷似している男である。この新来者の名はジョン・ファリスキー。それはこの現世において肝要なる事どものなかでもとりわけて家庭生活および家族の絆の神聖、尊厳を重視するすべての人たちの間ではよく知られた名前なのだ。公正なる観察者の見るところ疑いもなく男たるものの堂々たる典型であるミスタ・シャナハンに比して彼が容姿ならびに体軀においていささかたりともひけを取る点ありと言う者ありとするならばその者は公正なる観察者たる資格に欠ける。しかしながらまことに奇妙なことに、はじめて彼に会う者が鮮烈な印象を覚えるのはその見事な体軀ではなくしてむしろその容貌が発するただならぬ精神性なのだ。深々とした眼差しを人に向けてはいるものの当の相手を見ていないのではないかと思えるときがある。言うまでもないことだが、相手を故意に無視するが如き非礼な振舞いは彼の最も嫌うところなのである。彼が深遠にして高邁なる思索の人であることは明らかであって、静謐にして思慮深い容貌はまぎれもなくそのことを示唆している。真正の力と偉大さは弱小些少なる事物の考察、吟味に端を発するという。これはまさしく至言であろう――些細なること、たとえば、牧草地で遠慮がちに頭をのぞかせる内気なヒナギク、コマドリの赤い胸は霜を置く野に映え、夏の日にはそよと吹き渡る優しき西風が太陽神の華麗な働きを和げる。彼こそは自然界の静謐と崇高の体現者。すべてを理解するがゆえにすべてを許す者ありとするならば彼を措《お》きて人はあらじと言いうるであろう。広範なること果てしなき学識、熱烈なること類をみない愛情、そして人情の常としてわれらが分ち持つ数知れぬ弱点に関してさりげなく示す思いやり――これらすぐれて良質なる特性ゆえにミスタ・ジョン・ファリスキーは男の中の男たりえたのであり、妻に慕われ、世の人びとの心を――信条あるいは階級に関係なく、宗教的あるいは政治的立場の如何を問わず、主義主張の相違にかかわりなく――すべての人の心を引き付けたのである。

東方から接近してきたと思われる第三の男がこの二人の紳士に合流したのは偶然以外のなにものでもない。二人の紳士について列挙した卓越せる美質の殆んどすべてが第三の男には欠けているというのであれば彼の取り柄はまるでないではないか、とする思慮なき未熟者たちの早合点は無理からぬところであろう。しかしながら、かかる憶説は由々しき誤謬を含んでいるのであって、アントニー・ラモントの激しい反駁を招くのは理の当然である。よく引き締まった端正な体つきの彼のしなやかな身のこなしは優雅かつ繊細な気配を漂わせ殆んど柔弱と言えないこともないくらいなのだが、とはいえその言葉が暗示する侮辱的含意をいささかなりとも喚起するおそれは全くない。青白く繊細で禁欲的な顔立ちは美しくも香わしい自然に心を寄せ思索に耽る詩人の風貌にほかならぬ。鼻孔が描く微妙な線、繊細な口元、奔放で気ままな乱れ髪――これらはすべて奇妙に魅力的な芸術的感性のあらわれであり、きわめて鋭敏な詩的鑑識力を暗示している。先細の長い指は真の芸術家のそれであって、彼が楽器を巧みに奏すると知っても意外と思う者はいないであろう（事実、彼は名手なのだ）。彼の声が音楽的で耳に快いという事実は彼に好意を持つ者も持たぬ者もひとしく認めるところである。

恐れ入ります、蓼食《たで》う虫もなんとやらってところですかね、とラモントが言った。

いやどうも、とオーリックは言った。

照れ隠しに茶々を入れるのはよしたまえ、ミスタ・ラモント、と眉をひそめてファリスキーが言う。

いや、そんなつもりじゃないんですが、とラモントが言う。

そうですかね、とファリスキーは当て付けがましく渋い顔をしたが、それ以上の嫌味を口にするのはかろうじて抑えた。まあいいとしよう。さあ、ミスタ・オーリック。

それぞれ独特の個性を持つ三人はひとかたまりとなって洗練された低い声で話を交しはじめた。向上心に富み新しい知識を修得するに熱心なプーカはみごとなカシューの木の葉陰にひそみ、その実をうわの空で口に運びながら魅せられたように彼らの話に聴き入った。傷ついた例の男のほうは天と地の間に突き出した大枝に身を横たえている。かくて二人は三種類の声音が快い対位法的旋律を奏でる魅惑を大いに楽しんだのである。その声音はいずれもオカリーナ（テラコッタ製卵形太鼓腹楽器）の美妙なる調べよりもさらに美しく、オフィクレイドすなわち今は殆んど全くすたれてしまったあの吹奏楽器よりもさらに柔らかな低音を響かせていた。

ヴァイオリンのほうがいいな、あたしは、とシャナハンが言った。

どうぞお静かに、とオーリックは言った。

次に述べるのは彼ら三人がきわめてさりげなく交した会話の学問的様相の一般的傾向を不完全ながらも伝えるレジメすなわち要約である。

これは一般的には知られていないことなのだが、とミスタ・ファリスキーが所見を述べはじめた。すべての気体の膨張係数は同一なのだ。摂氏一度の温度上昇につき気体はその容積の百七十三分の一を膨張させる。氷の比重は〇・九二、大理石二・七〇、鋳鉄七・二〇、錬鉄七・七九。一マイルは一・六〇九三キロメートルに等しい（ただし十万分の一キロメートルすなわちセンチメートルについては近似値である）。

さすがですな、ミスタ・ファリスキー、と言ってミスタ・ポール・シャナハンはかすかにほほえみ、歯の白さを覗かせた。それにしても代数学的あるいはそれに類する難問解決に必要な公式の研究にのみ専念する者、その種のことのほかは念頭にない者はすべからく火打ち石銃または旧式歩兵銃の標的たらしめるべきでしょうな。まことの学問的知識は一般には行われていない深遠なる有用性に資するのであって、次の如きはその一例である。すなわち、溶解した塩はすぐれた催吐剤であり、有毒果実を食したる者あるいは猛毒カコジル液つまり悪臭を放つ砒素とメチル混合液を呷《あお》りたる者に与えるときは卓効を奏するのである。冷たい懐中時計用巻きねじを頸部に当てるならば鼻血がとまるであろうし、バナナの皮は茶色靴の艶出しに絶大なる効果を発揮する。

溶解した塩は好ましき催吐剤なりと言うが如きは取るに足らぬ束の間の現象にかかわる些事にすぎません、とラモントはさらりとした口調で異議を唱える。要するに変容してやまぬ人体の血漿《けっしょう》に関する問題にすぎないではありませんか。肉体はあまりにも移ろいやすいがゆえにお座なりの研究対象以上にはなりえないのです。肉体の重要性はそれが精神にとって思索と推量の基底たりうるという点にのみ存するのです。ミスタ・シャナハン、ここであなたにお勧めしたいのはミスタ・ファリスキーの数学的手続きが内包する精神的予防処置です。算法という整然たる基盤に立つ推論は人間にとって無限に至るパスポートなのです。神はマイナス・ワンなる根数です。あまりにも偉大にして深遠なる存在であるがゆえに人間の脳作用の及ぶ領域を超えています。しかし悪は有限にして理解可能であるがゆえに計算を許容します。マイナス・ワン、ゼロ、そしてプラス・ワン、これらは天地創造をめぐる解明し難い三つの謎なのです。

ミスタ・シャナハンは優雅に笑った。

宇宙の謎はその気になりさえすればあたしだっておそらくは解けるでありましょう、と彼は言った。しかしあたしは解答よりもむしろ質問を好みます。問い質すこと、それはあたしたちのような人間を学問的論証に到達させる突破口として測り知れぬほど有効なのですから。

さらに言及するに値しなくもない幾つかの事柄は次の通りである、と言及するミスタ・ファリスキーの声には茫漠かつ高雅な趣きがある。ギーザの大ピラミッドは高さ四百五十フィート、世界七不思議の一つである。ほかの六つはバビロンの吊り庭、小アジアのマウソロス墓陵、ロードスのアポロン巨像、エフェソスのアルテミス神殿、オリンピアのゼウス神像、そしてアレクサンドリアのファロース灯台、これはおよそ紀元前三五〇年プトレマイオス一世によって建造されたものである。水素は摂氏マイナス二百五十三度すなわち華氏マイナス四百二十三度で凍結する。

化学的物質を表わす日常語あるいは口語表現、とミスタ・シャナハンが披露する。酒石英——酒石酸水素カリウム、焼き石膏――硫酸カルシウム、水――水素酸化物。航海中の時鐘および当直時間・第一折半直――午後四時から午後六時、第二折半直――午後六時から午後八時、午後直――正午から午後四時。トロイ王プリアモスの息子パリスはスパルタ王メネラーオスの妃を奪い去り、トロイ戦争の因をなす。

その妃の名はヘレネー、とラモントが言う。ラクダが泳げないのは解剖学的見地からしてその体重があまりにも奇妙に配分されているため深みにはまるときは避け難く頭部水没なる結果をまねくがゆえである。静電容量の単位はファラッド、マイクロファラッドは百万分の一ファラッドに相当する。カルブンケルは肉腫のことで七面鳥の雄の肉垂に酷似する。印章学は印形に彫りこまれた意匠を研究対象とする。

おみごと、と言ってミスタ・ファリスキーは友人知己の誰をも魅了する独特の穏やかな微笑を浮かべた。しかしながら次の諸点もお忘れなきよう願いたいものですな、すなわち、真空空間における光の速度は秒速十八万六千三百二十五マイル、空気中の音の伝達速度は秒速千百二十フィート、錫《すず》めっき鉄板つまりブリキにおいては秒速八千百五十フィート、マホガニー材など堅硬な木材の場合はおおよそ秒速一万一千、ヒノキでは秒速二万フィート。正弦十五度は六の平方根マイナス二の平方根と相等しい。一ポンド百分率――一と四分の一パーセントは三ペンス、五パーセント・一シリング、十二と二分の一パーセント・半クラウン。計量的等値関係――一マイルは一・六〇九三キロメートル、一インチは二・五四センチメートル、一オンスは二八・三五二グラム。カルシウムの化学記号はＣａで

あり、カドミウムのそれはCd。不等辺四辺形とは対角線によって二つの三角形に変換させうる四辺形なりと定義すればよろしいでしょうかな。

　では聖書にまつわる興味ある事実を幾つか挙げてみるとしましょうか、とミスタ・ラモントが如才なく切り出す。章として最長なのは詩篇百十九、最短は詩篇百十七。聖書外典は十四書から成る。最初の英訳出版は一五三五年。

　あたしは世界史にまつわる興味ある時日を幾つか、とミスタ・シャナハンが切り返す。紀元前七五三ロムルスによるローマ建設、紀元前四九〇マラトンの戦い、紀元一四九八ヴァスコ・ダ・ガマ喜望峰を回るインド航路発見、一五六四年四月二十三日シェイクスピア誕生。

　この時であった、ミスタ・ファリスキーがちょっとした行動によって友人二人を含めて一同を驚かせ、かつまた大いに喜ばせたのは。それは彼の才覚のほどを示すと同時に教化啓発に努めようとの高潔な志のあらわれでもあった。すなわち、彼は高価なマラッカステッキで足元に散り敷く落葉をきれいに取り払い、そこに現れた肥沃な大地に上に示す三つの目盛盤あるいは指針面の略図を描いたのである。

　ガスメーターの読み方について一席、と彼は一同に告げた。どのガスメーターにおいてもあたしの足元にいささかぞんざいに描いたこれらの図形と同様の指針面が認められましょう。ガス消費量を確認するに必要なのは、まず鉛筆と紙を確保し、つぎにそれぞれの指針面上で指針が指示する数値の近似値を書き留めるという手順に従うことなのです――従ってここに仮りに示した図形について言えば九百六十三となります。これに二つのゼロすなわち〇を加えなければならない。その結果九万六千三百という数値が得られます。これこそが問題の解であり、立方フィートを単位とするガス消費量が明示されるのです。これにくらべてキロワット時を単位とする電力消費量確認のため電気メートルを読み取る作業はガスの場合よりもはるかに手が込んでおりまして、図形によって例証するためには指針面六面を要します――落葉を取り除いて得たこのスペースにはそれだけの余地はありませんし、ここに現存する指針面を流用するにしてもなお不十分なのです。

その後これら三人の大学者すなわち東方の三賢人は談論風発、奔流の如き弁舌を操りはじめ、真珠の如き学識博識の精華を惜しげもなく撒き散らしたが、それはいずれも値の付けようのない宝玉であり詭弁学者的雄弁術とスコラ学者的衒学とが綾《あや》なす稀有なる石榴石《ざくろいし》とも言うべきものであって、トマス・アクィナス神学説および難解なる平面幾何学的定理への言及がなされ、カント『純粋理性批判』からの長文の引用が事もなげに行われたのである。無学の者および質劣れる教育を受けた者には耳慣れぬ言葉の数々がさかんに使用された。たとえば次の如き用語である――サバーラ・食物残渣《ざんさ》すなわち胃底に残留する顆粒状腐敗沈澱物、タキライト・玄武岩質玻璃すなわち玄武岩のガラス質形態、テイパ・貘《ばく》すなわち形が豚に似た有蹄哺乳動物、ケイパンすなわち肉用去勢雄鶏、トライアコンタヒードラルすなわち三十面体の、ボダーゴウすなわちボラあるいはマグロの珍味卵巣乾物。次に述べる医学用語への言及が驚くべきほど頻繁に行われた。すなわち、カイム、エクソサルマス、シラス、マイシトウマなどであって、その意味するところを順次列挙すれば胃液の作用によって粥《かゆ》状になった食物、眼球突出、悪質な硬性癌《がん》、足菌腫である。外科的療法についても軽く触れられ、デューアディーナムつまり小腸の始部なる十二指腸やシーカムつまり盲腸が話題になった。日常の会話においては言及されることの稀な花と草木についてその専門的あるいは準植物学的名称が苦もなくつぎつぎに飛び出してきた、すなわち、フラクシネラ・洋種白蘚つまりハナハッカの一種、カンナ・檀特《だんどく》つまり総《ふさ》状に花をつける観賞用植物、バイフォウリエイト・二葉の（つまり二股に分れた葉をつける）、カーダマム・東インド産香料植物、グラナディラ・時計草、ナプウィード・矢車草その長柄の茎は硬く取柄のない植物、カンパニュラ・釣鐘草その花は釣鐘状、そしてディタニつまりハナハッカについてはフラクシネラ参照。その名を挙げられた珍獣は次のとおり、すなわち、パンガリン・穿山甲《せんざんこう》、チップマンク・縞栗鼠《しまりす》、エキドナ・針土竜《はりもぐら》、バビルーサ・鹿猪、バンディクート・鬼鼠などであってそれぞれについて順次簡単に説明するならば、有鱗目の獣で蟻類を捕食、アメリカ産のリスでモリネズミとも称す、オーストラリア産で外見はハリネズミに似る、アジア産イノシシ、ネズミに似た食虫有袋類。

　かさかさと音をたてながらプーカが木陰から歩み出た。

　森の奥、その深いあたりで交された朝の語らい、その類いまれなお話ぶりに聞き惚れておりました、と言って彼は会釈した。しかし話題にして頂きたかった植物が二つあります——デリアムとナードの二つでして、その樹脂からバルサムと称する薬用芳香油が採取されます。身体の清新さを保つ貴重な薬効がありますので、あたしは金と象牙の象眼入り完全球体香水壜にそれを詰め尻ポケットに収めて常時携帯している次第です。

三人の男は押し黙ってプーカを見つめていたが、やがてラテン語で話し合ったあげくミスタ・ファリスキーが口を開いた。

おはよう。ところで何か御用かな？　と彼は訊ねた。わたしは治安判事なのだが、あなた自身のことで訴えるなり申し立てるなりしたい件でもおありですかな？

そうではありません、とプーカは言った。でもあたしの連れの男、実はこの男、逃亡犯でして。そういうことですと彼を裁判に、それも厳しい裁判に付さなければなりますまい、とミスタ・ラモントが丁重に言った。

そうして頂けるだろうと思ってあなたがたに話し掛けたのです、とプーカは言った。

まさしく悪党の面構え、とミスタ・シャナハンが言う。それでこの男どういう罪で告発されたのかな？　彼はポケットから小型の警察手帳を取り出す。

幾つかの訴因があります、とプーカは答える。いえ、幾つかどころじゃないのです。スコットランドで指名手配されてましてね。今のところ警察はまだ捜査を完了していないのですがそれでもあなたの小さな手帳では現在判明している訴因の半分も書ききれないでしょう。たとえ要点だけを簡潔に速記しても無理だと思いますよ。

となると訴因についてわざわざ手数をかけることもあるまい、と言ってミスタ・シャナハンは手帳を仕舞う。まさしく犯罪者タイプの面構えだ、こいつは。

こうして話のやりとりが行われている間も問題の容疑者は意識を失ったまま地面に伸びていた。厳正なる訴訟手続きに従ってこの男を公判に付するとしよう、とミスタ・ファリスキーが言った。

失われた意識たちがダーモット・トレリスのもとに戻ってきた。とはいえひとかたまりにまとまって復帰し一気に正気をもたらしたわけではない。三々五々ばらばらに立ち返ってきた意識たちはそれぞれに悩みを抱えているものだから今にもまた立ち去りそうな気配で精神を取り囲む境界領域に居心地悪そうにうずくまっている。

物の形を見分けるだけの力を回復した受難者は自分が大きなホールにいるのを知った。ここはブランズウィック・ストリート（すなわち現在のピアス・ストリート）のエインシアント・コンサート・ルームズに似ていなくもないようだ。王は玉座にあり、太守たちはホールを満たし、一千の灯火がきらめく。玉座のまわりには綾織りビロード地の華麗なカーテンが優美に垂れ下がっている。天井近くにはロッジアが設けられている。すなわちギャラリーつまりは天井桟敷であって、それを支える柱の上部はギヨシュすなわち縄編み模様で飾られている。ロッジアには人が一杯に詰め掛けており、いずれも冷ややかな視線を彼に注いでいる模様である。空気は重苦しく澱《よど》み、幾層ものタバコの煙が棚引いている。そのせいでトレリスのように体調不全なる者は極度の呼吸困難を覚えるほどである。彼は胃のむかつきが強まるのを感じていた。それに腸のあたりもきりきり痛む。乱れ裂かれた服はおそらく無数の傷から流れ出し滲み出した血と体液にまみれて見るも無残な有様である。概して言うならば彼の体調は最悪であった。

再び見開いた彼の目に映る玉座には十二人の王の姿があった。彼らの前の見栄えがする長卓は高級パブのカウンターに酷似している。彼らは卓上に肘をつき凝然冷然と前方を凝視している。揃いの黒ガウンは安物のジュート繊維で織った粗布製、指環をした手には黒ビール入り優雅なグラス。長卓の左寄り薄暗がりにプーカ・マクフィリミが控えている。太い木綿糸で織ったディミティと呼ばれる布地のローブを纏い、背の高い祈禱椅子プリデューに似た椅子に席を占め、速記法を用いて黒い手帳に何やら書き入れている。

受難者はふと呻《うめ》き声を洩らし、プーカがすぐそばにいるのに気づいた。気遣わしげに身を寄せたプーカは傷だらけの男の健康状態について型通りの質問をする。

これからわたしの身に何が起るのです？　とトレリスは訊ねた。

間もなくあんたの裁判が始まる、とプーカは答える。判事諸氏はすでに目の前に着席しておられる。

わたしの目には彼らの影しか映っていない、とトレリスが言う。顔がそちらに向いていないのだ。自分では向きを変えられない。せめて名前を。そうしてもらえば有難いのだが。

ささやかなる願いに応じざる者は災いなるかな、とプーカは古訓を唱えるかのような口調で応じた。判事諸氏の名を語るは難からず――J・ファリスキー、T・ラモント、P・シャナハン、S・アンドルーズ、S・ウィラード、ミスタ・スウィーニー、J・ケイシー、R・カーシー、M・トレイシー、ミスタ・ランプホール、F・マックール、警視クロッシー。

陪審員は？　とトレリスが訊ねる。

右に同じ、とプーカは答える。

これぞまさしく青天の霹靂《へきれき》、と言うなりトレリスの意識は彼のもとを去り、やや離れたあたりに長いこと留る仕儀に立ち至った。

そこってえのは今じゃ映画館なんだよね。話の展開に割り込むシャナハンの声はカウボーイ調まるだしである。ピアス・ストリートのパレス・シネマさ。あそこじゃたっぷり楽しませてもらったぜ。以前はたいしたコンサートホールだった、とラモントが言う。あの頃はテナーやらなにやかやが出ていたものだ。毎晩なにかいいものをやっていた。

それに毎晩なんか新しいやつもやってたしな、とシャナハンが言う。

オーリックの細い指にウォーターマン万年筆のキャップをねじ込まれた。ペン先十四カラットの逸品である。やがてキャップを回してはずすと指には一筋の黒い汚れがついた。

右記行為の象徴的含意。苛立ち。

先を続けます、と彼は通告した。

どうぞ、どうぞ、と言ってシャナハンは手を作家の上腕二頭筋に伸ばす。まだあいつの片がついてないんだからな！　あいつの皮をはぎ取ってやらなきゃ。

余計な口出しさえ控えれば調子よく行くんだが、とファリスキーが言った。

再び意識を取り戻したトレリスは自分が大きな椅子に据えられているのを知った。坐っていられるのは超自然的な力の助けがあるからに相違ない。なにしろ直立姿勢をとるのに必要な骨の多くはばらばらになっており、その結果として骨本来の機能を果しえないのだから。音もなく歩み寄ったプーカが彼に耳打ちした。

名のある弁護士の弁護を受けるのは被告人たる者の当然の権利なのだ、と彼は言う。この法廷に二人いる。どちらでも選ぶがいい。

こうなるとは思ってもみなかった、と言ったトレリスは自分の声が思いのほか大きくなっているのを知った。耳もとに吹き込まれる囁き声の働きの結果なのかもしれない。その二人の名前は？

二人ともギリシア人だ、とプーカが答える、ティモシー・ダナオスとドナ・フェレンテス。

弁が立たない、それが彼らの弱点、とトレリスは言う。

おまけに遺憾千万ながら二人とも様子のいい男なのだ、とプーカが言う。これは重大な欠点ですぞ。

この意見に応酬しようとトレリスは長大な反論を構想したのだが、いざそれを口にしたときギャラリーの一つに陣取った弦楽合奏団の活動によって折角の名文句もかき消されてしまった。血を沸かす国歌奏楽が始ったのである。演奏者たちの姿は見えなかったが、ヴァイオリン、ヴィオラ、ピッコロそしてチェロの楽音は合奏団の構成を明らかにしている。長いカウンターに席を占める判事たちは黒ビールのグラスを静かに弄びながら教養人にふさわしい風情で聴き入っている。

最初の証人を呼び出したまえ――演奏の最終楽音が次第に薄れて大ホールから姿を消しギャラリーの古巣にひっそりと引き退ったとき、シャナハン判事の峻厳明晰な声が響き渡った。大審問開始の合図である。取材記者たちは手帳の上に鉛筆を構えて待機する。合奏団が遠慮がちに平行五度の弱音を奏し楽器の調子を合わせている。その昔が遥か彼方からのようにきわめてかすかに聞こえてくる。プーカは黒い手帳を閉じ、祈禱椅子の上に立ちあがった。

サミュエル・〈スラッグ〉・ウィラード。彼は朗々と呼びあげた。証人台に立ちなさい。

スラッグ・ウィラードは黒ビールの残りをぐいと呷《あお》り、袖口で口をさっと拭い、カウンターに居並ぶ仲間たちからやおら離脱し、手にした大きな帽子を大きく振り動かしながら証人台に歩み寄った。床にたっぷり唾を吐きつけた彼は愛想よくプーカのほうに耳を傾けた。どうやらプーカは低い声で彼に宣誓を行わせている模様である。

トレリスはスウィーニーが飲んでいるのはビムボウだと気づいた。パンチに似ているがこの国では殆んど口にされない飲物である。ウィラードのグラスはまた満たされていて、彼が坐っていた椅子の前のカウンターにすっきりと立っている。

判事のくせに陪審員も務めるとは無茶な話だ、とトレリスは言う。そのうえ証人役までやってのけるなんて無茶苦茶な不法行為じゃありませんか。

黙りたまえ、とシャナハン判事の峻厳な声が飛ぶ。法の定めるところに従って弁護士が選任されているであろうな？

ろくに口もきけないのが二人あてがわれたけれど、そんな連中なんか願い下げだ、お払い箱だ、とトレリスは臆する色もなく言い切った。

ひねくれた言動はきみにとって利するところなし、と判事はひときわ峻厳な調子で言い捨てた。このうえ余計な口をきくようであれは侮辱罪のかどで即決処分することになる。証人審問を進めなさい、ミスタ・マクフィリミ。

悪気があってのことじゃないんですが、とトレリスが言う。

黙りたまえ。

祈禱椅子の上に立ちあがったプーカは椅子の背に腰を下ろし黒い手帳のページを繰りながらじっと目をこらしている。目の鋭い者であればそのページには何も書かれていないのに気づいたはずである。

姓名ならびに職業を陳述せよ、と彼はミスタ・ウィラードに告げた。

ウィラード・スラッグ、とミスタ・ウィラードは言った。牧場で牛を飼っている、そう、カウボーイ、農場もやっている。

被告に雇用されたことはあるか？

ある。

如何なる職分において？

電車車掌。

その職務遂行によってもたらされた報酬および諸条件について自らの言葉を用いて簡潔に陳述せよ。

週七十二時間働いて給料は十五シリング、臨時手当などまるっきりなし。あてがわれた寝床は非衛生的な屋根裏部屋。

職務は如何なる情況において遂行されたか？

ある晩ドニブルックから乗ったミスタ・ファリスキーに接触し、その運賃を徴収すべしと命じられた。

ミスタ・ファリスキーへの申入れに際し如何なる種類の言説の使用を余儀なくされたか？

最下層与太者風、このての口のきき方は紳士たる者であれば口にすべきではないのだ。

その種の会話の特性およびそれが交される社会的環境はきわめて劣悪であるということか？

そのとおり。あのときはわれながらひどく情けない気分になったものだ。

本件審理に直接関係のある問題についてさらに述べるべき所見を有するか？

ある。車掌としての雇用期間は問題の一夜かぎりということだった。でも実際は六か月にも及んだ。

というのも雇主が雇用終了の指示を怠ったためなのだ。

かかる奇怪な情況の因《よ》って来たる所は後刻解明されたか？

されたような、されないような。解雇しそこなったのは自分の忘れっぽさのせいだと彼は言っていた。その結果としてあたしの健康が損われたわけだから補償してくれと彼にねじこんだが、にべもなく拒絶されてしまった。

健康を損じた原因は那辺にあるのか?

栄養不足と衣料不足。薄給のうえに昼休みがわずか十分間しかないものだから栄養のある食料の購入および消費が不可能になった。雇用がきまったとき、シャツとブーツとソックスそれにダウラス地つまりキャラコに似た丈夫な生地の制服が用意されはした。でも下着類の支給はなかった。雇用期間が引き延ばされて冬のさなかになっても、寒さに対する備えは無いも同然だった。あたしは喘息、感冒をはじめとするさまざまな肺疾患に悩まされることになったんだ。

以上で証人審問を終ります、とプーカが言った。

ラモント判事は黒ビールのグラスをカウンターにこつんと音を立てて置くとトレリスに向って言った。

証人に対する反対尋問をする気があるかね?

ありますとも、とトレリスは言う。

彼は立ちあがろうとした。立ちあがってさりげなく手をズボンのポケットに入れるポーズをとろうと思った。しかし出来なかった。あの超自然的な力がすっかり消え失せているのだ。脊髄の炎症すなわち脊髄炎の激烈な発症を彼は知った。椅子にうずくまった。筋肉が急激に攣縮する。クローヌス痙攣の激発だ。激しく身震いしながら彼は意志力のかぎりを尽して口から言葉を絞り出した。

きみは言った、とトレリスは言った。非衛生的な屋根裏部屋をあてがわれたときみは陳述した。如何なる点において衛生学的原則の侵害が認められたのか?

あそこはまるっきり虫の巣だった。這いまわる虱《シラミ》のせいでとても眠れるもんじゃなかった。

これまで風呂に入ったことはあるか?

アンドルーズ判事がカウンターを激しく叩いた。

その質問には答えるな、と彼は声を張りあげた。

きみに言っておこう、とトレリスが言った。虱はきみ自身の不潔な肉体に巣くう小さな虫たちと親密な関係にある身内なのだ。

只今の発言、侮辱罪のおそれあり、とラモント判事が棘のある声で言った。これからは厳に慎みたまえ。以上で証人の退席を許可する。

ミスタ・ウィラードはカウンター背後の自席に引き退き、直ちに黒ビールのグラスに口を当てた。極度の疲労のため気が遠くなったトレリスは椅子に崩れ落ちた。合奏団が奏する華麗なトッカータが遠くからかすかに聞こえてくる。

次の証人を呼び出したまえ。

ウィリアム・トレイシー。プーカは朗々と呼びあげた。証人台に立ちなさい。

初老、肥満、薄白髪、鼻眼鏡のミスタ・トレイシーは素早い足取りでカウンターを出て証人台についた。彼は判事席に向って気弱にほほえみかけたが、睨みつける被告の視線は注意深く避けている。

トレリスの頭は廃墟さながらの身体と衣裳の只中にあって雄々しくも屹立し、わずかに揺れ動いている。

姓名を述べよ、とプーカが言った。

トレイシー、ウィリアム・ジェイムズ。

被告との交友関係は？

はい、あります、職業上の。

このとき判事諸氏は全員一団となって起立し、一列になってホールの一隅、赤色灯の標示の下のカーテンの背後に姿を消した。彼らの不在は十分間続いたが、審問は彼ら抜きで粛々と続行された。マズルカの優雅にして軽快な調べが遠くからかすかに聞こえてくる。

被告との交わりについて説明せよ。

およそ四年ほど前のことですがわたしに近づいてきた彼にこんな話をもちかけられました、つまり、ある作品にとりかかっているのだけれども雑働き女中クラスの登場人物を登用する必要が生じた、と彼は言うのです。ところが彼はつねづね女性の衣裳に関連する技法上の困難に悩んでいるそうで、それが満足すべき女性像創造に際して克服しえない障害になっているとのことでした。以上の事情を説明したうえで彼は一束の資料を取り出しました。それは彼が書いた別の作品で、女性登場人物の身代わりとして偽装した男性を利用せざるをえなくなった情況を立証する文書です。しかしこの苦肉の策にいつまでもしがみついているわけにはいかない、と彼は言いました。読者のあいだに不審の念が広がりつつあるそうなのです。結局のところわたしは女性をひとり貸し出すことに同意する羽目になりました。自作『ジェイク最後の冒険』で使用中の娘なのですが、何か月かは休ませてやるつもりだったのです。というのは多数の登場人物それぞれを交互に働かせるのがわたしのやり方なのですから。わたしはその娘を彼のところへ送り出しました。当時の彼女は信心深い、とてもいい娘だったのですが……

どれほどの期間その娘は彼に雇われていたのか？

およそ六か月。戻ってきたとき、あの娘、体に異常が、あの、妊娠して。

当然あなたは被告に抗議したでしょうな？

はい。彼は如何なる責任をも否認したはかりでなく自分の作品のほうがわたしのより優れていると言いました。到底容認しかねる発言です。

それで告訴は？

結局のところ、しませんでした。もちろん裁判沙汰にして救済を求めようと考えはしたのですが、本件は裁判官の理解を超えているであろうから勝訴の見込みなしという助言に従ったのです。もっとも、被告とはきっぱり絶交しましたけれど。

彼女をあなたのところに復職させましたか？

はい。それに本来であれば必要のない人物を彼女の夫として新たに創り出してやりました。さらに彼女の息子に薄給ながらまともな職を世話し、おまけに頼りになる友人も見つけてやりました。この友人というのは綿紡産業の開発分野に参画している専門家です。

その娘の結婚相手を新たに導入したことはあなたの作品に好ましからざる影響を及ぼしましたか？

確かに。問題の人物は明らかに余分な存在でして物語の芸術的整合性を損なうことになりました。彼がある油井に不当な干渉を行った件について補足的な記述を追加せざるをえなくなった。彼を導入したことでわたしの精神的労力は大幅に増大したのです。

被告の性格を示す何らかの事件に心当りがあれば述べて頂きたい。

そうですね、あれは一九二四年、彼が体調を崩していたときのことでした。同情したわたしは元気づけてやろうと思って書きあげたばかりの短篇小説の草稿を届けてやりました——世紀末のメキシコにおける山賊の働きを斬新な手法で描いた新作です。それから一か月もしないうちにそれがカナダの雑誌に掲載されました。作者は彼の名前になっていました。

嘘っぱちだ！　トレリスが金切り声をあげた。

判事たちは一斉に顔をしかめ、威嚇的な視線を被告に集中させた。スウィーニー判事はホールの隅のカーテンの背後から戻ってくるなり言った。

被告は言動を慎むべきである。被告の傲慢無礼不遜なる態度は既にして厳正酷烈なる批判の対象となっておる。更なる無頼の所業あるときは即決処分に処する所存である。現段階において証人に対する反対尋問を行う意志ありや？

あります、とトレリスは言った。

よかろう、許可する。

手負いの男は五つの感覚をかき集め所期の目的達成までは手放してなるものかと、あたかも外套で身を包みこむかのように、五感まとめてわれとわが身にしっかと纏いつかせると、やおら証人に向って切り出した。

犬は犬を食わぬ、という。きみ、知らんのか、同族相食《は》まずってことを。

このときグラスのかたかたという音がして、判事席から厳しい指令が飛んだ。

その質問に応答無用。

トレリスは物憂げに顔を手で拭った。

では、もう一点、と彼は言った。きみは本来まったく必要のない人物を創造したと陳述している。きみの物語に関するわたしの記憶に誤りがなければ、その男は調理室に入りびたっていたはずだが。

それに違いはないな?

そう。

彼はそこで何をしていたのだ?

ジャガイモの皮をむいていた。

ジャガイモの皮をむいていたわけだな。あの男は不必要で余分であったときみは言った。つまり皮むきはまったく無益かつ不必要な仕事だと思っているのだな。

そんなことはない。あの仕事は必要かつ有益ではある。しかしながらその仕事の実行者とされる人物のほうは無用の長物だった。

如何なる人物にせよその有用性は彼が実行する行為に直接関連している。そうじゃないかね。

調理場にはポテト・ピーラーがあった。皮むき行為を実行したのはあの機械なのだ。

まさか！　そんな器具など目にとまらなかったぞ。

奥の引っこんだあたり、レンジのそば、左側に。

なかった、たしかに。

あったんだ。長いこと置いてあったんだ。

カウンターのほうからの質問が証人尋問にけりをつけた。

ポテト・ピーラーとは何か？　とアンドルーズ判事が質問した。

手動式機械装置、通例ジャガイモ皮むき用、と証人は答えた。

なるほど。反対尋問これにて完了。次の証人を呼び出したまえ。

グッド・フェアリ。プーカは朗々と呼びあげた。証人台に立ちなさい。

立ってますとも、さっきからずーっと、という声がした。ほら、この特別席に。

どこにいるのだ、この女は？　判事ランプホールの鋭い声が飛んだ。即刻出頭しない場合は拘引状を発することになる。

証人は男性なのですが肉体を全く持たないのです、とプーカが弁明する。彼が何日間もあたしのチョッキのポケットに入っていてもそれに全然気がつかないってことがよくあるくらいでして。

そういうことであれば人身保護法執行停止を宣言せざるをえまい、とミスタ・ランプホールは言った。では続けたまえ。ところで証人は今どこに？　さあさあ、ふざけるのはいい加減にして。ここは法廷なんですぞ。

ほら、ここ、すぐそばにいるじゃありませんか、とグッド・フェアリが言う。

証人は被告の知合いであるか？　とプーカが訊ねる。

かもね、とグッド・フェアリは言う。

なんという口のききかた、なんという答えかただ、とケイシー判事が手厳しくたしなめる。

肝心なのは答えかたよりむしろ質問の仕方でしょうよ、とグッド・フェアリは言う。いい質問をされると答えるほうじゃとても苦労する。質問よければ答えは難し。適切的確な質問には答えるすべなしってわけで。

まことに奇妙な発言だな、とケイシー判事が言う。その発言はどこから発せられたのか？

鍵穴から、とグッド・フェアリは言う。さてここから出てひと息入れるとするか。気が向いたらまた舞い戻るとして。

その鍵穴にしても息が詰まってひと息入れたいところだろう、とシャナハン判事が言う。この小煩《こうるさ》いちびが戻ってくる前に次の証人を呼び出したまえ。

ポール・シャナハン。プーカは朗々と呼びあげた。

一見したところ至福の無意識状態にあるかのようではあっても、椅子に坐る受難者の意識が完全に失われていたとするのは正鵠を得ていない。実のところ彼は限りなく遠い彼方に発してひそやかに脳髄に到達する美しい調べの四分の三拍子の律動に耳を傾けていたのである。幽暗に包まれて彼は聴き入る。霊妙な流れに乗って転調する律動はやがて静謐な終曲部に至る。

呼び出され宣誓したポール・シャナハンは長年にわたって被告に雇用されていた旨を証言したうえで次のような供述を行った。証人は今回の訴訟当事者ではないし被告に対して如何なる個人的怨念も抱いてはいない。十分な修業を積んだ証人はどのような仕事をもこなせるだけの可能性を秘めていると自負している。しかるに折角の能力は軽視され、単に他の使用人たちを管理し差配するだけの職種専従を命じられた。遥かに能力の劣る連中を相手にする業務である。証人はレッド・スワン・ホテルの暗い小部屋をあてがわれ、自由は殆んど、いや、全く認められなかった。被告は証人が行う宗教的な勤めをも規制しようと試みたが、彼（証人）はこれを不当な干渉であり圧制にほかならぬと思った。給料は週に三十ないし三十五シリングとされていたが交通費は一切支給されなかった。給食は劣悪で腹の足しにもならなかった。その結果、自腹を切って補う必要に迫られた。彼は経験豊かな牛飼いで、サンディマウントの柵囲いにおける働きはめざましいものがあった。彼は個人携帯火器すなわちピストルの扱いに熟達しているのである。同志たちとの連名で彼は被告に申し立書を提出し、過剰な規制の解除を要請し、給与ならびに労働条件の改善を要求した。被告はこれらの件に関する如何なる譲歩も峻拒し、交渉に当った代表者一同に対して肉体的苦痛を覚悟せよと脅した。その多くは屈辱的かつ汚辱的なたぐいの苦痛である。判事の質問に答えた証人の供述によれば、極度のタントラムすなわち癇癪《かんしやく》発作を起しやすい被告はすぐにむかっ腹を立てるとのことである。被告の発案になる計画が失敗に帰した際――証人の落度は全くないのだが――被告のもとに出頭を命じられた証人はその場を退出するや往々にして自分の体にノミ・シラミがびっしりたかっているのを発見する。彼（証人）の友人たちも同様の苦情を洩らしている。被告の反対尋問に答えて証人は身体的清潔には常に十分なる注意を払っていると述べ、不潔な習癖の持主呼ばわりされる筋合いは全くないと反論した。

この段階において法廷内の男がひとり突然立ちあがり、申し立てたいことがあると大声を発したとみるやポケットから取り出した書類を締まりのない声で読みあげはじめた。直ちにカウボーイたちが猛然と襲いかかり、激しくもがき暴れる彼を連れ出す。なおもわめき続ける彼の声はギャラリーに陣取る合奏団が盛大に演奏するプレスティッシモ急速調ガボットの活発な調べに呑み込まれてしまった。判事たちはこの騒ぎを気にする様子もなく平然として黒ビールのグラスを傾けている。彼らのうちカウンターの端にいる四人の身振りから察するとどうやらカード・ゲームに熱中しているらしいのだが、その席が高い位置にあるものだからカードも賭金もこちらからは見ることができない。

次の証人は短角雌牛であった。付き添っているのはホールの裏手の御婦人用外套類預り所に詰めている黒制服姿の係員である。その品種を代表する見事な体軀を誇る当の雌牛はプーカ一族が何世代にもわたって伝承してきた神秘的秘術によって言語能力を与えられている。足の運びにつれて乳房と喉袋をだぶだぶと揺れ動かしながら彼女は証人台にゆったりと歩み寄り、慎しみ深く悲しげな大きな目をゆっくりと法廷内にめぐらせた。酪農業に精通し、搾乳にも熟達しているプーカは専門家としての目で彼女の体を精査し、その美点を吟味している。

姓名は？　彼はそっけなく訊ねた。

ありません、そんなもの持ったことなんかありません、と雌牛は答える。彼女の声は低い喉頭音で、一般に哺乳動物の雌が発する声調とは異質の響きがある。

被告との関係は？

あります。

社交上あるいは職業上？

職業上。

彼との関係は満足すべきものであったか？

とんでもない。

その点について具体的に申し述べよ。

ある作品、冗言法もいいところだけど『隠逸の隠遁生活』という題の作品に雇われたあたしは野原で生理的機能を履行することになりました。それなのに規則正しい搾乳の世話など受けられなかったのです。妊娠初期には少くとも二十四時間に一回は乳を搾ってもらわないとひどくつらい思いをすることになります。あの作品の連載中は長いこと何の世話もしてもらえませんでした。それが六回もあったんですよ。

苦しい目にあったのだな？

とってもつらかった。

判事ラモントは黒ビールがまだ半分ほど残っているグラスの底をカウンターに軽く打ちつけてこつ

こつという音を立てた。その結果、黒ビールは波立ち騒ぎ、やがて表面はクリーム状の新たな泡で覆われることになった。グラスで音を立てたのは質問したいことがあるとの意志表示なのである。

訊ねたいことがある、と彼は言った。自分では乳を搾れないのかね？

搾れません、と雌牛は答えた。

おやおや、なんともふがいない話だな。でも、どうして？

あたしにゃ手がない、あったにしたって腕短くて届かない。

その発言には軽佻浮薄の気配あり、と判事は厳しくたしなめた。ここは法廷であってミュージックホールではない。被告は反対尋問を望むか？

それまで暫くの間トレリスは頭の内部で反響する無数の奇妙な物音に聞き惚れていた。辛うじてその音から意識を切り離した彼は目を判事のほうに向けた。判事の顔の造作の一つ一つは質問を発したときの問いかけ型表情の配置をそのままに保っている。

望みます、と彼は言い、血気さかんな外貌を法廷に見せつけたいものと望んで立ちあがろうと足掻き踠《もが》いた。結局は坐ったまま彼は証人のほうに顔を向けた。

さて、ホワイトフート、と彼は切り出した。おまえは乳搾りに手抜きがあったので苦しんだわけだな？

そうですとも。あたしの名前はホワイトフートじゃない。

おまえの陳述によれば雌牛というものは牛飼いによって規則正しく搾乳されることがないならば重

大な苦痛を味わうとのことだ。しかしながら、牛飼いの斡旋によって実施される重要な行為がもう一つある。すなわち、盛りの時期に然るべく執り行われる交わりの儀式であって、これはわれわれの曾孫たちへのミルク供給情況と必然的関連性なきにしもあらずと言うべき儀式なのだが……

なんの話をなさってるのかさっぱり分らないわ。

この件に関する牛飼いの手落ちは、わたしの理解するところによれば、幸福を阻害すること多大であるという。おまえの場合は手落ちなく行われたのかな？

なんのことだかまるっきり分りゃしない、と雌牛は興奮して叫んだ。下品なほのめかしなんかやめてちょうだい。むかつくったらありゃしない。あたしがここに来たのは辱しめられたり侮辱されたりするためじゃない……

判事席のほうでこつんこつんと叩く大きな音がした。ファリスキー判事が被告に向って冷然苛烈な指一本を突き出した。

模範的な証人の名誉を汚し、当法廷に猥雑なる要素を導入せんとするが如き悪質なる発言が再び行われるならば直ちに法廷侮辱罪に問われ即決の刑罰が科せられるであろう。証人は退席してよろしい。かくも忌まわしく不健全なる邪悪の権化を目のあたりにするという不幸な事態をわたしはいまだかつて経験したことがない。

シャナハン判事も同意した。雌牛はひどく戸惑った表情で向き直り、品性にはなんの汚点もつけぬまま法廷からゆったりと歩み去る。彼女がそばを通ったときプーカは専門家としての熟練した目でその艶のある側腹部を精査し、指を伸ばし長い爪で柔らかい毛皮を吟味した。姿は見えぬ合奏団員たちが音合わせをしている。急速調アルペッジオで奏する和音が、そして、高級イタリア製ロジンを弦楽器の弓にこすりつける鋭い音がかすかに聞こえてくるのであった。判事席では三人が法外な量の黒ビールを体内に流しこんだあげくカウンターに突っ伏して酔夢睡眠中である。ホールの奥のほうにたむろする人びとは強烈なにおいを放つタバコの煙幕で貫通不能の障壁を構築し、その背後に陣取っているのだが、それでも自分たちの存在の証しとして咳込んでみたり野次を飛ばしたり口笛を吹いたりしている。照明は一時間前にくらべると黄色味を増してきた。

次の証人を呼び出したまえ。

アントニー・ラモント。プーカは朗々と呼びあげた。証人台に立ちなさい。

いつなんどきといえども変ることなく忠実なエチケット遵奉者たる証人はまず判事職の法衣をわきに置き、それからおもむろに判事席を離れ、覚束ない足取りで証人台に向った。カウンターのかげで同僚判事の手が脱ぎ棄てられた法衣のポケットをさっと探る。

証人は被告に雇われていましたか？　とプーカが訊ねる。

そういうことです。

あなたの務めについて説明して頂きましょう。

わたしの主要な務めは姉の名誉を守り、彼女についてなにくれとなく配慮することでした。彼女を侮辱し危害を加えた者はわたしに対して責めを負わねばなりません。

彼女は今どちらに？

分りません。死んだ、と思います。

最後にお会いになったのは？

会ったことはありません。残念ながら直接顔を合わせたことがないのです。

亡くなった、とおっしゃいましたね？

ええ。葬儀に招かれもしなかった。

どのようにして亡くなったかはご存知で？

ええ。彼女は誕生からおよそ一時間後に被告によって暴行され、それから暫くしていわば暴行後遺症で死にました。その死の主因はピューアパラル・セプシスすなわち産褥敗血症でした。

まことに巧みなおっしゃりようですな、とファリスキー判事が言った。証人として実に模範的なお方だ。当法廷に出頭した者たちすべてがあなたと同様に率直簡明な証言をするようであれば証人調べの手間もぐっと軽減されるでしょうに。

背筋を伸ばして聴き入っていた判事一同は深々とうなずいて賛意を表した。

寛大なる閣下が寄せられた御好意に謝意を表します。その寛大さは然るべき筋に伝えられるでありましょう、と証人は如才なく言った。申すまでもなく好意は好意を以て報いられましょう。

書記ミスタ・Ｐ・マクフィリミは証人と判事の間に成立した友好関係に賞賛の言葉を呈し、丁重で奥床しい挨拶を取り交す両者を範としたいと結んだ。それへの答礼として判事は機知に富む巧みな謝辞を述べた。

このとき被告は囚われの身ながら憲法によって保障されている権利を主張し重罪判決を避けようと試みて次の点を指摘した。すなわち、法廷内におけるかかる社交的儀礼的な言葉のやりとりはきわめて異例にして不法な行為であるうえに、証人の証言は彼自身が認めているように伝聞証拠にすぎないのだから聞くに値しないと主張したのである。しかしながら、あいにくなことに彼の発言は誰の耳にも届かなかった。立ちあがることができなかったし囁き以上には声を張りあげられなかったので彼が何やら喋っていると気づいた者は一人としていなかったのである。プーカだけは別であった。祖父クラック・マクフィリミ、その道における名うての達人たる祖父から読心術の秘法を伝授されていたのである。ミスタ・ラモントは再び法服を着用するや直ちに右ポケットに入れておいたはずのマッチ箱の行方について徹底的調査を開始した。姿を見せぬ合奏団員たちはフランス古曲を細心の注意を払って一音ずつ爪弾いている。弓を使わぬ。ピッツィカート奏法である。

オーリックはここまで書き記してきた六ペンスの赤いノートの開いたページにペン先を向うにしてペンを置いた。両の掌を両の頰に当ておよそ七十度の角度に顎を開いた。上下馬蹄形歯型がむき出しになった。奥歯四本は義歯、前歯六本は金歯、ぴかり鮮烈華麗にきらめく。下顎骨が原状に復したとき物憂げな呻き声が洩れ、涙腺分泌液が大型小球体となって目のふちにくっきりと立ち現れた。ノートを投げやりに閉じた彼は裏表紙に麗々しく印刷されている訓話に目を通した。

訓話の訓戒。最初に左右を見ることなくして道路を走り渡るなかれ！　最初に左右を見ることなくして駐車中の車輌の前あるいは後を通るなかれ！　道路あるいは街路を渡るに際してはぐずぐずするなかれ！　車輌の往来ある際には転がり行くボールを追って道路に走り出るなかれ！　車輌にしがみつくなかれ、よじのぼることなかれ！　歩道のある際にはその上を歩行すべきことを忘るるなかれ！　安全第一！

彼は目をこすりながら最後の寸言二句を声に出して読みあげた。真向いのファリスキーは俯《うつむ》いて坐っている。顎沿いに固定された両の掌はテーブルに肘をついた腕に支えられているので微動だにしない。しかし頭部の重量は頰肉を目と同一水平面上の不自然な高みにまで押し上げている。その当然の結果として口と目の両端も同様に押し上げられており、彼の容貌は謎めいた東洋的表情を帯びるに至っている。

安全だろうか、あの男をそのままにしておいてわれわれは寝てしまっても？　と彼は訊ねた。

まずいな、とオーリックが言った。安全第一。

シャナハンは袖ぐりから親指を離し背筋を伸ばした。

うっかり躓《つまず》くと飛びそこなうことになる、と彼は言った。分るかね？　最初にへますりゃ進退窮まるってね、いや、まったくの話。

ラモントはそれまで休んでいた寝椅子を離れて歩み寄ると首をかしげた。この話合いに抱く知的関心の表明である。

明日になると判事諸氏の頭は二日酔いでひどいことになるだろうか？　と彼は言った。

それはない、とオーリックが言った。

とにかく今や判事諸氏が黒ビロード帽子をかぶって死刑宣告すべきときだとわたしは思いますがね。

陪審員は十分な証言を聴取したとあなたは思いますかね？

聞いたとも、たっぷり、とシャナハンが言う。喋りの時は終ったんだ。今夜のうちにきっぱりけりをつけようじゃないか。そうすりゃ安らかに眠れるってもんだ。この策謀に取り組んでる現場を奴に押さえられるようなへまをやらかしたら……

直ちに刑を執行すべきです、とラモントが言う。それにはカミソリが一番。

あの男にしても公平な扱いをされなかったなんて文句は言えたものではない、とファリスキーが言う。彼は公正な裁きを受けた。しかも陪審は彼自身が創り出した者たちによって構成されているのだから。機は熟した、と思うな、わたしは。

今すぐ処刑の場に引きずり出そうじゃないか、とシャナハンが言う。

カミソリ一閃、三十秒もかからない、きれいに片がつく、とラモントが言う。

次に執るべき処置の重要性を諸君が理解しておられるかぎり当方としては異議ありません、とオーリックは言う。ただわれわれの身に何も起らなければいいがと願うばかりです。この種のことはいまだかつてその例をみないのですからね。

とにかく裁判沙汰はもう十分じゃないかな、とシャナハンが言う。

体裁を整えるためにあと一人だけ証人を呼びましょう、とオーリックは言う。それが済んだらいよいよ取り掛るとして。

彼の提案は承認された。この機会を利用してミスタ・シャナハンは卓越した作家ミスタ・オーリック・トレリスに賞賛の言葉を呈した。

一同は中断する前と同じ姿勢を取り直し、ノートは閉じられたのと同じページが開き直された。

終章。伝記的回想最終版。ぼくは横の入口から入った。階段下の暗がりにある掛け釘に灰色の外套を掛けた。ゆっくり慎重に足を運びながら最終試験に合格し優等卒業学位を得たという新たな事実をじっくり吟味した。かすかな精神的高揚を意識した。食堂の前に通りかかるとドアが半ば開き、その隙間から伯父の頭が突き出された。

ちょっと話がある、と彼は言った。

すぐ行く、とぼくは答えた。

彼が家にいるとは意外だ。彼の頭はすぐ消えた。御機嫌のほどを判断するいとまもなかった。ぼくは自分の部屋に向った。ベッドに体を横たえ、改めてわが勤勉、学識について思いめぐらした……学位取得希望学生のなかには秀才を気取る連中がわんさといるけれど優等で卒業するのはほんのわずかなんだ。この思いに誘発されて気持はなごみ気分は浮き立った。頭の内部で声がした。言ってみろ、きみ、本の一冊くらいは開けてるのか？　せめてその恰好くらいしないとこの詰問が毒々しい真実味を帯びてきそうだ。炉棚から取り出した本を開いた。あちらこちらざっと目を通してからその一節をゆっくりじっくり読んだ。

右に言及されたテクスト、『人文ならびに自然科学概観』第三十一巻からの抜粋。

喫煙と道徳――タバコが人格に及ぼす深刻なる劣悪化作用は疑問の余地なきところである。すなわち、道徳的感受性を鈍化し、良心を鈍磨し、真のキリスト教徒たる紳士の特性と看做される思考および感情の繊細さは失われるのである。当然予想されることであろうが、かかる悪影響が歴然と現れるのはある程度の年齢以降にタバコと親しみはじめた者よりも人格形成期に喫煙の悪癖に染まった若年層においてである。ただし前者についても後者同様の結果が認められる例が多々あるのは言を俟《ま》たない。喫煙はそれ自体が問題であるばかりでなく、さらに多くの忌むべき悪習に至る最初の踏み石である。それはしばしば道徳観念の汚辱と弛緩をもたらし、過度のアルコール飲料摂取癖に直結する。喫煙は暴飲の最も強力な盟友なのである。禁酒運動唱導者たちがこの事実を明確に認識し運動の基本原則として広く一般に浸透させることが望まれる次第である。右に続く記述の小見出し――タバコの特質、タバコの毒性、有害なるタバコが必ずしも喫煙者全員に死をもたらすわけではないのは何故か、タバコと血液、疾病素因としてのタバコ、喫煙と咽頭炎、タバコと肺結核、タバコに起因する心臓疾患、タバコと消化不良、癌を惹起するタバコ、タバコと麻痺性痴呆、精神障害の原因としてのタバコ。

喫茶と道徳――長期間のティー飲用は人格に顕著な影響を与える。これはしばしば注目され、検討の要ありと指摘されてきた問題である。慈善施設、とりわけて高齢者用の施設には必ずアル中ならぬティー中毒患者がいる。ティー中の一般的症候は心的過敏症、筋肉系顫動《せんどう》および不眠症である。次に記すのはある患者に関する所見である。喫茶後およそ十分間にして顔面紅潮、体温上昇、一種の知的酩酊状態がみられるが、これは高山病類似の症例と言えるであろう。気分は浮き立ち高揚して悩み事・心配事は雲散霧消、世はすべて事もなく晴朗明朗、体は軽く気も軽く、頭脳明晰、才気煥発、能弁よどみなしという興奮状態を呈する。喫茶後一時間を経過すると軽微な反動が現れはじめる。頭が痛みだす。顔が皺寄り萎《しな》びたような感じがし、目のまわりが黒ずむ。二時間もするとこの種の反動は深刻化し、紅潮した熱気は消え去り、手足は冷え、神経性の身震いが生じ、意気は消沈して鬱状態に陥る。刺激に対して過度に反応し、ちょっとした物音にも飛びあがる。極度の不安状態にあるため歩けもしないし、かといってじっと坐ってもいられない。ただもう気が沈み込むばかりである。多尿、頻尿さらには放屁、口臭その他の消化不良症状が現れる。特異な精神状態にあるため、いつなんどき事故に遭うかもしれぬと絶えず恐れるようになる。バスに乗れば衝突事故を思い、道路を横切るときは市街電車に轢《ひ》かれはしまいかと怯え、歩道を歩きながらも看板が落ちてくるかもしれないと心配し、家々の庇《ひさし》に目をこらしては剝がれ落ちる煉瓦に当って死にかねないと危ぶむ。出くわす犬はどれもふくらはぎに嚙み付こうとしているに違いないとの懸念から空模様とはかかわりなく護身用雨傘を常時携帯するのである。以上の記述、以上の如し。

同右書よりさらなる抜粋、ウィリアム・ファルコナー作の長詩「難破」（一七六二）梗概。第一篇。㈠　航海回想。当時の情況。㈡　船主の息子ペイルモンはアルバートの娘アナを愛している。㈢　真昼。ペイルモンの来歴。㈣　日没。真夜中。アライアンの夢。月下の単錨泊。夜明け。太陽方位角測定。岸辺の原住民の目に映る美麗なる本船。

第二篇。㈠　出帆。㈡　順風。竜巻。瀕死のイルカ。軟風、次第にその強さを増す。速度をあげて沿海を航行。中檣帆を縮帆。主帆、烈風に裂かる。針路を風下に転ず。主帆を張り直す。イルカ。㈢　クレタ島カンディア港からの予定進路を離脱。大強風。中檣帆を巻き収む。上檣帆桁を降ろす。荒れる海。日没。険悪なる空模様。主帆縮帆をめぐる意見の対立。大横帆縮帆。風下側大檣下桁より船員四名投げ出されて海中へ。危機に臨む船長と航海士たちの心労。後檣縦帆縮帆。㈣　恐るべき激浪、甲板を襲う。難航、遭難の危機迫る。銃器類船外投棄。無気味なまでに猛々しい荒天。逆巻く怒濤。嵐を切り裂いて稲妻が走る。ポンプに取り付く者たちは疲労の色が濃い。程遠からぬ所にファルコネラ島。座礁難破のおそれ。航海士たちとの協議と決断。アルバートのスピーチ、そして、神への熱烈な呼び掛け。帆を降ろし強風に任せて走る。前檣前支索三角帆巻き上げ。前檣帆桁、裏帆を打つ。烈風、後檣を折る。

第三篇。㈠　詩が人類の文明に及ぼす有益な影響。作者の逡巡。㈡　後檣残骸の海中投棄。追い風を受けて激しく揺れる。航海士たちの配置。ファルコネラの島影現る。㈢　本筋をしばし離れて脇道にそれ話は古代ギリシアの歴史と文物に及ぶ。アテナイ。ソクラテス、プラトン、アリスティディス、ソロン、コリント――その建築物。スパルタ。レオニダス。クセルクセスのギリシア遠征。リュクルゴス。エパミノンダス。スパルタの現状。アルカディア。往時の至福と豊穣。その現在の悲惨と困窮。奴隷制度。イタケー。ウリッセース、そしてペーネロペー。アルゴスとミュケーナイ。アガメムノン。レムノス。ウルカヌス。デーロス。アポロンとディアーナ。トロイア。セストス。レアンドロスとヘーロー。デルポイ。アポロン神殿。パルナッソス。ムーサの神々。㈣　本筋に戻る。嵐の霊たちへの呼び掛け。雨、霰《あられ》、旋風。大嵐。漆黒の闇を切り裂く雷電。夜明け。危険にさらされつつも聖ゲオルギウスの島を辛うじて通過。㈤　ギリシア本土を望見。操舵手、雷光にうたれて失明。船は舷側を海岸線にまともに向けて横たわる。第一斜檣、前檣、前檣および中檣は荒波に折られ、流失。アルバート、ロドモンド、アライアンそしてペイルモンは前檣の残骸にしがみつく。船は二つに割れる。アルバートとロドモンドの死。アライアンは岸に達し、浜辺で瀕死のペイルモンを見出す。彼はアライアンに臨終の言葉を残す。アライアンは心やさしい土地の人に導かれてその場を去る。

言及された詩からの抜粋。

おぼろなる水平線に垂れこめる霧は雲間に身もだえする日輪を包み覆い隠そうとする、
そのぎらぎらと光る目の発する血の色をした輝きは濃密なる煙霧を貫く。

操舵手は方位羅針儀を凝視し執るべき針路を定める、
羅針儀は差し昇る日輪をとらえ四分儀はその高度を測り解く。
弓形の四分儀面上を指針が静かに滑る、
太陽神フォイボスは垂直圏をおもむろに滑り行く。
大海原の果つるあたりに泳ぐフォイボスの姿を見る、
その下肢の動きにつれて波立ち騒ぐ海面はきらめく。
やがて高みに昇り極距離が達成される、
緯度・赤緯それぞれに定まる測定値記録。
磁気偏差の精査を経て正しき角度が決定される、
かくて得られた精度高き天空の指標われらを導く。
以上の記述、以上の如し。

ぼくは本を閉じた。半分まで吸ったタバコの火を手先の早業で揉み消した。聞こえよがしに足音を立てながら降りて行き、仔羊のように従順な悔悟者めいた態度で食堂のドアを開けた。伯父とミスタ・コーコラン、二人は暖炉の前に坐っている。ぼくの入室が会話を中断させ、二人とも口をつぐんだ。

いらっしゃい、ミスタ・コーコラン、とぼくは言った。

彼は立ちあがった。握手の力をことさらに強めようというつもりらしい。

ああ、こんばんは、と彼は言った。

やあ、調子はどうだね、と伯父が言った。おまえに話があるのだ。まあ坐りなさい。

彼はミスタ・コーコランに何やらいわくありげな目くばせをした。それから火かき棒に手を伸ばし、赤い石炭をつついて火勢を強めた。彼の横顔にゆらめき踊る赤光は極度の知的集中が刻みつける深い皺を浮かびあがらせた。

ずいぶん手間どったものだな、と彼は言った。

手を洗っていた。努めて抑揚をおさえ可能なかぎり平板な口調で答えながらぼくは汚れたままの手のひらを素早く隠した。

ミスタ・コーコランが短く笑った。

そう、誰にしたってその必要が、と彼はぎごちなく言った。五分ほどかかるのは当り前ですとも。

五分ほど彼は気まずい思いをした。伯父が相槌も打たずに石炭をつつき続けているのだ。

分ってると思うが、おまえ、と彼はやっと口を開いた。おまえの学業についてあたしはひどく気をもんできた。たいした心配の種だった、まったくのところ気が気じゃなかった。落第ということにでもなったら、かわいそうにおまえの父親にとっては大打撃だろうし、このあたしにしたって期待はずれもいいところなのだ。

口を閉じた彼は頭をめぐらせてぼくが傾聴しているか否かを確かめた。ぼくの目は石炭をつつき続けている火かき棒の先端を追い続けていた。

そうなってもおまえには何ら弁解の余地がない、どうみたって言い訳のしようがないのだ。住むところは快適だし、食べるものは滋養になるのがたっぷり、服も靴もなにもかも何の不足もない。勉強用にはゆったりした結構な部屋があてがわれてるし、インクも紙もどっさり。神に感謝を、というところだろうよ。なにしろ安物ロウソクの光をたよりに裏部屋でこつこつやってる連中がごまんといるんだからな。これじゃあどこをどうほじくったって言い訳なんぞ見つかりっこない。

ここでまた彼の探るような視線がぼくの顔に向けられているのを感じとった。おまえも知ってのとおり怠惰についてあたしは強硬な意見を持っている。誓って言うがこの世に怠惰の十字架ほど重い十字架はほかにない。つまりこういうことなのだ、怠惰な男は友人の重荷であるのはもとより、彼が出会いあるいは交わるすべての男、女そして子供の重荷であり彼自身にとっても重荷となる。怠惰な生活は判断力を鈍らせ意志を弱める。怠惰な奴は人生の裏街道にうごめくいかさま紳士のいい鴨《かも》になるのが落ちだ。

ぼくのみるところ怠惰、怠惰と繰返す伯父は語の強勢を目的とする修辞的表現法を知らず知らずに援用しているようだ。

修辞法の名称。首句反復法（あるいは結句反復法）。

怠惰は、言うなれば諸悪の父であり、はたまた母なのだ。

伯父の目に促されたミスタ・コーコランは全く同感の意を表す。

そうですとも、のらくらしてる癖をつけるのはとってもまずいことなんです、と彼は言う。とりわけて若い人は心すべきでしょう。だんだん手に負えなくなりますからね。避けるにこしたことはありません。

ペスト同様避けるが一番、と伯父が言う。休まず働け、これは親父の、主よ憐みたまえ、あたしの親父の言い草だった——休まず働け、休めば神から遠くなる。

あの人は聖人だった、まったく、とミスタ・コーコランは言う。

そうさな、親父は人生の達人だった、と伯父が言う。そうとも、まったく。さて、それはそれとして。

彼は坐り直し真正面から強い視線をぼくに向けた。ぼくはわれながら信じられないほどの気力を振り絞って目と目を合わせないわけにはいかなかった。

おまえにはこれまでずいぶんきついことを言ってきた、と彼は言った。みんなおまえのためを思ってのことなのだが、怠惰やら何やら悪い癖があると叱りつけてきた。でもおまえ、やってくれたじゃないか、試験に合格したっていうじゃないか。誰よりもまずおまえの伯父さんと握手してくれ。嬉しいんだよ、伯父さんは、ぜひともそうしたいのだ。

彼に手を差し出しながら戸惑いのあまり逸らした目をミスタ・コーコランに向けた。彼の顔には並はずれた幸せの表情と並はずれた喜びの表情とが入れ替り立ち替り現れている。彼はさっと立ちあがり、伯父の肩にもたれ掛かった。そのせいでぼくは握りしめる伯父の手から引き抜いた手を心をこめ力をこめた彼の手に委ねることになった。満面に笑みをたたえた伯父は満足げな、しかし、音節不明瞭な喉音を立てている。

あなたのことはあなたの伯父さんほどには知りませんけどね、とミスタ・コーコランは言った。でも人を見る目はあるほうだと思ってます。めったに間違ったりはしません。見れば分るんです。あなたって人は立派なもんだ、申し分なし……みごとな成績を収められたあなたに心の底からおめでとうと言わせてもらいます。

ぼくは形式的外交辞令的表現によって感謝の念を呟いた。伯父はくつくつ笑いながら暖炉の火格子を火かき棒で軽く叩いている。

今夜はあたしを笑い返してやる、おまえはそう思っているかもしれんがまあいいだろう、と彼は言う。とにかくあたしは誰よりも喜んでいる。いやまったくこんなに楽しいことはない。

もともと優秀なおひとなんだ、とミスタ・コーコランが言う。すばらしい素質の持主なんですよ。

そうとも。そうじゃないとしたら父親の不肖の息子ってことになる、と伯父は言う。

ぼくのことどうして分ったの？　とぼくは訊いた。

まあ気にしなさんな、そんなこと、と伯父はその言葉にふさわしい仕草でぼくの質問をかわした。年をとればちょっとばかり訳知りになるってことさ。生と死の間にはな、ホレーショー、おまえの思いも及ばぬ事があるのじゃ。

彼らは声を合わせて笑い、それからしばらく黙りこんで沸き立つ上機嫌の味を楽しんでいた。

何か忘れちゃいませんかね？　とミスタ・コーコランが言った。

忘れてなるものか、と伯父が言った。

彼はポケットに手を突っ込み、ぼくのほうに向き直った。

ここにいるミスタ・コーコランと二人して僭越《せんえつ》ながらささやかな贈物を準備した。喜ばしいこの日を記念するとともにわれらの祝意を表すささやかながら心をこめたこの贈物を受け取ってほしい。そしていつの日かおまえがわれらのもとを離れるとき、思い出のよすがとしてこれを身に着けてもらいたい、おまえを見守り――厳しく見守りすぎたかもしれんが――おまえの幸せを願ったおまえの友二人のことを思い出してもらいたいのだ。

握手しながら彼は時計商のものと分るデザインの黒い小箱をぼくのもう一方の手に置いた。箱のふちはわずかにすり切れていて、灰色の亜麻布とおぼしき内張りが見えている。明らかに中古である。

ドイツ民族によって用いられる対応語。アンティクワーリッシュ。

薄暗がりにかすかに光る時計文字盤の数字が箱の内部から顔を出した。顔をあげると、ミスタ・コーコランの手が手による祝賀を示そうとの真摯な思いをこめて差し出されている。

ぼくはいつもの修辞的技巧も冷笑的態度も捨てて仕来り通りの謝辞を述べた。いえ、どういたしまして、と二人揃って言った。時計を手首に巻いた。これは便利ですねと感想を述べると、即座に賛同を得た。間もなくお茶が欲しいのでという口実を設けてぼくはその部屋を出た。ドアのところでそっと振り返る。目に入ったのは黒いカバーをかけた蓄音機、そして、また火かき棒を手にしたまま満足げに、しかし瞑想的に、炎を見つめて立ちつくす伯父の姿であった。

わが伯父にかかわる描写的記述。 率直、善意の人。謙虚にして感傷的。大企業において要職を奉ず。

階段をゆっくり登った。伯父はこれまで思ってもみなかった一面を見せてくれた。それがぼくの内部に文学的表現あるいは描写の試みを至難のものとする驚きと悔恨の念を惹き起したのだった。自分の部屋に戻るぼくの足取りはわずかに乱れた。ドアを開けた。ぼくの腕時計は五時五十四分を指している。そのとき日没のお告げの祈りを知らせるアンジェラスの鐘の音が遥か遠くから響き渡ってくるのをぼくは聞いた。

最終章。 レッド・スワン・ホテルの女中テリーザはトレイをさげようとして御主人のドアをノックした。何の応答もないのでドアを開けた。驚いたことに部屋はからっぽだ。手洗いかどこかに行ってるのかと思って彼女はトレイを踊り場に置きに行き、部屋に戻って片付けにかかった。消えかけている暖炉の火をおこそうとして何枚かの紙をくべた。それはおそらく窓が開いているせいで床のあちらこちらに散らばっている原稿用紙である。実際のところ奇妙な話だが奇妙な偶然の巡り合わせでたまたま暖炉にくべられたのは御主人の小説の一部で、ファリスキーとその一党を存在させ扶養してきた部分であった。瞬く間に炎をあげる、身をよじる、身もだえする、黒くなる、風の通り道で不安そうにたじろぐ、そして煙突を抜けて天上を目指すかのように飛び立つ、赤い斑点を付け皺だらけの姿で上空へと急ぎ舞いあがる。炎はゆらぎ、衰え、元の石炭のもとに引き退く。まさにそのときテリーザは階下の玄関ドアをノックする音を聞いた。降りて行った彼女は思いがけずも御主人を迎え入れることになった。彼が身に纏っている寝間着はまるで雨に濡れたかのようにわずかに色が変っている。細い足の裏には何枚かの枯葉が付着している。目をぎらつかせた彼は口もきかずに彼女のわきをすり抜けると階段のほうに向ったが、すぐに振り返り軽く咳き込んだ。その場に立ちすくむ彼女をじっと見つめる。彼女が手にする石油ランプは奇妙な影をふくれっ面の彼女の柔肌に投げかけている。

ああ、テリーザ、と彼は呟いた。

そんな寝間着姿でどちらへ？　と彼女が訊ねた。

具合が悪いのだよ、テリーザ、と彼は呟いた。考えすぎ、書きすぎ、仕事のしすぎなのだ。神経がおかしくなっている。悪夢にうなされ、奇妙な夢をみるのでね。疲れすぎたときには散歩するのだ。そのドアはきちんと鍵をしておきなさい。

そんなふうだと死ぬかもしれませんよ、とテリーザが言った。

彼はふらふらとランプに手を伸ばし、先に立って階段を登るようにと身振りで彼女を促した。腰のまわりでスカートを張り出させているコルセットのへりは階段を踏みしめる彼女の臀部の上下動につれて右へ左へやさしく揺れ動く。体型を整える、それがこの種の婦人用下着の狙い。肉体上の勝手なふくらみをうまくまとめ、みごとに調整された容姿幻想を創出する仕掛けなのだ。この役目を遂行中に仕掛け自体が迂闊にも存在を露呈するとなれば、その役割はすでにして失敗に帰するのである。

アルス・エスト・ケーラーレ・アルテム、とトレリスは呟いた。まことの技は技を秘めることなり、か。アルス・技、アールス・尻――駄洒落としては如何なものか、とトレリスは考えていた。

究極的最終章。悪は偶数、真理は奇数、そして死は終止符。夜おそく犬が吠え、それからまた床に就くとき、彼は連続する闇の謎に句読をつけ闇に尊厳を付与し、それを精神の織地にむらなくこってり塗りつける。樹上に聴き耳を立てるスウィーニーは悲しい吠え声を、天と地の間で交される密談を聞く。呼応するマスティフは隣接する教区の夜警を数え上げる。吠え声は吠え声に答え、呼び声は燎原の火の如くエリン全土に広がる。やがて月は幕をあげて登場し、天空を全速力で横切る。太古このかた静謐を保つ、皓々《こうこう》と自若《じじやく》として。樹上なる狂気の王の目は上に向けられる。青白い顔にさらに青白い目は恐怖と哀願の光を宿す。彼の心は貝の殻。ハムレットは気が狂ったか？　トレリスは狂ったか？　言うは難い。彼は説明し難い幻覚の犠牲となったのか？　知る人はない。かかる重大問題についてはその道の大家たちも意見の一致をみない。高名なるドイツ人神経学者ウンテルネーマー教授はクローディアスは精神異常者なりと指摘したうえで、トレリスのほうは倒錯的雌豚神経症であるとする。この場合、仔豚は雌親を食らうのである。しかしながら、ソルボンヌの精神科学・公衆衛生学教授デュ・フェルニエは問題の作家の就寝習慣にみられる衛生状態欠如から知的機能の漸進的劣悪化を推断している。彼の説くところによれば散歩および過度ならざる睡眠は精神衛生上計り知れぬ程に重要なのである。この問題について学習に努めれば努めるほどますます興味が増大し、ついには知的発達規準設定を強力に要請するに至る。一般に認められた行動主義的原則はさして有効とは思えない。形質遺伝説も役に立たぬ。なぜならば彼の父親は節酒に努める勤勉なゴールウェイ出身者で、多くの辛酸をなめつつ故国への忠誠に生きた人物なのである。彼の母親はフェルマーナ出で、優雅にして教養に富み、すべての人にとって良き友であった。しかしながらわれらのうちいったい誰が愚者の脳内に飛び交うおぼろな思いの数々を問い質し解き明かすことができようか。尻がガラス製で、砕けるのを恐れて坐ることも出来ないと思いこんでいる者がいる。またある者は自分は偉大な知力を持っているがゆえに数学あるいは哲学の如何なる迷宮の知的散策もいとわぬ、ただし討論がどれほど長く続こうと坐ることは拒否すると言いつのる。次の例は全く丁重な男の場合で振舞いも紳士的なのだが、如何なる状況においても右折する以外は絶対に曲ろうとしない。そして実際に左折不能の自転車を製造したのである。色彩に異常なこだわりをみせる者もいる。赤、緑、そして白の物品に不当なまでの価値を認め、その色でありさえすればどのような物にも満足するのだ。布地の織り方あるいは物体の丸みまたは角ばり具合に惹きつけられ影響される者もいる。しかしながら、心の平衡が破れ苦しむ人間の非常に多くの原因となっているのは数字である。七で割れる数字のナンバープレートを付けた自動車を探し求めて町から町へとうろつき回る者もいる。よく知られた悲劇としてあわれなドイツ人の場合がある。彼は三を極端に好み、自分の生涯のすべての局面を三幅対に仕立てあげた。ある晩のこと帰宅した彼はそれぞれ三個の角砂糖を入れた紅茶三杯を飲み、喉仏をカミソリで三度掻っ切り、瀕死の手で妻の写真に三度走り書いた――サヨナラ、サヨナラ、サヨナラ。

解説

フラン・オブライエンは本名をブライアン・オノーランといい、一九一一年北アイルランドのティロウン州に生れた。ダブリンのユニヴァーシティ・カレッジ（この大学の先輩にジェイムズ・ジョイスがいる）を卒業後、ダブリン市公務員となる一方、フラン・オブライエンという筆名で長篇小説『スウィム・トゥー・バーズにて』（一九三九年）、『第三の警官』（四〇年執筆、六七年死後出版。邦訳、白水Uブックス）、『ハード・ライフ』（六一年。国書刊行会）、『ドーキー古文書』（六四年。集英社）を著した。『ドーキー古文書』は六五年ダブリン演劇祭にヒュー・レナード脚色で『聖者が自転車でやってくる』と題して上演され、七〇年にはオードリ・ウェルシュ脚色『スウィム・トゥー・バーズにて』がダブリン・アベイ劇場で上演された。オノーランはマイルズ・ナ・ゴパリーンというもう一つの筆名で一九四〇年以降ダブリンの「ジ・アイリッシュ・タイムズ」紙に「クリスキーン・ロウン」――これは民謡の表題を借用したもので「なみなみついだ小ジョッキ」の意のアイルランド語――と題するコラムを連載し、英語とアイルランド語を相互に用いて諷刺的な才筆をふるった。その一部は

『クリスキーン・ロウン』（四三年）および『マイルズ傑作集』（六八年）として刊行されている。マイルズ・ナ・ゴパリーンとはアイルランド作家ジェラルド・グリフィンの小説『大学生たち』に登場する人物の名前で「仔馬のマイルズ」の意である。右のほかにマイルズの筆名で発表したものとしてはアイルランド語による長篇小説『貧しい口（アン・ベール・ボホト An Béal Bocht）』（四一年。英訳七三年）があり、その他にも喜劇『フォースタス・ケリィ』（四三年）や『物語と戯曲集』（七三年）などがある。

一九三九年ロンドン・ロングマンズから出版された『スウィム・トゥー・バーズにて』は五一年、六〇年、六二年にロンドンおよびニューヨークの各社から刊行され、六七年にはロンドン・ペンギン「現代の古典叢書」版およびニューヨーク・ヴァイキング版として出版され、八二年にはアントニー・バージェスの序言を付したロンドン・グラナダ版が出ている。

この作品は小説の小説という形式による重層的技法を駆使した実験小説で、その枠組は三重になっている。㈠語り手はトレリスという作家を主人公とする小説を書こうとしており、㈡トレリスは彼自身の小説の構想を練っており、㈢その小説の作中人物は作者トレリスを題材とする小説を書くことによって主客転倒を試みようとする――このきわめて刺戟的な三重の枠入り小説のなかで、語り手が独自の小説理論を展開する箇所がある（本書三四ページ参照）。彼のいう「紛うかたなき紛い物」たる虚構空間に生きる作中人物たちはそれぞれ自律性と叛逆性を発揮し、「現代小説はもっぱら引照をこととすべきである」との主張に従って過去の文学伝統や神話伝説から駆り出された人物たちが活躍する。現代ダブリン市民のいかにもそれらしい言動にオーヴァーラップして、アイルランド伝説・民話の住人がつぎつぎに登場することになる。彼らがさりげなく入りまじっては意表をつく振舞いに及ぶ楽しさは類を見ない。伝説・民話の世界から引き抜かれてきたプーカ・マクフィリミ、グッド・フェアリ、そしてフィン・マックール、さらには吟唱詩人としてのフィンが語る狂気の王スウィーニーなど奔放な逸脱であるかのようにみえる彼らは実のところこの小説の主題の担い手であって——エッセイ「わが民族のために書く」(一九六七年)でジョン・ウェインが指摘しているように——「全体の基調をなす最低音を響かせつづけているのである」。

フィン・マックールは二、三世紀に、勇猛なフィニア騎士団を率いてアイルランド南西部マンスター地方を支配した王で、詩才にも恵まれていたとされる伝説的英雄である。『スウィム・トゥー・バーズにて』に登場するフィンは滑稽なまでに多弁な荘重体で自画自讃する。さらに彼が朗誦する伝説の狂王スウィーニー遍歴譚は、ウェインが言うように作品の「基調をなす最低音を響かせ」る。七世紀アイルランド北東部アルスターの王スウィーニーは、聖職者ロナンを侮辱したかどにより狂気の鳥に変身させられ、アルスターから追放されてアイルランド各地を放浪する。スウィーニー説話は九世紀頃に語られ始めたとされるが、その一六七〇年代の中世アイルランド語写本に基いてJ・G・オキーフィは、一九一三年、アイルランド語と英語の二言語併用版『ブィラ・スウィヴナ』すなわち『スウィーニーの狂気』を公刊した。アルスター出身の詩人シェイマス・ヒーニーは、一九八三年にオキーフィ版に拠る新たな英訳『さまようスウィーニー』を発表した。その序文の冒頭で彼は『スウィム・トゥー・バーズにて』に言及し、フラン・オブライエンはスウィーニーに憂鬱で陽気な新たな生命を与えたと讃辞を呈している。オブライエンとヒーニーは中世アイルランドの狂王のどこに惹かれ、そこに何を見たのだろうか。北アイルランドを去ってアイルランド共和国に移ったヒーニーは自分を「内なる亡命者（イナ・エミグレ）」と呼んでいるが、アイルランド内部での亡命者であると同時に精神の内奥における亡命者としての思いをこの言葉に託したのであろう。『さまようスウィーニー』序文でヒーニーは自分と同じ「内なる亡命者」であるこの狂気の王を芸術家の一典型と把えたうえで、こう述べている――「自由で創造的な想像力と、それを束縛する宗教的、政治的、そして家庭的責任との間の相剋の一様相としてこの作品を読むことができる」。自発的亡命者ジョイス、内なる亡命者ヒーニーそしてオブライエン――いずれの途をとるにもせよ、それは狂気の王スウィーニーに連なるアイルランド作家の宿命であり、さらには芸術家一般のありようと言えるだろう。

『スウィム・トゥー・バーズにて』は『フィネガンズ・ウェイク』と同じ一九三九年に出版された。ジョイスがそうしたように、オブライエンもこの作品でアイルランドの死を悼み、その甦りを祈る夜を徹しての通夜の酒宴を催している。この二人がつかさどる言語の祝祭では酔いしれた言葉たちが乱舞する。そしてこの言葉の奔流は狂気に近い虚無の泉からとめどなく溢れ出してくるのだ――ジョナサン・スウィフトの場合のように、オスカー・ワイルドやブレンダン・ビーアンの例にみられるように、ジョイスを論じたオブライエンのエッセイ「トンネルで酒びたり」（一九五一年）の男のように、そして狂気の王スウィーニーのように。アイルランド一流の衒学ぶりに由来する狂気を思わせる喜劇的効果、そして言葉の複雑微妙な感触から生まれるユーモア――これはまことにアイルランド的な言葉の祝祭なのだ。エッセイ「トンネルで酒びたり」のなかでオブライエンは問いかける――「おや、おかしいですか？　でもこれこそまさにアイルランドの芸術家というものの姿なのです」。

「トンネルで酒びたり」を「ジェイムズ・ジョイスは芸術家だった。彼は自分でそう言っている」と皮肉まじりに切り出すオブライエンは、たしかに彼の存在を強く意識していた。『ドーキー古文書』で彼は作中人物の一人としてジョイスその人を登場させているし、「ジ・アイリッシュ・タイムズ」紙に書き続けたコラムの主題として頻繁に彼を引っぱりだしてもいる。たとえば、「二十年前、ジミー・ジョイスは純正英語の息の根をとめ……わたしはゲール語同盟ラスマインズ支部を創設した」（一九四二年十一月二十七日付）、あるいは「慎みある唯一のダブリン人はかのミスタ・ジョイスであった。なにしろ彼はダブリンに対してより効果的な中傷を行わんがためわざわざこの町を離れるだけの節度ある男だったのだから」（一九四三年三月十七日付）。

『スウィム・トゥー・バーズにて』の語り手（名前はない）の学生は『若い芸術家の肖像』の主人公スティーヴン・ディーダラスのパロディと思われるふしがあるし、そこに登場するカウボーイが四輪馬車でぶっとばす勇姿は、あのくすんだ町筋を知る者であればそれだけでもう吹き出してしまうだろう。このナンセンスな茶番劇はもしかすると『ユリシーズ』のパロディかもしれないと思いつくと、その笑いも奇妙に屈折したものになる。『ユリシーズ』第六挿話「死者の国（ハデス）」で威儀を正したブルームはディグナムの葬儀に連なる。葬式馬車はアイリッシュ・タウンからリングズエンドを経て北に進む。そしてブルーム一行の葬式馬車と全く同じ道筋を、いきりたつカウボーイの四輪馬車がけたたましく駆け抜けるのである。

ジョイスに対して微妙に揺れ動くオブライエンの屈折した態度は「トンネルで酒びたり」でさらに明らかにされる。これは彼がブライアン・ノーランという名前で――彼は時折りオノーランをノーランと略すことがある――「エンヴォイ」誌一九五一年四月号に発表したものである。彼はここでジョイス論に名をかりてアイルランドの芸術家として自分が置かれた状況を語っているのだが、オブライエン節とでも言うほかない独特の語り口がこのエッセイを魅力的なものにしている。なお、サミュエル・ベケット、エドナ・オブライエン、パトリック・キャヴァナなど二十四人の錚々たるアイルランド文人によるジョイス論集（一九七〇年刊）の巻頭に再録されたこのエッセイの題名は、そのまま論集の表題として用いられている。

ジョン・ウェインは「わが民族のために書く」と題するオブライエン論を発表しているが、これは「エンカウンター」誌一九六七年七月号に掲載されたエッセイである。「わが民族のために書く」という表題はW・B・イェイツの詩「漁夫」――詩集『クール湖の野生の白鳥』に収録――の第十一行をそのままの形で採ったものであって、彼の論旨はこの一行に凝縮されていると言えるだろう。ジョイスもオブライエンも、そしてヒーニーも、「わが民族について書く」という行為を奥深いところで衝き動かしているのは間違いなく「夜明けのように冷たく、そして熱情的」（イェイツ「漁夫」最終行）

な思いであった。
オブライエンはその筆名に民族への真摯な思いを滑稽な衣裳にくるんでいるのではあるまいか。アイルランドにブライアン・オリンを主人公とする滑稽な民謡がある。ブライアン・オリン（Brian O'Lynn）のアイルランド語綴りはBrian OFhloinnでOFloinn（オリン）はFlannの末裔の意である。オノーランはこれを逆転させてFlann O'Brienという筆名にしたわけだが、O'Brienのアイルランド語綴りはO'Briain（オブリエン）で、これはブライアン（Brian）、すなわち、一〇一四年のクロンターフの戦いでデイン族を打ち破ったアイルランドの民族的英雄ブライアン・ボリュの末裔の意である。

底抜けに滑稽な、異様なまでに刺戟的な舞台だった――一九七〇年六月、ダブリン・アベイ劇場の客席で訳者はウェルシュ脚色の『スウィム・トゥー・バーズにて』に興奮していた。ダブリン一九三〇年代という設定などどこ吹く風とばかりに異形の男が舞台を闊歩している。伝説の英雄フィン・マックール、そのなまなましい存在感はまさに圧倒的だった。そして、現代の悪党ファリスキーの動きを追いながら、訳者は激しく感動していた――これはアイルランドのお祭りだ、これがアイルランドなのだ。あのとき訳者が経験したアイルランド祝祭幻想のスウィムする――目まいがする――ような強烈な印象は今も薄れていない。（この小説の表題に用いられている「スウィム・トゥー・バーズ」とは「二羽の鳥の泳ぐところ」という意味のアイルランド語の地名「スナーヴ・ダー・エーン」（Snámh-Dá-Én）を英語に直訳したものである。狂王スウィーニーは遍歴の途中、この土地の教会に辿り着くのだ。

ウェインはこの作品との出会いを静かな興奮とともに語っている。多彩な語り口と意表をつく展開に、訳者もまたウェインの言う「哄笑と当惑」の奔流に巻きこまれ、かろうじてスウィム——浮流——しながら読み進んだものである。『スウィム』でスウィムしたのはラーキン、エイミス、ウェインだけではない。この作品を贈られた同郷の先輩ジョイスはオブライエンを「真の喜劇精神を備えたほんものの作家」と高く評価しているし、フィリップ・トインビーなどは「わたしがイギリスの文化面における独裁者だとしたら、わが国のすべての大学に必読書として強制する」と言ってのける。「巨大なジョイス実験室での実験にすすんで参加した」三人の作家としてジョイス・ケアリー、サミュエル・ベケット、そして「恐るべき幻想作家」フラン・オブライエンの名をあげるアントニー・バージェスは、この作品を「今世紀に書かれた滑稽小説のうちで十指に、いや五指にはいる」と位置づけている。ウェインが言うように「この作品は読まれ論じられることのあまりにも少い、英語で書かれたほとんど唯一の真の傑作」なのである。幻の名著というおおぎょうな表現をあえて使えば、このアイルランド祝祭幻想は幻を描いた幻の書ということになろうか。

「トンネルで酒びたり」——これはオブライエンが言うようにアイルランド作家の宿命的なありようなのだろう。先輩ジョイス、盟友キャヴァナ、そして後輩ビーアンの死と同じく、オブライエン自身の死もまた「大量の飲酒に耽溺した」結果であったと伝えられている。「現在わが精神に加えられつつある重圧のゆえに、鎮静剤として酒を用いることなくば眠るあたわず。アヘンにくらぶれば害少きも、有効性において遥かに劣る」——『スウィム・トゥー・バーズにて』の一節にオブライエンの苦い独白が重なり合う。シェイクスピアの道化の言う「泳ぐ（スウィム）にゃひどい夜」には正装して「トンネルで酒びたり」になるにしくはない。たしかにそんな夜には狂気の王が言うように「墓のなかにいたほうがましだろう」（『リア王』三幕四場）。

二十世紀小説の前衛的方法とアイルランド的精神風土に特有の中世的色彩との奇妙かつ絶妙な絡み合いのなかからオブライエン独自の世界が現出する。グレアム・グリーンが指摘したようにロレンス・スターン、ジェイムズ・ジョイスの系譜につながるオブライエンは、実験的小説への真摯な意図とアイルランド古来の伝統に根ざす確信とに支えられている透徹した視線を祖国アイルランドに注ぐ。茶番めかした語り口にもかかわらず（あるいはそれゆえにこそ）彼の作品の後味は苦い。「滑稽な作品が真に滑稽なものとして迫ってくるのは、それが何か容易ならぬことを語っている場合にかぎられるのである」とウェインは言い、オブライエン自身も「アイルランド・カトリック教徒が受けついできた終末観の重荷を、彼（ジョイス）は笑いによって軽くする。真のユーモアは背後に必ずこの種の切迫感を秘めているものなのである」と語っている。「内なる亡命者」としてアイルランドに踏みとどまり、その苦い現実を伝えるには彼独特の語り口によるしかなかったのであろう。「彼以外にアイルランドをこれほどまで完璧に描き切った例がほかにあるだろうか」と言うジョン・ウェインは道化の仮面の背後に隠されたオブライエンの顰《しか》め面を見抜いていたに相違ない。

プルースト、カフカ、キルケゴールに傾倒し、自国の先達にジョイスを持つこのアイルランド語の謹直な碩学、滑稽小説家、諷刺的コラムニストにして風格ある酒客たるフランにしてマイルズなるブライアン・オノーランは、一九六六年四月一日、エイプリル・フールの当日にあっけなくこの世を去った。享年五十四歳であった。

大澤正佳

巻頭(五頁)のエピグラフはエウリーピデース『ヘーラクレース』から。内田次信氏の訳(『ギリシア悲劇全集』第六巻、岩波書店)をお借りしました。

本書中には、今日の人権意識に照らして不適切と思われる語句を含む文章もありますが、作品の時代的背景にかんがみ、そのままとしました。

――編集部

著者紹介

フラン・オブライエン　Flann O’Brien

1911年、アイルランドのディロウン州で生まれる。本名ブライアン・オノーラン。ダブリンのユニヴァーシティ・カレッジを卒業後、公務員として働きながら完成した長篇『スウィム・トゥー・バーズにて』（1939）は、ベケット、ジョイスらに高く評価された。しかし、第二作『第三の警官』は出版社に拒否され公表を断念。マイルズ・ナ・ゴパリーン名義の新聞コラムで長年にわたって人気を博す。1960年代に『ハードライフ』（61）、『ドーキー古文書』（64）を発表し、1966年のエイプリル・フールに死去。翌年、『第三の警官』が出版されると、20世紀小説の前衛的方法とアイルランド的奇想が結びついた傑作として絶賛を浴びた。

訳者略歴

大澤正佳（おおさわ・まさよし）

1928年生まれ。中央大学名誉教授。英文学・アイルランド文学者。著書に、『ジョイスのための長い通夜』（青土社）、訳書に、フラン・オブライエン『第三の警官』（白水社）、『ドーキー古文書』（集英社）、『ハードライフ』（国書刊行会）、ジェイムズ・ジョイス『若い芸術家の肖像』（岩波書店）、アントニイ・バージェス『ナポレオン交響曲』（早川書房）、リチャード・エルマン『ダブリンの4人』（岩波書店）などがある。

編集＝藤原編集室

本書は1998年に筑摩書房より刊行された。

白水uブックス　194

スウィム・トゥー・バーズにて

著　者　フラン・オブライエン
訳者 ©　大澤正佳
発行者　及川直志
発行所　株式会社 白水社
東京都千代田区神田小川町3-24
振替　00190-5-33228　〒101-0052
電話（03）3291-7811（営業部）
（03）3291-7821（編集部）
http://www.hakusuisha.co.jp

2014年10月25日印刷
2014年11月15日発行
本文印刷　株式会社精興社
表紙印刷　三陽クリエイティヴ
製　　本　誠製本株式会社
Printed in Japan

ISBN978-4-560-07194-6

白水uブックス

- u1～u37 シェイクスピア全集 全37冊 小田島雄志訳
- u38～u50 チボー家の人々 全13巻 ロジェ・マルタン・デュ・ガール 山内義雄訳 店村新次解説
- u51 サリンジャー／野崎孝訳 ライ麦畑でつかまえて（アメリカ）
- u54 マンディアルグ／生田耕作訳 オートバイ（フランス）
- u56 ヴォネガット／池澤夏樹訳 母なる夜（アメリカ）
- u57 ボールドウィン／大橋吉之輔訳 ジョヴァンニの部屋（アメリカ）
- u62 バース／志村正雄訳 旅路の果て（アメリカ）
- u63 プイグ／鼓直訳 ブエノスアイレス事件（アルゼンチン）
- u69 ユルスナール／多田智満子訳 東方綺譚（フランス）
- u71 窪田般彌・滝田文彦編 フランス幻想小説傑作集（フランス）
- u78 ブルトン／巖谷國士訳 ナジャ（フランス）
- u82 マンディアルグ／生田耕作訳 狼の太陽（フランス）
- u96 藤井省三編（中国） 笑いの共和国―中国ユーモア文学傑作選
- u97 金学烈・高演義編（朝鮮） 笑いの三千里―朝鮮ユーモア文学傑作選
- u98 オースター／柴田元幸訳 鍵のかかった部屋（アメリカ）
- u99 タブッキ／須賀敦子訳 インド夜想曲（イタリア）
- u100 ヘムリー／小川高義訳 食べ放題（アメリカ）
- u101 レオポルド／岸本佐知子訳 君がそこにいるように（アメリカ）
- u104 ムーア／干刈あがた・斎藤英治訳 セルフ・ヘルプ（アメリカ）
- u107 ラドニック／小川高義訳 これいただくわ（アメリカ）
- u109 ラドニック／松岡和子訳 あそぶが勝ちよ（アメリカ）
- u111 カルヴィーノ／米川良夫訳 木のぼり男爵（イタリア）
- u113 東谷穎人編（スペイン） 笑いの騎士団―スペイン・ユーモア文学傑作選
- u114 ボルヘス／土岐恒二訳 不死の人（アルゼンチン）
- u117 フォースター／中野康司訳（イギリス） 天使も踏むを恐れるところ
- u118 ベイカー／岸本佐知子訳 もしもし（アメリカ）
- u120 ギンズブルグ／須賀敦子訳 ある家族の会話（イタリア）
- u122 ベイカー／岸本佐知子訳 中二階（アメリカ）
- u126 チェーホフ／小田島雄志訳 かもめ（ロシア）
- u127 チェーホフ／小田島雄志訳 ワーニャ伯父さん（ロシア）
- u131 オースター／柴田元幸訳 最後の物たちの国で（アメリカ）
- u132 ペック／金原瑞人訳 豚の死なない日（アメリカ）
- u133 ペック／金原瑞人訳 続・豚の死なない日（アメリカ）
- u134 タブッキ／須賀敦子訳（イタリア） 供述によるとペレイラは……
- u135 ケイロース／彌永史郎訳 縛り首の丘（ポルトガル）
- u136 ペナック／中条省平訳 人喰い鬼のお愉しみ（フランス）
- u137 ミルハウザー／柴田元幸訳 三つの小さな王国（アメリカ）
- u138 リオ／堀江敏幸訳 踏みはずし（フランス）
- u140 ミルハウザー／柴田元幸訳 バーナム博物館（アメリカ）
- u142 グルニエ／須藤哲生訳 編集室（フランス） ※旧『夜の寓話』を改題
- u143 ダイベック／柴田元幸訳 シカゴ育ち（アメリカ）
- u145 フランス／水野成夫訳 舞姫タイス（フランス）
- u146 シュヴァリエ／木下哲夫訳 真珠の耳飾りの少女（イギリス）

白水 u ブックス

白水uブックス

海外小説　永遠の本棚

ピサへの道　七つのゴシック物語1

イサク・ディネセン
横山貞子訳

大洪水の夜、崩れかけた農家に残された男女が数奇な身の上を語る「ノルデルナイの大洪水」他、愛の奇蹟と運命の不思議に満ちた4篇を収録。典雅な文体で綴られた珠玉の物語集第1巻。

夢みる人びと　七つのゴシック物語2

イサク・ディネセン
横山貞子訳

売春宿の女、帽子作り、貞淑な聖女——重層する語りの中に浮かびあがる女の複数の生を追う表題作ほか全3篇。夢想と冒険、人生の神秘を描く最高の物語作家による不滅の物語集第2巻。

ユニヴァーサル野球協会

ロバート・クーヴァー
越川芳明訳

中年会計士ヘンリーの頭の中で日々繰り広げられる熱戦、ゲーム展開を決めるのはサイコロと各種一覧表だ。完全試合を達成した新人投手を悲劇が襲った時、虚構世界が現実を侵し始める。

ゴーレム

グスタフ・マイリンク
今村　孝訳

プラハのユダヤ人街に住むぼくは、謎の人物の訪問を受け、古い神秘書の修繕を依頼された日から、奇怪な事件の数々に巻き込まれていく。ゴーレム伝説に基づくドイツ幻想文学の名作。

白水*u*ブックス

海外小説 永遠の本棚

エドウィン・ドルードの謎

チャールズ・ディケンズ
小池 滋訳

クリスマスの朝、忽然と姿を消したエドウィン・ドルード。彼と反目していた青年に殺人の嫌疑がかかるが、背後にはある人物の暗い影が……。作者の急死により中絶した文豪最後の傑作。

カッコーの巣の上で

ケン・キージー
岩元 巌訳

刑務所の農場労働を逃れて精神病院にやってきたマックマーフィは、非人間的な管理体制で患者を支配する婦長に抗い、精神の自由を賭けた戦いを挑んでいく。不屈の反逆者を描いた名作。

ウッツ男爵

ある蒐集家の物語

ブルース・チャトウィン
池内 紀訳

冷戦下のプラハ、マイセン磁器の蒐集家ウッツはあらゆる手を使ってコレクションを守り続ける。蒐集家の生涯をチェコの現代史と重ね合わせながら、蒐集という奇妙な情熱を描いた傑作。